逸海近稿

钱振民 著

复旦大学古籍所成立四十周年纪念学术丛书

复旦大学出版社

出 版 说 明

　　1983年,作为教育部首批批准设立的古籍整理研究机构之一,复旦大学古籍整理研究所在已故杰出教授章培恒先生的主持下正式成立。自此以后,古籍所一直秉持科研项目与学科建设相结合、整理与研究并重的发展理念,积极开展科研教学,培养人才队伍,至今已走过整整四十个春秋。古语云"四十不惑",对人生而言,四十年是一个关键的节点,而对一所科研机构来说,从起步到成熟、发展,四十载同样是一段具有重要意义的历程。

　　在这四十年的探索进程中,复旦古籍所始终重视学科建设和人才培养,由建所之初的一个博士点、两个硕士点,发展为五个博士点、五个硕士点,已培养硕博士研究生四百余名,其中包括数十名日、韩、美、越等国的硕博士生和高级进修生,在读研究生由当初的十余名,发展至稳定在百余名的规模。

　　在这四十年的建设历程中,复旦古籍所搭建起由多个学科和研究方向组成的科研架构,并成为高校研究机构中的科研重镇。古籍所成立之初,以承担教育部全国高校古籍整理研究工作委员会重点项目《全明诗》的编纂为工作重心,开展一系列古籍整理与研究的相关工作,先后设有明代古籍整理研究室,目录、版本、校勘学研究室和哲学古籍整理研究室。经过全所同仁几十年的努力下,学科方向更加明确,研究特色更加鲜明,科研队伍不断优化,其中中国古代文学、中国古典文献学、汉语言文字学三个专业的建设发展,形成文学、语言、文献诸领域彼此交叉的格局;由章培恒先生首倡设立的中国文学古今演变研究专业,作为新兴交叉学科,于2005年被教育部正式批准为二级自设学科;另有逻辑学专业,专门从事汉传佛教因明学的研究。

经过四十年的发展,复旦古籍所明确了长远的建设规划,确立了以古今贯通研究这一新的学术理念为主导、以文献实证为基础,古典研究诸学科彼此交叉、相辅相成的科研与教学格局。这一规划宗旨,既是回首来路的经验总结,凝结了老一辈学者的大量心血,也是瞻望前路的奋进方向,承载着全所同仁的共同目标。

为纪念复旦古籍所成立四十周年,展示本所研究人员的学术成果,我们特推出这套学术丛书,向学界同仁汇报并企望指正。借此机会,我们要感谢教育部全国高校古委会长期以来对本所建设发展的关心和帮助,感谢复旦大学出版社对丛书出版的大力支持。

陈广宏、郑利华
2023年10月10日

目　录

叙言 …………………………………………………………… 1

章培恒先生传略 ……………………………………………… 1

四库本《大全集》所据底本考 ……………………………… 5

《青丘高季迪先生诗集》所据底本考 ……………………… 19

日本明治时期出版的高启诗集的两种评点本 ……………… 41

《汇校汇评汇注高启全集》述略 …………………………… 55

李东阳佚诗八首 ……………………………………………… 88

《李东阳全集》前言 ………………………………………… 100

清人刻书妄改前人序文二例 ………………………………… 119

古籍中的题跋不可尽信
　　——以《高季迪先生大全集》评点本之叶德辉、章钰
　　所撰二跋为例 ………………………………………… 130

《四库全书》中所收的陆机诗文集 ………………………… 148

《四库全书总目》著录的上海明代文学文献 ……………… 172

上海地方文献研究的新收获
——《上海历代著述总目》概述 ················ 193

《支那文学大纲》编著出版情况的几个考察 ············ 209
儿岛献吉郎的中国古代文学研究文献 ················ 225
近藤元粹的中国古代文学研究文献 ················· 235
日本明治大正时期的中国近代文学研究文献 ············ 266

《20世纪中国古代文学研究文献总目》前言 ············ 285
《20世纪中国古代文学研究文献总目》著录体例 ·········· 292
日本20世纪中国古代文学研究文献目录概述 ············ 301

叙　　言

木本水源,值此纪念复旦大学古籍所建所四十周年之际,谨将不久前撰写的《章培恒先生传略》一文置于本稿之首,对恩师及其师辈致以深切的怀念。该文是应《山阴阮社章氏宗谱》编纂者之约,与冠文兄共同撰写,并经广宏、利华与乃基三兄审阅赐正而完成的。

本书主要由四部分构成,略述如下。

一、笔者近年承担教育部人文社科重点研究基地重大项目"明代诗文名家别集的整理与研究——以高启、李东阳诗文别集为中心"。其间笔者先后发表了多篇论文,本稿收入《四库本〈大全集〉所据底本考》《〈李东阳全集〉前言》等八篇。

高启的诗歌作品自明景泰初年由徐庸编集为《高太史大全集》十八卷刊刻行世,后经多次翻刻,成为流传最广影响最大的文本。清乾隆年间,四库馆臣将之改名为《大全集》,收入《四库全书》中。《四库本〈大全集〉所据底本考》一文,通过对清乾隆以前存世各版本《大全集》的梳理考辨,判定四库本《大全集》所用底本为清康熙年间许氏竹素园刊刻的《高季迪先生大全集》,而非《提要》所言景泰本。

《青丘高季迪先生诗集》十八卷,是清初桐乡人金檀于雍正年间"详订舛讹,广增注释,殚精竭思,浃四旬岁而后成"的高启诗歌的一个传本。它附刻了《遗诗》一卷、《扣舷集》一卷、《凫藻集》五卷,并附录年谱、本传,及与高启同时人的哀诔、祭文、悼诗和后人的诗评、杂记等,遂成为高启诗文传播史上一个重要文本,也是迄今为止收录高启诗文最多的一个文本。《〈青丘高季迪先生诗集〉所据底本考》一文,选取《高太史大全集》各本卷九之文本为主要对象,论证了金檀氏编刊的《青丘高季迪先生诗集》之正文文本,是以竹素园本《高季迪先生大全集》为主要工作底本,辑校其他文献资料而成。

《日本明治时期出版的高启诗集的两种评点本》一文从文献学角度考察了日本明治时期出版的高启诗集的两种评点本,即题为李笠翁评,日本广濑淡窗、广濑旭庄编选的《高青丘诗钞》和近藤元粹评订的《辑注增补高青丘全集》。考订了其版本特征、基本内容与主要特色,简介了所涉著者及有关名家,论证了前者是水平低下的编刊者为射利而拼凑成的一种冒牌货,而后者是传统汉学家撰著的第一部全面评点高启诗作并出版的具有重要学术价值的诗评类著作。

笔者经多年努力,对高氏诗文作品及主要注评文献进行了较全面的搜集与梳理。《〈汇校汇评汇注高启全集〉述略》一文,主要从高启诗文集的主要文本及其版本、现存主要评本之概貌及其评者、《汇校汇评汇注高启全集》之构成三方面,对即将出版的《汇校汇评汇注高启全集》作了简要论述。

笔者在编订《李东阳全集》的过程中,得益于古籍编目的逐步完善和古籍的数字化,不断发现了一些李东阳的诗文佚作,先后辑得各体诗文数百篇。《李东阳佚诗八首》一文拣出李氏与其三位重要诗友邵珪、秦夔、潘辰往来的八首诗作，作了考述。

《〈李东阳全集〉前言》一文是为在复旦大学出版社出版的《李东阳全集》撰写的前言，该文简述了五百多年以来李氏诗文曾经结集成编且已经刊行及未刊行甚或失传的数十种文本的内容、彼此关系、版本流传等基本情况，着重论述了《李东阳全集》的基本构成。

《清人刻书妄改前人序文二例》一文，通过考察清人翻印明代文学家高启《高太史大全集》、李东阳《怀麓堂稿》两种别集时，改动原刻本序文中文句的事实，揭示了清人翻刻前人文集，往往会按照自己的需要，随意改窜前人序文中文句的恶劣现象。

清末民初著名版本目录学家、藏书家、刻书家叶德辉曾为现藏于中山图书馆的《高季迪先生大全集》评点本撰写过一篇跋文，判定评点者是张廷济；清末民初著名藏书家、校勘学家章钰也曾为现藏于苏州图书馆的《高季迪先生大全集》评点本撰写过一篇跋文，判定评点者是何焯。《古籍中的题跋不可尽信——以〈高季迪先生大全集〉评点本之叶德辉、章钰所撰二跋为例》一文，论证了中山图书馆藏本《高季迪先生大全集》中的朱、墨评语的作者不是张廷济，朱笔抄录的是清初学者潘耒的评语，墨笔抄录的是清初文学家彭孙遹的评语；苏州图书馆藏本《高季迪先生大全集》中校评文字的作者不是何焯，而是清初学者潘耒。这两篇跋文虽出自名家之手，但在考辨史实方面都出现了误判。

二、近年笔者与贺圣遂先生一同申报了国家十二五重点图书规划项目——"上海古籍总目"、复旦大学"985工程"人文社科重大项目——"上海历代著述总目"。此后邀请了著名版本目录学家陈先行先生担任学术顾问,孙麒、杜怡顺、杨婧、曹鑫、张霞、栾晓明诸君分别担任各卷编著者。其间笔者撰写了多篇论文,本稿收录《〈四库全书〉中所收的陆机诗文集》《上海地方文献研究的新收获——〈上海历代著述总目〉概述》等三篇。

乾隆年间编纂的《四库全书》,其集部别集类仅收了陆云的《陆士龙集》十卷,却未收陆机诗文集,连《四库全书总目》的存目里也未见著录。自清代学者至现当代学者也就自然地认为《四库全书》未收陆机的诗文集。《〈四库全书〉中所收的陆机诗文集》一文,较系统地梳理了陆机诗文的文本文献及其版本源流,发觉《四库全书》以及《四库全书荟要》只是在其集部别集类未收陆机诗文集,而在其集部总集类中,除了《西晋文纪》《古诗纪》两种文献中分别较完备地收录了陆机的文与诗,更在《汉魏六朝百三家集》中收录了一种较之明正德翻宋本更为完备的文本。并且四库馆臣对之进行了认真的校勘,其校勘成果主要集中在《四库全书考证》第九十五卷中。

《〈四库全书总目〉著录的上海明代文学文献》一文,系统地梳理了《四库全书总目》著录的上海地区明代作者(含流寓、仕宦)撰写、编纂、评注的文学著作92种,其中全文收入《四库全书》者19种,仅著录于存目者73种。并对存目著录的73种著作的存佚情况和现存者的主要版本进行了简要梳理。本文还考察了《四库全书总目》著录上海地区明代作者(含流寓、仕宦)所撰文学著作的三大特色:一、名家撰写、编纂的重要文学著作,多数已被著录;二、所著录流寓作家的著作影响较大;三、因为政治、文学观念、未征集到等原因,部分文学名家的著作未予著录或著录不全。

上海古代著者林立,著述丰富多彩,为中华文明建设作出了突出的贡献。作为项目成果的五卷本《上海历代著述总目》,已先后成稿,交付复旦大学出版社出版。《上海地方文献研究的新收获——〈上海历代著述总目〉概述》一文,对项目缘起、成果,各卷书稿基本内容及其著录体例、特色等进行了概括论述。

三、笔者分别于2001年、2006年赴日本庆应义塾大学、关西大学访学,其间接触了不少日本学者研究中国古代文学的著作,回国后陆续撰写了几篇与自己的研究项目相关的文章,本稿收录《〈支那文学大纲〉编著出版情况的几个考察》《儿岛献吉郎的中国古代文学研究文献》等四篇。

藤天丰八等六人合著的《支那文学大纲》十五卷,是中国文学史初创时期的重要著作之一。《〈支那文学大纲〉编著出版情况的几个考察》一文,从该书各卷实际情况入手,对编著者的身份与年龄、编著计划与实际出书、著者署名、收藏现状等情况加以考察,纠正了百余年来有关该书的一些不准确说法。

儿岛献吉郎是日本明治、大正时期研究中国文学的杰出学者之一,在中、日两国学界产生过重要影响。他一生著述宏富,学问涉猎日外史学、中国古代文学、汉语言文字等领域,而主要成就在中国古代文学研究方面。《儿岛献吉郎的中国古代文学研究文献》一文,从文献学角度,较全面地考察了其关于中国古代文学方面的研究著述。

近藤元粹是日本明治、大正时期运用批点这种传统的文学研究方式,并且用汉文撰写中国古代文学研究著作最多的最后一位汉学家。《近藤元粹的中国古代文学研究文献》一文,主要从文献学角度初步梳理了其编订、评点中国古代诗、文、诗话方面的数十种著作。

日本明治、大正时期是日本学者研究中国文学的转折时期。《日本明治大正时期的中国近代文学研究文献》一文,从文献学角度较全面地梳理这一时期日本学界研究中国近代文学的成果,指出其具有如下特点:在中国近代文学的发生、发展进程中,日本已有学者开始有关文献的编译、注解等研究工作,虽然还是零星的片断的;此时期的中国近代文学研究文献远少于中国古代文学研究文献,系统全面地研究专著尚未问世;狩野直喜、铃木虎雄、宫原民平等人的有关研究文献值得关注。

四、2012年,笔者以"20世纪中国古代文学研究文献总目"之目获在教育部全国高校古委会立项。此后邀请了杜怡顺、杨婧、曹鑫诸君加盟,分别担任中、英文大部分书稿的编订成稿工作。作为项目成果的十四卷本《20世纪中国古代文学研究文献总目》(约成书三十二册),已交付国家图书馆出版社陆续出版。其间笔者撰有多篇文章,本稿收录三篇。

《〈20世纪中国古代文学研究文献总目〉前言》一文,简要论述了项目缘起,资料搜集、中外师友的助力、笔者对作为简目的《总目》体式的思考,以及编纂基础、主要参考资料等。

随着中外学界关于中国古代文学研究文献资料的产生,便伴生了数量可观的著录这些文献资料的文章和图书,而著录体例或繁或简，各行其是。如何准确无误，采用统一的体例将这数量庞大、体例杂乱，甚或文字时有讹误的研究文献资料条目，汇编成一套体例科学而又方便实用的大型专业工具书，不得不耗费大量的时间与精力。经审视中外目录学、索引学的特点，总结项目组成员在实际编订工作中的经验，吸收同类图书的长处，以及出版社审稿者的宝贵意见，最终形成了以能够"部次甲乙""辩章学术"的我国传统目录学之简目体式著录这些条目，而辅以源于西学索引体式的"篇名笔画索引""著者笔画索引"。《〈20世纪中国古代文学研究文献总目〉著录体例》一文，即是从著录范围、书稿构成、类目设置、著录内容、著录格式、著录字体、著录项细则等方面细化了的本书著录体例。

日本是20世纪中国文学研究的重镇，大家辈出，成果辉煌，产生了大量宝贵的中国古代文学研究文献资料。而日本学者向来重视文献资料的建设工作，编撰了许多文献目录、索引、辞典等文章与图书。《日本20世纪中国古代文学研究文献目录概述》一文，仅就其自20世纪以来编撰的关于中国古代文学及相关领域研究文献的目录、索引类著述作以概述。

负笈沪上，倏然已是四十个年头。本稿成编之际，也便生了不如覆瓿之意，而惟与之结下不解之缘的复旦古籍所已年周不惑，自不能免俗，聊充一鹅毛吧。

每日清晨，无论阴晴，吹着海风，听着涛声，踩着细沙，追着浪花，放浪于十里银滩，而暂未能全然相忘于江湖的逸海翁撰写于北海之滨，二〇二三年八月。

章培恒先生传略

先生(1934.1—2011.6)姓章,讳培恒,字久之,浙江绍兴阮社(今属柯桥镇)人。高祖平溶,字观澜,曾祖毓嵩,字中甫,祖瑞荣,字子欣。累世以酿制黄酒为业,家境富裕。架桥铺路,办学施粥,行善乡邦,为乡里名绅。父生全,字复哉,以字行。其才干出众,将家族酒业拓展至沪苏一带,在沪拥有"章豫泰复记""章豫泰南号"等酒店,曾任上海绍酒业协会董事长,为沪上四大黄酒商家之一。

先生三岁随父母迁居上海。1949年于上海孟贤中学加入中国共产党。1954年毕业于复旦大学中文系,留校工作。1955年至1956年受胡风案件影响,曾在校图书馆工作一年。1956年10月到中文系任教,1980年任教授。1983年至1985年任中文系主任。1983年创建复旦大学古籍整理研究所,担任所长。1999年创建教育部人文社会科学重点研究基地复旦大学中国古代文学研究中心,担任主任。1996年起,先后被聘为复旦大学首席教授、杰出教授。长期担任教育部全国高等院校古籍整理研究工作委员会副主任,曾任国务院学位委员会第二、三、四届中国语言文学学科评议组成员、教育部第一届社会科学委员会副主任。

先生先后师从蒋天枢、贾植芳、朱东润等名家，加之天赋异禀，勤勉笃行，从接受马克思主义哲学到传承五四新文学精神，到扬弃乾嘉朴学、日本汉学，从而形成其厚植哲学理论根基、敢创新见、注重实证，宏观微观并重而"不京不海"的鲜明治学特色，成为一代学术大家。

先生长期从事中国文学研究，对各时期文学均有深入研究，尤重南北朝文学、明代文学和近现代文学。自20世纪90年代起致力于中国文学的古今贯通研究，提倡打破中国古代文学与现代文学的学科区隔，将古今文学作为有机的整体来加以考察，于2005年与同仁一起创建了"中国文学古今演变"学科。先生治学追求卓越，以谨严而富于创见著称，成就卓著。已经出版的主要著作有：《洪昇年谱》、《献疑集》、《中国文学史》（与骆玉明先生共同主编）、《中国文学史新著》（与骆玉明先生共同主编）、《不京不海集》、《新编明人年谱丛刊》等。主持或参与主编的有《全明诗》（与安平秋先生等共同主编）、《古本小说集成》、《中国近代小说大系》、《传世藏书》、《古代文史名著选译丛书》（与安平秋先生、马樟根先生共同主编）、《中国文学大辞典》（与钱仲联先生、傅璇琮先生共同主编）等。其中《洪昇年谱》获上海市第一届哲学社会科学优秀成果著作一等奖；《献疑集》获教育部首届人文社科研究优秀著作一等奖；1996年出版的《中国文学史》被学界誉为"石破天惊"、最早突破现有文学史研究格局的一部标志性著作。而2007年出版、2011年完成增订并重版的《中国文学史新著》，不仅以人性的发展作为文学演变的基本线索，而且吸收西方形式美学的相关成果，将内容赖以呈现的文学形式作为考察的重点。其独特的思想体系和论述视角，广受中国古代文学与现代文学研究领域许多著名学者的高度评价,被认为是开创了中国文学史研究的富于创造性的新途径,揭示了中国古代文学与现代文学的内在联系。该新著不仅是中国文学学术走向成熟的一个里程碑,更是世界文学史学在中国本土结下的一枚硕果。该新著荣获上海市第九届哲学社会科学研究优秀成果著作类一等奖、上海市第十届哲学社会科学优秀成果学术贡献奖、教育部第五届人文社科研究优秀著作二等奖、思勉原创奖提名奖等重大奖项,并入选中华人民共和国新闻出版总署第二届"三个一百"原创图书出版工程。

20世纪70年代起,先生先后应邀在日本、韩国、美国及台湾、香港等地区的著名高校从事讲学和学术交流活动,其学术思想和研究成果在海外产生广泛的影响。日本著名汉学家井上泰山教授率领团队,将《中国文学史新著》三卷全本译为日文在日本出版。

先生性情高雅,德隆学界。与人交往,爱憎分明,重情重义,友朋众多。长期辛勤耕耘于教学一线,桃李满天下。并以其渊博学识,诚心正意,"望之俨然,即之也温"的魅力,深得国内外众多青年学子的衷心拥戴。凡经其指授,多有成就,国内外一批弟子相继在各自的研究领域脱颖而出,成为学界名家。

先生晚年身罹重病,依然坚持教学科研,完成了《中国文学史新著》绝大部分章节的撰写修订与《不京不海集》的编订等工作,并发表了数篇重要学术论文。

先生仙逝之日,友朋弟子,沉痛哀悼,学界名流,纷致唁函。中共中央、国务院、教育部、上海市等领导致电悼念,全国高校古委会亦编集一期专刊悼念。

说明：本文是应《山阴阮社章氏宗谱》编纂者之约，与吴冠文兄共同完成，并经陈广宏、郑利华、章乃基三兄审阅赐正，叶灿芬女士也提供了宝贵意见。

四库本《大全集》所据底本考

高启的诗歌作品自明景泰初年由徐庸编集为《高太史大全集》十八卷刊刻行世,后经多次重刊,成为流传最广、影响最大的文本。《四库全书》也收入了高启的十八卷诗作,名为《大全集》。文渊阁《四库全书》影印本现已为不讲究版本者所习用,《四库全书总目》的学术贡献也自应总体上予以高度评价,而其诸多问题学者早已多有辨证。"《四库》所收,浩如烟海,自多未见之书。而纂修诸公,绌于时日,往往读未终篇,拈得一义,便率尔操觚,因以立论。岂惟未尝穿穴全书,亦或不顾上下文理,纰缪之处,难可胜言。"①"今言《四库》者,尽归功文达。然文达名博览,而于经史之学实疏,集部尤非当家。……惟集部颇漏略乖错,多滋异议。"②

《四库全书》收入的高启《大全集》所用底本的情况如何③?其《提要》曰:"景泰初,徐庸掇拾遗佚,合为一编,题曰《大全集》,刘昌为之序,即此本也。"果真如此吗?笔者通过对存世各版本《高太史大全集》初步进行梳理考辨,以为四库本《大全集》所用底本是清康熙年间

---

① 余嘉锡:《四库提要辨证·序录》,昆明:云南人民出版社,2004年。
② 李慈铭:《越缦堂读书记·史部·目录类》,上海:上海书店出版社,2000年。
③ 本文所述所引《四库全书》资料,均据影印文渊阁本,《四库全书总目》所收《大全集》提要文字相同。

许氏竹素园刊刻的《高季迪先生大全集》,而非《提要》所言景泰本。

一

《四库全书》集部六别集类五收有高启诗集《大全集》,其集前《提要》曰:"《大全集》十八卷,明高启撰……所著有《吹台集》《江馆集》《凤台集》《娄江吟稿》《姑苏杂咏》,凡二千余首。自选定为《缶鸣集》十二卷,凡九百余首。启没无子,其侄立于永乐元年镂板行之。至景泰初,徐庸掇拾遗佚,合为一编,题曰《大全集》,刘昌为之序,即此本也。"

这段文字包含了关于《大全集》版本方面的两方面的信息:一、《大全集》为十八卷,有景泰初年初刊本;二、《四库全书》中的《大全集》所用底本就是景泰本。

《高青丘诗研究》的著者在讨论《大全集》四库本的版本问题时,据此得出的结论便是:"则四库全书即据明景泰刊本重刻者。"①

先于《四库全书》而成编的《四库全书荟要》亦收录了《大全集》,其《总目》著录的所用底本也说是徐庸刊本:"今依前江苏巡抚臣萨载所上周厚堉家藏明徐庸刊本缮录,据启侄立本恭校。"②经比对,其所据底本并非景泰初徐庸刊本,所收高启诗作篇目、序次等特征全同于《四库全书》所收的《大全集》。二丛书所据以缮录者虽然来源不同,而实为同一底本③。

---

① 蔡茂雄:《高青丘诗研究》第四章,台北:文津出版社,1987年。
② 世界书局1988年影印《四库全书荟要》。
③ 《四库全书总目》著录的《大全集》为"副都御史黄登贤家藏本"。

明景泰本《高太史大全集》现存世一部,收藏于中国国家图书馆。另有景泰刻成化五年刘以则割补重修本,亦保留着景泰本原貌。习见的《四部丛刊》影印本,其注明所据底本为江南图书馆藏明景泰刊本,而实为明正、嘉间刊本。对此,傅增湘于1938年即指出:"此青丘《大全集》为明嘉靖刻本,涵芬楼印入《四部丛刊》者,即属此刻,而题为景泰本,误也。景泰所刻为黑口,半叶十一行,行二十字,此则白口,十行,行二十字,行格迥异,然亦从景泰本出,第讹夺实多耳。"①陈杏珍于1986年又撰有叙录《高启、谢肃、王璲文集的三种初刻本》②,细加辨证。

四库本与景泰本有如下四方面明显不同:

一、所收诗多寡不同,景泰本"共收诗一千七百六十九首"③,而笔者通检四库本,收各题诗一千五百八十八题,一千七百八十二首。

二、四库本与景泰本各卷所收诗的篇目序次多有不同,有的卷则完全不同。此处仅以第九卷为例,请看下表1。

表1　四库本与景泰本《高太史大全集》卷九篇目次序

序次	四库本	景泰本
1	姑苏台	姑苏台
2	百花洲	初入京寓天界西阁对辛夷花怀徐七记室

---

①　傅增湘:《藏园群书题记》卷十七《题吴佩伯校高太史大全集》,上海:上海古籍出版社,1986年。
②　《文献》1986年第2期。
③　傅增湘:《藏园群书题记》卷十七《成化本高太史大全集跋》。

续表

序次	四库本	景泰本
3	香水溪	题高彦敬云山图
4	太湖石	百花洲
5	洞庭山	答余新郑
6	圣姑庙	送林谟秀才东归谒松江守
7	蔡经宅	玄武门观虎圈
8	石崇墓	美人摘阮图歌
9	初入京寓天界寺西阁对辛夷花怀徐七记室	香水溪
10	答余新郑	赠丘老师
11	送林谟秀才东归谒松江守	送许先生归越
12	题高彦敬云山图	蔡经宅
13	美人摘阮图歌	独游山中忆周记室砥
14	赠丘老师	送证上人住持道场
15	玄武门观虎圈	赠墨翁沈蒙泉
16	送许先生归越	圣姑庙
17	送证上人住持道场	送王孝廉至京省其父待制后归金华
18	送王孝廉至京省其父待制后归金华	淮南张架阁家旧有楼在仪銮江上经兵燹已废与予会吴中乞追赋之
19	穆陵行	石崇墓

续　表

序次	四　库　本	景　泰　本
20	独游山中忆周记室砥	题米元晖云山图
21	赠墨翁沈蒙泉	穆陵行
22	淮南张架阁家旧有楼在仪銮江上经兵燹已废与予会吴中乞追赋之	题朱氏梅雪轩
23	题朱元晖云山图	和衍上人观梅
24	题朱氏梅雪轩	天闲青骢赤骠二马歌
25	和衍上人观梅	题李德新中宗射鹿图
26	题李德新中宗射鹿图	题赵希远宋杭京万松金阙图
27	题赵希远宋杭京万松金阙图	芥舟诗
28	芥舟诗	题周逊学天香深处卷
29	题周逊学天香深处卷	同谢国史游钟山逢铁冠先生
30	象	洞庭山
31	题茅叟夏山过雨图	喜家人至京
32	偃松行	题茅叟夏山过雨图
33	白马涧	象
34	赠治冠梁生乞作高子羔旧样	太湖石
35	赋得乌衣巷送赵丞子将	北山观猿
36	宿蔡村夜起	会宿成均汲玉兔泉煮茗诸君联句不就因戏呈宋学士

续　表

序次	四　库　本	景　泰　本
37	天闲青骢赤骠二马歌	谢友人惠兜罗被歌
38	同谢国史游钟山逢铁冠先生	偃松行
39	喜家人至京	白马涧
40	北山观猿	赠治冠梁生乞作高子羔旧样
41	客舍雨中听江卿吹箫	赋得乌衣巷送赵丞
42	谢友人惠兜罗被歌	宿蔡村夜起
43	会宿成均汲玉兔泉煮茗诸君联句不就因戏呈宋学士	客舍雨中听江卿吹箫
44		午日有怀彦正幼文

　　从上表可以看出，两种版本的第九卷里，只有第一首诗的序次相同，其余 42 首的序次完全不同。景泰本于卷末收有《午日有怀彦正幼文》一诗，而四库本将此诗收在第十卷卷中。

　　三、卷首所收序文不同。景泰本卷首收有四篇序文，依次为署"景泰元年庚午冬十二月望日赐进士出身吴刘昌序"的《高太史大全集叙》、署"洪武二年秋七月长山病叟胡翰序"的《缶鸣集序》、署"洪武庚戌三月翰林侍讲制金华王祎序"的《缶鸣集序》、署"洪武三年十二月既望史官吴郡谢徽序"的《缶鸣集序》。四库本卷前仅有署"景泰元年庚午冬十二月望日赐进士出身吴刘昌序"的一篇序文，且"叙"字为"序"字，题目简作《大全集序》。序文后收有署"洪武乙卯二月陇西李志光书"的《高太史本传》一文。

四、文字方面的差异。两种版本在文字方面存在着明显差异。如刘昌之序,标题的文字差异已如上所述,序中的文字也有差异,景泰本所收该序的第一句为"故嘉议大夫户部侍郎前翰林国史院编修官授诸王经青丘先生《高启文集》二十四卷,旧一千若干篇,今二千若干篇,儒士徐庸字用理之所广也",在四库本中,此句"《高启文集》二十四卷"则为"《高启文集》一十八卷"。再如景泰本卷十四《读道旁旧冢碣》一诗,诗题下另行有小序:"上题曰宋黄澹翁先生之墓。"四库本所收此诗没有诗题与小序的区别,诗题直接为《读道旁旧冢碣上题曰宋黄澹翁先生之墓》。又如景泰本卷十五第一首诗《送人出镇》,中有"雁门擒勇旧功成"一句,四库本为"雁门擒虏旧功成"。

二

通过以上考辨,四库本《大全集》所用底本显然不是明景泰本。那么它是根据《大全集》的哪种版本呢?在清乾隆年间编纂《四库全书》之前的明、清两朝,《大全集》多次被刊印,现可考者除上述两种外,现存世主要有如下数种:

一、明嘉靖刻本,集名《高太史大全集》,十八卷。半页十行,行二十字,白口,四周单边。每卷卷端署:"吴郡高启季迪著 南州徐庸用理编"。《四部丛刊》据以影印者即此本,见前面所引傅氏语。

二、明刻本,集名《高太史大全集》,十八卷。该本所收诗文篇目、序次以及版式、行款、字体等方面与上述嘉靖本差异甚微,当是嘉靖本的覆刻本。

三、明刻蓝印刘景韶校本，集名《高太史大全集》，十八卷。半页十行，行二十字，白口，四周单边。每卷卷端署"吴郡高启季迪著 南州徐庸用理编 崇阳刘景韶校次"。刘景韶（1517—1576），字子成，号白川，湖北崇阳人。明嘉靖甲辰年（1544）进士。与李攀龙等切劘为诗，有声。嘉靖时为浙江按察使、都察院右佥都御史，提督军务。抗倭明将①。据王世贞所撰墓志铭，刘氏于嘉靖最后一年（1576）去世，因而此刻本的问世不可能晚于嘉靖时期，或即其官江南时所刻。该本所收诗文篇目、序次、文字等方面与上述嘉靖本大同小异，当是其翻刻本。

四、明万历《四名家诗集》本，集名《重刻高太史大全集》，十八卷。半页十行，行二十字，白口，四周单边。每卷卷端题"吴郡高启季迪著 高安陈邦瞻德远订 新都汪汝淳孟朴校"。明万历年间汪汝淳重刻明初高、杨、张、徐四家诗集，卷首有陈邦瞻、谢肇淛《四名家诗集》二序，均署"万历己酉"。其《重刻高太史大全集》篇目、序次、版式、行款与嘉靖本无大差异。

五、清康熙间许氏竹素园刻本，每卷卷端题"高季迪先生大全集卷×"，不著著者姓名，共十八卷。半页十行，行二十字，白口，左右双边。单黑鱼尾，尾下镌"大全集卷×"。集首刘昌《大全集序》、李志光《高太史本传》，次为《高季迪先生大全集总目》，总目后附竹素园主人题记。题记曰："青丘高先生所著诗甚夥……明景泰间徐用理先生汇而刻之，共得乐府近体诗一千七百七十余首，名曰《大

---

① 据王世贞《弇州山人续稿》卷九十四《中宪大夫都察院右佥都御史白川刘公墓志铭》《湖广通志》等。

全集》……今板已漫灭,颇多舛讹,披览之下,不无遗憾。乙亥春,购得兹本,因而重加校雠。其间序次,悉遵原板;间有阙文一二,亦姑仍之,而未敢遽改。"

按：竹素园主人即许廷镕,长洲(今苏州)人,康熙举人。"乙亥",当即康熙三十四年。

六、清雍正六年桐乡金氏文瑞楼刻《青丘高季迪先生诗集》十八卷《遗诗》一卷《扣舷集》一卷。半页十一行,行十二字,白口,左右双边,单黑鱼尾,尾下镌"青丘诗集"、"青丘遗诗"、"青丘扣弦集"。此本为金檀所辑注,其《青丘高季迪先生诗集》正文之诗歌,除了每种体裁后的补遗作品外,篇目、序次与许氏竹素园本大同小异,因疑其所据底本当即许氏竹素园刻本,容他日另行撰文辨证,兹不赘述。

如上所述,可以看出：

一、第二、三两种明刻本版式、行款同于嘉靖本,篇目序次小有差异,可视为嘉靖本的翻刻本。嘉靖本与景泰本在所收诗歌篇目、序次方面大同小异(参见傅氏题跋)。

二、清雍正六年桐乡金氏文瑞楼刻本《青丘高季迪先生诗集》正文诗歌,除了每种体裁后的补遗作品外,篇目、序次与康熙间许氏竹素园本大同小异。

如此,四库本与景泰本之异同已在本文第一部分中辨明,下面自当考察四库本与竹素园本之异同。

一、笔者通检二本,所收诗歌作品之篇目多寡,差异很小。竹素园本收一千五百八十六题,一千七百八十首;四库本收一千五百八十八题,一千七百八十二首,仅两首之差。

二、二本各卷所收诗歌的数量、序次差异很小。仍以第九卷为例,请看下表2:

表2　四库本《大全集》与竹素园本《高季迪先生大全集》卷九篇目次序

序次	四库本	竹素园本
1	姑苏台	姑苏台
2	百花洲	百花洲
3	香水溪	香水溪
4	太湖石	太湖石
5	洞庭山	洞庭山
6	圣姑庙	圣姑庙
7	蔡经宅	蔡经宅
8	石崇墓	石崇墓
9	初入京寓天界寺西阁对辛夷花怀徐七记室	初入京寓天界寺西阁对辛夷花怀徐七记室
10	答余新郑	答余新郑
11	送林谟秀才东归谒松江守	送林谟秀才东归谒松江守
12	题高彦敬云山图	题高彦敬云山图
13	美人摘阮图歌	美人摘阮图歌
14	赠丘老师	赠丘老师
15	玄武门观虎圈	玄武门观虎圈

续　表

序次	四　库　本	竹　素　园　本
16	送许先生归越	送许先生归越
17	送证上人住持道场	送证上人住持道场
18	送王孝廉至京省其父待制后归金华	送王孝廉至京省其父待制后归金华
19	穆陵行	穆陵行
20	独游山中忆周记室砥	独游山中忆周记室砥
21	赠墨翁沈蒙泉	赠墨翁沈蒙泉
22	淮南张架阁家旧有楼在仪銮江上经兵燹已废与予会吴中乞追赋之	淮南张架阁家旧有楼在仪銮江上经兵燹已废与予会吴中乞追赋之
23	题朱元晖云山图	题朱元晖云山图
24	题朱氏梅雪轩	题朱氏梅雪轩
25	和衍上人观梅	和衍上人观梅
26	题李德新中宗射鹿图	题李德新中宗射鹿图
27	题赵希远宋杭京万松金阙图	题赵希远宋杭京万松金阙图
28	芥舟诗	芥舟诗
29	题周逊学天香深处卷	题周逊学天香深处卷
30	象	象
31	题茅叟夏山过雨图	题茅叟夏山过雨图

续 表

序次	四库本	竹素园本
32	偃松行	偃松行
33	白马涧	白马涧
34	赠治冠梁生乞作高子羔旧样	赠治冠梁生乞作高子羔旧样
35	赋得乌衣巷送赵丞子将	赋得乌衣巷送赵丞
36	宿蔡村夜起	宿蔡村夜起
37	天闲青骢赤骠二马歌	天闲青骢赤骠二马歌
38	同谢国史游钟山逢铁冠先生	同谢国史游钟山逢铁冠先生
39	喜家人至京	喜家人至京
40	北山观猿	北山观猿
41	客舍雨中听江卿吹箫	客舍雨中听江卿吹箫
42	谢友人惠兜罗被歌	谢友人惠兜罗被歌
43	会宿成均汲玉兔泉煮茗诸君联句不就因戏呈宋学士	会宿成均汲玉兔泉煮茗诸君联句不就因戏呈宋学士

上表清楚表明，两种版本所收诗歌篇目、序次相同，仅第35首的篇目略有差异，即四库本多出"子将"二字。

三、卷首所收序、传相同。竹素园本卷首收刘昌《大全集序》、李志光《高太史本传》二文，四库本卷首亦仅收此二文。明刊诸本刘昌序之篇名为《高太史大全集叙》，四库本与竹素园本则篇名同为《大全集序》。

四、文字方面差异很小。两种版本在文字方面几无差异,甚至讹误之处亦相同。试举二例。

(一)改动明刊本文字之处相同。如上面所述改刘昌序文篇名《高太史大全集叙》为《大全集序》。再如该序文第一句,明刊本作"故嘉议大夫户部侍郎前翰林国史院编修官授诸王经青丘先生《高启文集》二十四卷,旧一千若干篇,今二千若干篇,儒士徐庸字用理之所广也",此句中"《高启文集》二十四卷",竹素园本、四库本则同为"《高启文集》一十八卷"。

(二)上表所列第九卷第二十三首篇名为《题朱元晖云山图》,该诗首四句为:"海岳老仙非画工,自有丘壑藏胸中。大儿挥洒亦莫比,妙趣政足传家风。"金檀注曰:"《宋诗序》:米元章晚以研山易北固园亭名海岳庵,因号海岳外史。"①很显然,该诗题咏的是米元章之子米友仁(字元晖)的《云山图》,"朱"为"米"之讹。竹素园本、四库本同讹"米"为"朱"。

翻检吴慰祖校订《四库采进书目》②,中有《都察院副都御史黄交出书目》,其下著录有:"《高季迪集》十八卷,六本。"

这条资料也证明了四库本《大全集》所据底本不是明景泰本,而是清康熙间许氏竹素园刻本。理由如下:

其一,这里所说的"都察院副都御史黄"无疑即是《四库全书总目》所言的"副都御史黄登贤"③。

其二,高启《大全集》在黄登贤所交书目中只有如上所述一种。

---

① 《高青丘集》卷九,上海:上海古籍出版社,1985年。
② 北京:商务印书馆,1960年。
③ 《四库全书总目》著录的《大全集》为"副都御史黄登贤家藏本"。

其三,《四库全书》之前,高启诗集的书名中出现"高季迪"字样的只有清康熙间许氏竹素园刻本《高季迪先生大全集》和清雍正六年桐乡金氏文瑞楼刻本《青丘高季迪先生诗集》。后者有大量补遗之作,在篇目上与四库本《大全集》差异很大。因而《都察院副都御史黄交出书目》中著录的"《高季迪集》十八卷"只能是许氏竹素园刻本,也即四库本《大全集》所据以缮录的底本。

通过以上初步考述,不难得出如下结论:

一、四库本《大全集》各卷所收高启诗歌作品之序次,与景泰本多有差异;篇目多寡、文字异同等方面亦有差异。《提要》言四库本《大全集》所据以缮录的底本为景泰本,若非馆臣们"率尔操觚"所致,必是为了方便缮录,而以劣充优、糊弄交差。

二、四库本《大全集》所用底本为清康熙年间许氏竹素园刊刻的《高季迪先生大全集》。

(原载《复旦古籍所学报》第一期,复旦大学出版社,2012年)

《青丘高季迪先生诗集》
所据底本考

　　《青丘高季迪先生诗集》十八卷,是清初桐乡人金檀于雍正年间"详订舛讹,广增注释,殚精竭思,浃四旬岁而后成"[①]的高启诗歌的一个传本。它附刻了《遗诗》一卷、《扣舷集》一卷、《凫藻集》五卷,并附录年谱、本传,及与高启同时人的哀诔、祭文、悼诗和后人的诗评、杂记等,遂成为高启诗文传播史上一个重要文本,也是迄今为止收录高启诗文最多的一个文本。

　　对于这样一个重要文本,弄清其文本之源流,当不无意义。金檀氏在该集《例言》中说:"先生所著诗为《吹台集》《缶鸣集》《江馆集》《凤台集》《娄江吟稿》《姑苏杂咏》等编。""今通行本为景泰改元徐庸用理氏以类分汇,曰《大全集》,后率因之。各种集均不复见原本久矣,故编次仍依《大全集》。""坊本所谓竹素园、拂云居士等,或亦以未经校正,无庸挂名。顾自《大全集》行后,不为不久,旧刻亦不少。""兹购书贾本靡遗,借收藏家不一,始克参校厘正。只为刊误之竣,不足言注,识者鉴之。"

　　这两段例言包含了如下两方面的信息:

---

① 《青丘高季迪先生诗集》卷首陈璋序,清雍正七年初印本。

第一，金氏在雍正年间编刊高启诗文集时，《大全集》之外的高启各种诗集，"均不复见原本"，当时通行本为明景泰年间徐庸汇编的《大全集》，因而他这次编刊高启诗歌仍然是按照此《大全集》来编次的。"今通行本"云云，似既可以理解为金氏所据以编次的《大全集》就是景泰间刊本，也可以理解为是后世据景泰本刊印的某刊本。金氏不愿明说，也许有编刊与发售方面的考量。

第二，金氏是从书贾处购买，从收藏家处借阅，搜集校阅了不少高启诗集的旧刻，包括竹素园、拂云居士等坊本，并用其"参校厘正"，从而完成的。

金氏所言"各种集均不复见原本"，当是统而言之，事实上，我们从他辑注编刊的这部诗集中，既可以看到金氏列举的"不复见原本"中的《缶鸣集》《姑苏杂咏》两种，也可以看到他所辑佚而编次于各体诗歌之后数量众多的诗歌，则主要来自《槎轩集》。金氏所言的"坊本所谓竹素园、拂云居士"，其中竹素园是指清康熙三十四年竹素园主人许廷镕刊印的《高季迪先生大全集》十八卷，拂云居士则是指署名"拂云居士"者于明末刊印的《缶鸣集》十二卷，亦称介石堂刊本。

笔者在《四库本〈大全集〉所据底本考》[①]一文中指出："《青丘高季迪先生诗集》正文之诗歌，除了每种体裁后的补遗作品外，篇目、序次与许氏竹素园本大同小异，因疑其所据底本当即许氏竹素园刻本。"此后笔者经考察《高太史大全集》明至清初的现存刊本，并重点校勘了其卷九之文本，可进一步得出明确结论。

---

① 《复旦古籍所学报》第一期，上海：复旦大学出版社，2012年6月。

一

在金氏编刊辑注高启诗集之前的明清两朝,《高太史大全集》(万历本名《重刻高太史大全集》,康熙许氏竹素园本名《高季迪先生大全集》,雍正间文瑞楼金檀辑注本名《青丘高季迪先生诗集》)除了初刻本景泰本外,可考见者有五种刻本,即嘉靖刻本、明刻本(嘉靖本的影刻本)、嘉靖刘景韶校刻本、万历《四名家诗集》本、康熙三十四年竹素园许氏刻本。这些刻本现在都有藏本存世。较之景泰本,这五种刻本所收诗歌篇目数量差异很小,在诗歌篇目的编次方面,嘉靖刻本、明刻本(嘉靖本的影刻本)、刘景韶刻本、万历《四名家诗集》本与景泰本基本一致。

金氏所据以编次的《大全集》当不出这六种刻本。这六种刻本在诗歌篇目的编次方面又大体有两种情形。下面就以第九卷为例,考察金注本与景泰本、竹素园本在所收诗歌篇目序次方面的异同①。

表 1　第九卷篇目对照表

序次	金 注 本	竹素园本	景 泰 本
1	姑苏台	姑苏台	姑苏台
2	百花洲	百花洲	初入京寓天界西阁对辛夷花怀徐七记室

---

① 金注本十八卷诗歌正文除了各诗歌体裁后补遗的诗歌外,各卷篇目次序与竹素园本差异很小,但与现存明刊各本相较,各卷皆有不同程度的差异,且多数卷差异都较大,第九卷是差异较大者之一。

续　表

序次	金 注 本	竹素园本	景 泰 本
3	香水溪	香水溪	题高彦敬云山图
4	太湖石	太湖石	百花洲
5	洞庭山	洞庭山	答余新郑
6	圣姑庙	圣姑庙	送林谟秀才东归谒松江守
7	蔡经宅	蔡经宅	玄武门观虎圈
8	石崇墓	石崇墓	美人摘阮图歌
9	初入京寓天界寺西阁对辛夷花怀徐七记室	初入京寓天界寺西阁对辛夷花怀徐七记室	香水溪
10	答余新郑	答余新郑	赠丘老师
11	送林谟秀才东归谒松江守	送林谟秀才东归谒松江守	送许先生归越
12	题高彦敬云山图	题高彦敬云山图	蔡经宅
13	**钱舜举**画美人摘阮图歌	美人摘阮图歌	独游山中忆周记室砥
14	赠丘老师	赠丘老师	送证上人住持道场
15	玄武门观虎圈	玄武门观虎圈	赠墨翁沈蒙泉
16	送许先生归越	送许先生归越	圣姑庙
17	送证上人住持道场	送证上人住持道场	送王孝廉至京省其父待制后归金华

《青丘高季迪先生诗集》所据底本考

续 表

序次	金注本	竹素园本	景泰本
18	送王孝廉至京省其父待制后归金华	送王孝廉至京省其父待制后归金华	淮南张架阁家旧有楼在仪銮江上经兵燹已废与予会吴中乞追赋之
19	穆陵行	穆陵行	石崇墓
20	独游山中忆周记室砥	独游山中忆周记室砥	题米元晖云山图
21	赠墨翁沈蒙泉	赠墨翁沈蒙泉	穆陵行
22	淮南张架阁家旧有楼在仪銮江上经兵燹已废与予会吴中乞追赋之	淮南张架阁家旧有楼在仪銮江上经兵燹已废与予会吴中乞追赋之	题朱氏梅雪轩
23	题米元晖云山图	题朱元晖云山图	和衍上人观梅
24	**为石城朱氏题**梅雪轩	题朱氏梅雪轩	天闲青骢赤骠二马歌
25	和衍上人观梅	和衍上人观梅	题李德新中宗射鹿图
26	题李德新中宗射鹿图	题李德新中宗射鹿图	题赵希远宋杭京万松金阙图
27	题赵希远宋杭京万松金阙图	题赵希远宋杭京万松金阙图	芥舟诗
28	芥舟诗**为陈太常赋**	芥舟诗	题周逊学天香深处卷
29	题周逊学天香深处卷	题周逊学天香深处卷	同谢国史游钟山逢铁冠先生

续表

序次	金注本	竹素园本	景泰本
30	**奉游西园命赋二题象鹿**	象	洞庭山
31	题茅朧叟夏山过雨图	题茅叟夏山过雨图	喜家人至京
32	偃松行	偃松行	题茅叟夏山过雨图
33	白马涧	白马涧	象
34	赠治冠梁生乞作高子羔旧样	赠治冠梁生乞作高子羔旧样	太湖石
35	赋得乌衣巷送赵丞**子将**	赋得乌衣巷送赵丞	北山观猿
36	宿蔡村夜起	宿蔡村夜起	会宿成均汲玉兔泉煮茗诸君联句不就因戏呈宋学士
37	天闲青骢赤骠二马歌	天闲青骢赤骠二马歌	谢友人惠兜罗被歌
38	同谢国史游钟山逢铁冠先生	同谢国史游钟山逢铁冠先生	偃松行
39	喜家人至京	喜家人至京	白马涧
40	北山观猿	北山观猿	赠治冠梁生乞作高子羔旧样
41	客舍雨中听江卿吹箫	客舍雨中听江卿吹箫	赋得乌衣巷送赵丞

续　表

序次	金 注 本	竹素园本	景 泰 本
42	谢友人惠兜罗被歌	谢友人惠兜罗被歌	宿蔡村夜起
43	会宿成均汲玉兔泉煮茗诸君联句不就因戏呈宋学士	会宿成均汲玉兔泉煮茗诸君联句不就因戏呈宋学士	客舍雨中听江卿吹箫
44			**午日有怀彦正幼文**

从上表可以清楚看出三种本子在此卷的异同：

（一）金注本的第30题多收了《鹿》1首，景泰本收有《午日有怀彦正幼文》一诗。

（二）在诗题的文字方面，金注本对景泰本、竹素园本有所订正增补，如诗题中黑体字所示。

（三）金注本所收诗歌篇目的编排次序除了第1首外与景泰本完全不同，而与竹素园本则完全一致。

二

随着时代的发展变化，人们使用文字的习惯都会发生或多或少的变化。人们对正字、别字、俗体字、异体字、古今字、通假字、繁简字、通用字等汉字的概念与内涵的理解与使用，在不同的时段、地域、群体中各有差异。各类古代文献所反映的这种差异俯拾皆是。明初至清康熙雍正年间问世的几种高启诗集刻本中，也从一个侧面反映着这种差异。现在所能看到的三种嘉靖刻本与景泰初刻本所呈现的字体字形、习用字差异很小①。万历三十七年问世的《重刻高太史大全集》不仅在字体字形方面与它之前的刻本发生了较大变化,在习用字方面也多有差异。如卷九所收的《香水溪》一诗,一方面,"香水溪"之"溪"仍作"溪","暖香流出"之"暖"仍坐"暖",但"坐倾人国"之"坐"已改作"坐","千古愁冤"之"冤"改作"魂"。康熙三十四年问世的竹素园本则发生了较大变化,不仅"坐""冤"分别改作"坐""魂","溪""暖"也分别改作了"谿""煖"。

  本文在此试从习用字这一角度考察一下金注本与它之前刻本的渊源关系。嘉靖本与景泰本差异很小,万历本除了在习用字方面与景泰本、嘉靖本有了一些差异,在所收诗歌篇目次序方面几无差异,因而本文仅选取景泰本、竹素园本与之相校。为节省篇幅,这里仅再以第九卷所收诗歌为对象考察其习用字情况②。

  本文各表约选取了竹素园本、金注本与景泰本卷九诗歌中所用的 90% 以上写法不同的字例,常用输入法字库中未收的少量字例未用。从上述三表所收大量字例可以清楚看出:无论是繁简

---

① 正字、别字、俗体字、异体字、古今字、通假字、繁简字、通用字、规范字等词语的内涵与外延都是动态的,随着时间、地域及使用范围的不同而不断发生变化,很难用一个词语来概括之。这里所用的"习用字"一词,也仅是相对于某一时段的一种或一些文本而言。

② 古今学者对正体字、繁简字、异体字、古今字、通假字等概念的理解和认定各有差异,本文主要参考文献为李行健等主编《〈通用规范汉字表〉使用手册》(人民出版社 2013 年 8 月)、台湾教育研究院编《异体字字典》(网络版)、冯其庸等纂著《通假字汇释》(北京大学出版社 2006 年 3 月)、洪成玉著《古今字字典》(商务印书馆 2013 年 7 月)、胡双宝编《异体字规范字应用辨析字典》(北京大学出版社 2012 年 12 月),文中不再一一注明。

字、异体字,还是古今字、通假字,金注本所用字都与竹素园本相同。

表 2　繁简字对照表

诗　题	字　例		
	景泰本	竹素园本	金注本
百花洲	"日暮"句：肠欲**断**	腸欲**斷**	腸欲**斷**
太湖石	"珊瑚"句：**铁**網	**鐵**網	**鐵**網
洞庭山	1. "涛声"句 2. "後来"句：继往	1. 濤聲 2. 繼往	1. 濤聲 2. 繼往
题高彦敬云山图	"断桥"句	斷橋	斷橋
钱舜举画美人摘阮图歌	"瑶臺"句：断肠	斷腸	斷腸
送许先生归越	"道士庄"句	道士莊	道士莊
送证上人住持道场	1. "鉢傳"句：弥昌 2. "上人"二句：继吐	1. 彌昌 2. 繼吐	1. 彌昌 2. 繼吐
独游山中忆周记室砥	1. "幽蘿"句：变朝晦 2. "断崖"句 3. "不待"句：女与男	1. 變朝晦 2. 斷崖 3. 女與男	1. 變朝晦 2. 斷崖 3. 女與男
赠墨翁沈蒙泉	"摩挲"句：挥洒	揮灑	揮灑
淮南张架阁家旧有楼在仪銮江上经兵燹已废与予会吴中乞追赋之	仪銮江	儀鑾江	儀鑾江

续 表

诗 题	字 例		
	景泰本	竹素园本	金注本
题米元晖云山图	1. "大兒"句：揮洒 2. "梦人"句 3. "林深"句：断行人 4. "断縑"句	1. 揮灑 2. 夢人 3. 斷行人 4. 斷縑	1. 揮灑 2. 夢人 3. 斷行人 4. 斷縑
为石城朱氏题梅雪轩	1. "聽響"句：夜洒時 2. "梦寻"句	1. 夜灑時 2. 夢尋	1. 夜灑時 2. 夢尋
题赵希远宋杭京万松金阙图	"何如"句：可献至尊	可獻至尊	可獻至尊
奉游西园命赋二题象鹿：	1. "番使"句：来献 2. "天子"句：尔生	1. 來獻 2. 爾生	1. 來獻 2. 爾生
题茅腪叟夏山过雨图：	1. "奔湍"句：衝断 2. "蓆帽"句：趁黃埃	1. 衝斷 2. 趁黃埃	1. 衝斷 2. 趁黃埃
赠治冠梁生乞作高子羔旧样	"小冠"句：宜着称	宜著稱	宜著稱
宿蔡村夜起	"月風驚"句：梦裏	夢裏	夢裏
客舍雨中听江卿吹箫	"断猨"句	斷猿	斷猿
谢友人惠兜罗被歌	"蛮工"句	蠻工	蠻工
会宿成均汲玉兔泉煮茗诸君联句不就因戏呈宋学士	"只愁"句：弥明	彌明	彌明

表3 异体字对照表

诗题	字例		
	景泰本	竹素園本	金注本
姑苏台	1. "望虜"句 2. "中施"句：綉鳳 3. "捲簾"句：望王来 4. "不聞兵来渡溪水"句 5. "欲携"句 6. "獻楣"句：竟堕讐人 7. "客来"二句：荒凉捴非故	1. 望處 2. 繡鳳 3. 望王來 4. 兵來渡豀水 5. 欲攜 6. 竟墮讎人 7. 客來;荒凉總非故	1. 望處 2. 繡鳳 3. 望王來 4. 兵來渡豀水 5. 欲攜 6. 竟墮讎人 7. 客來;荒凉總非故
百花洲	1. "畫船"句：洲邊来 2. "不知"句：堕行塵 3. "年来"句	1. 洲邊來 2. 墮行塵 3. 年來	1. 洲邊來 2. 墮行塵 3. 年來
香水溪	1. 香水溪 2. "暖香"句 3. "坐傾"句 4. "千古"句：愁蒐	1. 香水豀 2. 煖香 3. 坐傾 4. 愁魂	1. 香水豀 2. 煖香 3. 坐傾 4. 愁魂
太湖石	"黄羅"二句：裹;車舡	裏;車船	裏;車船
洞庭山	1. "濤声"句：蒐夢 2. "靈威"句：僊徒 5. "玄關"句：似恠 6. "坐見"句 7. "身佩"句：五岳 8. "不知"句：僊人肯許	1. 魂夢 2. 仙徒 5. 似怪 6. 坐見 7. 五嶽 8. 仙人肯許	1. 魂夢 2. 仙徒 5. 似怪 6. 坐見 7. 五嶽 8. 仙人肯許
圣姑庙	1. "咲吒"句 2. "咲語"二句：冷颲 3. "獨奏"句：空筊 4. "杳人"句：何虜尋踪跡	1. 笑吒 2. 笑語;冷風 3. 箜篌 4. 世人;何處尋蹤跡	1. 笑吒 2. 笑語;冷風 3. 箜篌 4. 世人;何處尋蹤跡

续　表

诗　题	字　例		
	景泰本	竹素园本	金注本
蔡经宅	1. "璃箫"句：鸾笙 2. "羽衞"句：蹩踏 3. "啸呼"句 4. "芳姿"句：飞璃 5. "莱田"句：囬首 6. "神僊"句 7. "丹元"句：解畊	1. 鸞笙 2. 蹴踏 3. 嘯呼 4. 飛瓊 5. 桑田；回首 6. 神仙 7. 解耕	1. 鸞笙 2. 蹴踏 3. 嘯呼 4. 飛瓊 5. 桑田；回首 6. 神仙 7. 解耕
初入京寓天界寺西阁对辛夷花怀徐七记室	1. 题：初入京 2. "君来"句 3. "我来"句 4. "晋过"句	1. 初入京 2. 君來 3. 我來 4. 看過	1. 初入京 2. 君來 3. 我來 4. 看過
答余新郑	1. 畬余新郑 2. "日高"句：破窜 3. "读终"二句：呼仐；卆言 4. "遽对"句：簷楹	1. 答新鄭 2. 破竄 3. 呼卒；卒言 4. 檐楹	1. 荅余新鄭 2. 破竄 3. 呼卒；卒言 4. 檐楹
送林謨秀才东归谒松江守	1. "关塞"句 2. "嗟予"句：坐	1. 關塞 2. 坐	1. 關塞 2. 坐
题高彦敬云山图	1. 题：云山图 2. "闲解"句 3. "远寺"句：钟边 4. "坐览"句	1. 雲山圖 2. 閒解 3. 鐘邊 4. 坐覽	1. 雲山圖 2. 閒解 3. 鐘邊 4. 坐覽
钱舜举画美人摘阮图歌	1. "偷写"句：舞鸾曲 2. "滴尽"句：老蛟泪	1. 舞鸞曲 2. 老蛟淚	1. 舞鸞曲 2. 盤老蛟淚
赠邱老师	"满城"句：庚莱	庚桑	庚桑

续　表

诗　题	字　例		
	景泰本	竹素園本	金注本
玄武门观虎圈	1. 题：虎圈： 2. "腥風"句：一嘯 3. "漢家"句：真虎	1. 虎圈 2. 一嘯 3. 眞虎	1. 虎圈 2. 一嘯 3. 眞虎
送许先生归越	1. "天子"句：徵賢良 2. "先生"句：亦随 3. "群龍"句：羣龍 4. "歌頌"句：聖德	1. 徵賢良 2. 亦隨 3. 羣龍 4. 聖德	1. 徵賢良 2. 亦隨 3. 羣龍 4. 聖德
送证上人住持道场	1. "弟子"二句：雲来；暮鼓 2. "醉謌欲寬"句	1. 雲來；暮鼓 2. 醉歌欲覓	1. 雲來；暮鼓 2. 醉歌欲覓
送王孝廉至京省其父待制後归金华	1. "歲晚"句 2. "早踏街皷"句	1. 歲晚 2. 街鼓	1. 歲晚 2. 街鼓
穆陵行	"后藉入官"句	后籍入官	后籍入官
独游山中忆周记室砥	1. "借居"句：雲岩 2. "踐蛇"句：衝虎 3. "恠卉"句 4. "業緣"句：畧盡	1. 雲巖 2. 衝虎 3. 怪卉 4. 略盡	1. 雲巖 2. 衝虎 3. 怪卉 4. 略盡
赠墨翁沈蒙泉	1. "峨嵋"句：僊子 2. "徂徠"句 3. "慚註"句：篆蟲蝦	1. 仙子 2. 徂徠 3. 篆蟲鰕	1. 仙子 2. 徂徠 3. 篆蟲鰕
淮南张架阁家旧有楼在仪鉴江上经兵燹已废与予会吴中乞追赋之	1. "山奔"句：供覽 2. "風景"二句：厭看；何虖 3. "欲問"二句：日邊；遠近；囬首	1. 供覽 2. 厭看；何處 3. 日邊；遠近；回首	1. 供覽 2. 厭看；何處 3. 日邊；遠近；回首

续　表

诗　题	字　例		
	景泰本	竹素园本	金注本
题米元晖云山图	1. "起招"句：幽踪 2. "烟火参差"句	1. 幽蹤 2. 煙火參差	1. 幽蹤 2. 煙火參差
为石城朱氏题梅雪轩	1. "闻道"句：溪上下 2. "我亦"句：乘兴来	1. 谿上下 2. 乘興來	1. 谿上下 2. 乘興來
和衍上人观梅	"夜窗"句：囬春	夜窗；回春	夜窗；回春
题李德新中宗射鹿图	题：李德新	题李德新	李德新
题周逊学天香深处卷	题：深廤	深處	深處
题茅臞叟夏山过雨图	1. "前山"句：冥冥 2. "氣濕"句：囬 3. "蓆帽障日趍黄埃"句	1. 冥冥 2. 氣溼；回 3. 蓆帽障日趨黄埃	1. 冥冥 2. 氣溼；回 3. 席帽障日趨黄埃
偃松行	1. "何如"句：恠且壽 2. "我嘗"句：来觀 3. "神物"句：久羈	1. 怪且壽 2. 來觀 3. 久羈	1. 怪且壽 2. 來觀 3. 久羈
白马涧	1. "奇姿"句：卋羈絡 2. "憔悴"句：涂路邊	1. 奇姿；世羈絡 2. 途路邊	1. 奇姿；世羈絡 2. 途路邊
赠治冠梁生乞作高子羔旧样	1. 题：舊樣 2. "小冠"句：宜着稱 3. "煩君"句：依吾樣	1. 舊樣 2. 宜著稱 3. 依我樣	1. 舊樣 2. 宜著稱 3. 依我樣
赋得乌衣巷送赵丞子将	1. "胃入"句 2. "随鶑"句 3. "江邊"二句：晋	1. 肯入 2. 随鶑 3. 江邊；看	1. "肯入" 2. 随鶑 3. 江邊；看

续 表

诗 题	字 例		
	景泰本	竹素園本	金注本
宿蔡村夜起	1. "四更"句：叫 2. "月掛"句：愁邊 3. "早飡"句：	1. 雞叫 2. 愁邊 3. 早餐	1. 雞叫 2. 愁邊 3. 早餐
天闲青骢赤骠二马歌	1. 题：青驄 2. "人間"句：奇種 3. "萬里"句：嘶處 4. "態間"句：金羈 5. "乘時"：蓋 6. "請看"句：塩車	1. 青驄 2. 奇種 3. 嘶處 4. 態間；金羈 5. 蓋 6. 请看；鹽車	1. 青驄 2. 奇種 3. 嘶處 4. 態間；金羈 5. 蓋 6. 请看；鹽車
同谢国史游锺山逢铁冠先生	1. "知有"句：禪関 2. "眾山"句：珮趍 3. "相迎"二句：幽絕處；留坐	1. 禪關 2. 佩趨 3. 幽絕處；留坐	1. 禪關 2. 佩趨 3. 幽絕處；留坐
喜家人至京	1. 题：至京 2. "海鳥"句：鐘皷 3. "常時"句：空舘	1. 至京 2. 鐘皷 3. 空館	1. 至京 2. 鐘皷 3. 空館
北山观猿	1. "飛挂"句：墮 2. "家鄉"句：何處 3. "囬首烟蘿"句	1. 墮 2. 何處 3. 回首煙蘿	1. 墮 2. 何處 3. 回首煙蘿
客舍雨中听江卿吹箫	1. "斷猨哀鴈總驚啼"句 2. "夢遊"句：總荒蕪 3. "関山"句：羈臣 4. "彩霞"句：花開處 5. "風雨"句：寒窓	1. 斷猿哀鴈總驚啼 2. 總荒蕪 3. 關山；羈臣 4. 花開處 5. 寒窗	1. 斷猿哀雁總驚啼 2. 總荒蕪 3. 關山；羈臣 4. 花開處 5. 寒窗

诗 题	字 例		
	景泰本	竹素园本	金注本
谢友人惠兜罗被歌	1."蛮工"句：冰蠶虿 2."铺壓"句：高牀 3."朔風"句：入関 4."重似"句：合懽綺 5."静掩"句：寒窓	1. 冰蠶繭 2. 高牀 3. 入關 4. 合歡綺 5. 静掩；寒窗	1. 冰蠶繭 2. 高牀 3. 入關 4. 合歡綺 5. 静掩；寒窗

表 4 古今字、通假字对照表

诗 题	字 例		
	景泰本	竹素园本	金注本
姑苏台	1."文身"句：搆王基 2、6."瞑目"句	1. 搆王基 2. 瞑目	1. 構王基 2. 瞑目
百花洲	"豈唯"句	豈惟	豈惟
太湖石	"三峰"句：泰華	泰華	太華
蔡經宅	1."冷颭"句 2."羽衛"句：蹗踏 3."仙意"句：笞榜	1. 冷風 2. 蹴踏 3. 笞榜	1. 冷風 2. 蹴踏 3. 笞榜
送林谟秀才东归谒松江守	2."嗟予"句	2. 嗟余	2. 嗟余
题高彦敬云山图	5."断桥"二句：鍾邊	5. 鐘邊	5. 鐘邊
送证上人住持道场	"我方"句：趂明光	趂明光	趂明光
独游山中忆周记室砥	4."手揮"句：談塵凮	4. 談塵風	4. 談塵風

续　表

诗　题	字　例		
	景泰本	竹素园本	金注本
赠墨翁沈蒙泉	"慚註"句：箋虿蝦	箋蟲鰕	箋蟲鰕
淮南张架阁家旧有楼在仪銮江上经兵燹已废与予会吴中乞追赋之	2."風景"二句：凭闌	2. 凭欄	2. 凭欄
芥舟诗为陈太常赋	4."安卧"句：扶桑 9."君行"句：萬里柁	4. 扶桑 9. 萬里舵	4. 樽桑 9. 萬里舵
题茅朧叟夏山过雨图	5."蓆帽"句	5. 蓆帽	5. 席帽
偃松行	2."偃仰"句：荒山垂 5."我嘗"句：遷反	2. 荒山陲 5. 遷返	2. 荒邱陲 5. 遷返
白马涧	3."憔悴"句：涂路	3. 途路	3. 途路
宿蔡村夜起	3."早飧"句	3. 早餐	3. 早餐
同谢国史游锺山逢铁冠先生	1.题：鐘山 3."眾山"句：雜遝	1. 錘山 3. 雜沓	1. 錘山 3. 雜沓
喜家人至京	"歲莫"句	歲暮	歲暮

三

金注本与竹素园本有少量不同者，多为校改字，请见下表：

表 5 校改字不同者对照表

诗题	字例		
	景泰本	竹素园本	金注本
姑苏台	1."銅鋪"句：**盛繁華** 2."醉倚"句：**畫欄** 3."攬衣"句	1. 成繁華 2. 畫欄 3. 攬衣	1. 盛(一作成)繁華 2. 畫筵 3. 搴裳
百花洲	"縱来"句	總來	縱來
圣姑庙	"杳緣"句：**靜無愁**	信無愁	靜(一作信)無愁
蔡经宅	"攝景"句	攝景	躡(一作攝)景
石崇墓	1."家逐"句 2."坐伴"句	1. 家逐 2. 坐伴	1. 眾(一作介)逐 2. 夜伴
答余新郑	1."時有"句：**棲山棚** 2."剝食"句：**江南秔**	1. 棲山棚 2. 江南秔	1. 居山棚 2. 江南秔
送林谟秀才东归谒松江守	"有詩"句：**豈救**	豈救	寧救
题高彦敬云山图	1."半是"句：啼鴉 2."何當"句：遍覔	1. 啼鴉 2. 遍覽	1. 啼猿 2. 徧覓
钱舜举画美人摘阮图歌	"桂樹"句：**满山月**	满山月	墜斜(一作满山)月
赠丘老师	"长春"句：**自仙骨**	自仙骨	具(一作自)仙骨
独游山中忆周记室砥	"日出"句：**溪市嵐**	1. 瀑布嵐	1. 溪市嵐
赠墨翁沈蒙泉	"錦囊"句：**忽在几**	1. 忽在几	1. 笏在几

《青丘高季迪先生诗集》所据底本考

续　表

诗　题	字　例		
	景泰本	竹素園本	金注本
题米元晖云山图	1. 題**米**元暉雲山圖 2. "敷文閣"句：書圖 3. 起"招綵筆"句	1. 題**朱**元暉雲山圖 2. 書圍 3. 起**招**綵筆	1. 題**米**元暉雲山圖 2. 書幃（一作圖書） 3. 起**拈**綵筆
和衍上人观梅	"寒**梅**"句	寒雨	寒雪
芥舟诗为陈太常赋	1. "帆如"句：乘雲 2. "烏知"句：物表 3. "君今"句：何苦	1. 乘雲 2. 衣表 3. 何苦	1. 飛雲 2. 物表 3. 那苦
奉游西园命赋二题象鹿	"車輿"句	車輿	鑾輿
偃松行	1. "偃仰"句：荒山垂 2. "蟄雷"句：破岳	1. 荒山陲 2. 破嶽	1. 荒邱陲 2. 震（一作破）嶽
赠治冠梁生乞作高子羔旧样	"進賢"句	進賢	進冠
赋得乌衣巷送赵丞子将	"江邊"句：離宮	離宮	離筵
喜家人至京	"秫酒"句	1. 邨酒	1. 村酒

　　上表中，金注本不同于竹素园本的文字，虽然所改不无可议之处，但总体而言，无疑是金注本值得肯定的校勘成果。正如其《例

言》所言:"刻本字样,互有不同,意义相近者以某一作某两存之,讹谬者必改正。""陶阴亥豕,务尽雠校。……自《大全集》行后,不为不久,旧刻亦不少,何犹使作者真面自晦昧于行间字里? 略举一二,足为深慨。如卷四《约同宿鹤瓢山房诗》,'阿咸'作'何臧';卷五《驱疟诗》,'笑嗤'作'爽垲'。其余字音相似,'金'作'经'、'音'作'阴'、'市'作'恃'之类;字形相似,'云'作'露'、'谁'作'惟'、'贱'作'钱'之类,乍难枚举,虽明悟其能会意乎? 兹购书贾本靡遗,借收藏家不一,始克参校厘正。"

就金注本校改字而言,上表中列出 30 例不同于竹素园本者,但其也有 20 例与竹素园本相同而不同于景泰本者。见下表:

表 6　校改字相同者对照表

诗　题	字　例		
	景泰本	竹素園本	金注本
姑苏台	"賜劍"句:應孤	應辜	應辜
香水溪	"空洗"句:鉛妝	鉛華	鉛華
太湖石	1. "萬里"句:貢餉 2. "百年"句:竟誰主	1. 貢獻 2. 竟誰在	1. 貢獻 2. 竟誰在
洞庭山	"欲使"句:出極	出拯	出拯
答余新郑	1. "道路"句:猿嬰 2. "旋乞"句:逢荊 3. "特賜"句:牧拭 4. "茅葦"句:蚊蝨 5. "非才"句	1. 孩嬰 2. 蓬荊 3. 拂拭 4. 蚊蝨 5. 菲才	1. 孩嬰 2. 蓬荊 3. 拂拭 4. 蚊蝨 5. 菲才

续　表

诗　题	字　例		
	景泰本	竹素园本	金注本
送证上人住持道场	"江湖"句：寒编	寒缩	寒缩
穆陵行	"玉颗"句：駞酥酒	酡酥酒	酡酥酒
独游山中忆周记室砥	"手挥"句：談麈凨	談麈風	談麈風
赠墨翁沈蒙泉	"一朝"句：可用	何用	何用
题米元晖云山图	題米元暉雲山圖	題朱元暉雲山圖	題米元暉雲山圖
和衍上人观梅	"藍輿"句	籃輿	籃輿
芥舟诗为陈太常赋	"我聞"句：萬衆	萬象	萬象
白马涧	"憔悴"句：涂路	途路	途路
赋得乌衣巷送赵丞子将	"留人"句：墻頭	檣頭	檣頭
喜家人至京	"歸夢"句：每遂	每逐	每逐

四

本文选取《大全集》卷九之文本作为主要对象，从以上三方面考察了金注本与明刊诸本、清康熙年间许氏竹素园本之间的关系：

（一）金注本所收诗歌篇目的编排次序除了第 1 首外，与景泰本代表的明刊完全不同，而与竹素园本则完全一致。

（二）无论是繁简字、异体字，还是古今字、通假字，金注本所用字都与竹素园本相同。

（三）就金注本校改字而言，也明显受竹素园本影响，五分之二的校改字与竹素园本相一致。

（四）以上三方面虽然仅为各本第九卷的情况，显然已足以说明：金檀氏编刊的《青丘高季迪先生诗集》之正文文本，是以竹素园本《高季迪先生大全集》为主要工作底本，参校其他文献资料而成。

竹素园本刊印于康熙三十四年（1695），金注本刊印于雍正六至七年（1728—1729），两者相距仅三十多年。虽然金檀氏为藏书名家，视竹素园本为"或亦以未经校正"的"坊本"，但既然编刊图书，不可能如皇家一样不计成本。以竹素园本作为辑注的工作底本，较之明刊本而言，毕竟易得，成本大为降低。实际上历经水火兵虫等图书灾厄之后，在当时要找到明刊本《高太史大全集》并不容易，此后的《四库全书》编纂者虽然携皇权之威，也未能搜集到高启诗文的明刊本《大全集》，而据以收入的也是竹素园本。[①]

（原载《薪火学刊》第二卷，复旦大学出版社，2015 年）

[①] 参见拙文《四库本〈大全集〉所据底本考》，《复旦古籍所学报》第一期，上海：复旦大学出版社，2012 年 6 月。

日本明治时期出版的高启
诗集的两种评点本

  高启的诗歌在中国文学史上有着重要影响，被推许为明诗第一人。其诗在日本也深受欢迎，近藤元粹说："高青丘之诗，冠绝于近世，人皆喜诵读焉。"①明治（含明治）以前，高启的诗集即被多次选评刊印，如仁科白谷编，天保六年（1835）刊《高太史诗钞》；中岛棕隐、梁川星岩校，江户末期京都丁子屋源次郎等刊《高青丘诗集》（又有明治时京都北村文石堂刊本）；斋藤拙堂编，嘉永三年（1850）河内屋茂兵卫等刊《高青丘诗醇》[大阪桂云堂明治十六年（1883）翻刻本]；题清李渔评，日本广濑淡窗批点、广濑旭庄编，明治十二年（1879）大阪同盟书堂（山本重助）刊《高青丘诗钞》；近藤元粹评订，明治二十八至三十年（1895—1897）大阪青木嵩山堂出版《辑注增补高青丘全集》。明治以后，高启的诗作又被多次编选注释翻译。如久保天随译解，1930年国民文库刊行会出版了《高青丘诗集（1—4）》（《续国译汉文大成·文学部》第19—22卷）；入谷仙介选译，1962年岩波书店出版了《高启》（《中国诗人选集二集》10）；蒲池欢一选译，1966年集英社出版了《高青丘》（《汉

---

① 近藤元粹评订本《辑注增补高青丘全集·例言》，明治间青木嵩山堂版。

诗大系》21）。

本文主要从文献学角度对日本明治时期出版的高启诗集的两种评点本加以考察。

一、高青丘诗钞

《高青丘诗钞》，不分卷，上下两册。题李笠翁评，明治十二年（1879）刻本。

卷端题"清 李笠翁评　日本 广濑淡窗批点 广濑旭庄撰"。十行二十字，白口，四周单边，单黑鱼尾。尾下镌页次，上下册页码同一起讫。版心上镌"高青丘诗钞"。卷首有藤泽南岳所撰序文一篇，卷末附中尾谊明跋文。无目次。日本国会图书馆、公文书馆、东京大学图书馆等有藏本。

此刻本书名页题："清 李笠翁评　日本 广濑淡窗点 广濑旭庄撰/高青丘诗钞/大阪书肆　同盟书堂上梓/明治十二年十二月刻成"（见图1），而版权页为："明治十年六月二日御届/同年十二月出版/出版人 大阪府平民山本重助"（见图2），所以有的图书馆著录为明治十二年同盟书堂刻本，有的著录为明治十年山本重助刻本。

广濑淡窗（1782—1856）名建，号淡窗，江户时期著名的汉诗人。著作有《远思楼诗钞》《淡窗全集》等。①

广濑旭庄（1807—1863），名谦，字吉甫，号秋村、旭庄、梅墩等。

---

① 据《朝日日本历史人物事典》（网络版）。下面所述广濑旭庄、藤泽南岳传略参考文献同此。

淡窗之弟。江户后期著名汉诗人，俞曲园誉之为"东国诗人之冠"。著作有《梅墩诗钞》《广濑旭庄全集》等。

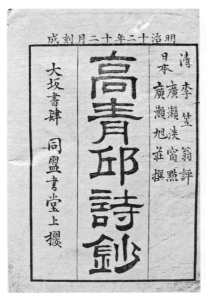 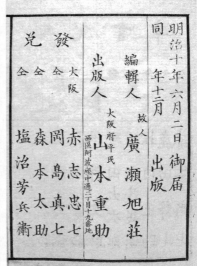

图1 《高青丘诗钞》书名页　　图2 《高青丘诗钞》版权页

藤泽南岳（1842—1920）名恒，字君成，通称恒太郎。号南岳、醒狂、香翁等。是日本明治前后著名的汉学家，与近藤元粹一起被誉为大阪儒学、汉学之双璧。着有《弘道新说》《七香斋类函》《七香斋文隽》《七香斋诗钞》等。

该诗钞共选录了高启的五七言古诗、律诗184首。于部分诗加了批语，多为眉批，间有两三处旁批。于诗中佳句或加圈，或加点。序、跋叙述了该书刊印缘起。

藤泽序曰："诗,情语也,思实无邪,是以观风于兹,察俗于兹,知世污隆亦必于兹。晚唐而后,宋则轻,元则脱,至明初诸家,奋而兴之。青丘高氏才既俊异卓绝,语亦奇警清秀,杰然于四杰中。余平素爱而诵之。此钞有李笠翁评,清洁简劲,顿悟之妙具焉。余友竹涯中尾君所珍袭,将出而梓之,谋之于予。予曰:曷不可?今之嗜诗者,犹未免轻脱,有识之徒,孰不拟振救乎?揭此编以讽,固可矣。"

中尾谊明跋曰："此本先辈广濑淡叟、梅墩二翁之所批选,上载李笠翁之评语。虽仅仅小册子,又世之珍稀,余畏友扩堂巽氏之珍袭,余曩请而誊写,爱玩久矣。顷日,书肆来请梓以传于世。"

从上述所引序跋文字可以看出这样一个故事:《诗钞》的最早本子为扩堂巽氏所藏,中尾谊明从他那里誊抄了一份,又请当时著名的汉学家藤泽南岳撰写了序言,然后交给书肆刊印出版。这个本子是由其先辈著名汉诗人广濑淡窗、广濑旭庄兄弟二人所选编批点,并且该选本有清初名家李笠翁的评语。

由四位名家分别编选、评点、推荐的日人喜爱的著名诗人高启的名篇佳作,一定会受到社会的欢迎。笔者看到此《诗钞》的信息时,也颇为惊喜。李笠翁是明末清初著名的戏曲家、小说家,评论戏曲、小说是其当行本色,并有评词著作存世。他虽然也写作了大量诗歌作品,但未闻有评诗著述。翻检其全集以及古今学者数以千计的研究成果,也未能觅见有关信息。现在发现异国存有其评论诗歌的著述,自然令人惊喜。不幸的是待笔者仔细对之进行考察后,却发觉这本《诗钞》是一种冒牌货。

其一,编选体例混乱。这部《诗钞》是以诗歌体裁结构成书,其所选各体诗数量与编排顺序如下表1所示。

表1 《高青丘诗钞》各体诗数量及编排顺序

体裁编排序号	体　裁	选收首数	体裁编排序号	体　裁	选收首数
1	五言古诗	26	6	六言律诗	3
2	七言古诗	17	7	**七言律诗**	57
3	长短句体	5	8	**五言绝句**	9
4	五言律诗	4	9	**七言绝句**	27
5	五言排律	2	10	**五言律诗**	35

从上表中可以看出：

第一，这部《诗钞》大体是按照高启诗集《大全集》的编排顺序而选编，除了乐府、琴操等外，每种体裁的诗作都有所选收。

第二，这部《诗钞》的编刊者选编五言律诗，在长短句体后仅编排了4首，而将另35首放置于全书最后。显然编刊者不是精通汉诗者，否则不会将所选39首五言律诗分置两处。

第三，编刊者选编各体裁诗歌，处理前六种体裁，于每种体裁前都冠以表述该体裁的四字用语，如"五言古诗""七言古诗"等，并且四字独占一行。但编到七言律诗以后各体裁，就不用"七言律诗""五言绝句"（表中用黑体字标示者）等表述体裁的用语了。这点也证明了编刊者不是精通汉诗者。

第四，中尾谊明的跋文说他是从畏友扩堂巽氏处抄得此部《诗钞》（参见上文所引跋文），扩堂巽氏又是从哪里得到这部《诗钞》的呢？既然彼此交谊深至"畏友"，怎么不可以将《诗钞》的来源交代清楚而令人生疑呢？

从以上二、三、四点可以看出这是一部怎样的《诗钞》，著名如广濑淡窗、广濑旭庄兄弟二人怎么会不明汉诗编选基本做法而将《高青丘诗钞》乱编一通呢？如果序文真是身为汉学名家的藤泽南岳所撰写，当也是被蒙蔽而未及细察。

其二，评语张冠李戴。书中的评语与李笠翁没有关系，实际上无论眉批、旁批，都是移植《高季迪先生大全集》中的沈德潜评语而成。①其移植的评语主要有两种情况：

首先，照录原文。如《送沈左司从汪参政分省陕西》，沈氏眉批为："用意写景，选辞炼格，无不入妙，七言近体，以此为冠。"《诗钞》全同。再如《送叶判官赴高唐时使安南还》，沈氏眉批为："此章与送沈左司作可云双美。"于"一官暂遣陪成璠"句旁批："切判官。"于"词组曾烦下赵陀"句旁批："切使安南还。"于"闻说州人最善歌"句旁批："切高唐。"《诗钞》除了移植眉批"此篇与沈左司作可云双美"漏掉一"送"字外，其余批语全同。再如《听教坊旧妓郭芳卿弟子陈氏歌》一诗的批语，沈氏眉批为："与少陵《观公孙大娘舞剑器歌》同一感慨，惓惓故国之思，意不在教坊弟子也，而诗格则入元和长庆之间。"《诗钞》作"与少陵《观公孙大娘舞剑器哥》同一感慨，惓惓故国三思，意不（在）教坊弟子也，而诗格则入元和长庆之间。""歌"误作"哥"，"之"误作"三"，缺"在"字。

其次，略加改变。如《过奉口战场》一诗的批语，沈氏眉批为：

---

① 载有沈德潜批语的《高季迪先生大全集》现有清佚名过录本。本文所引高启诗句、沈氏批语，皆据上海图书馆藏清佚名过录本，并参考《明诗别裁集》，订正个别文字。

"如读李方叔文。"《诗钞》作"数语括尽李华《吊古战场文》,如读李方斋文。"①再如沈氏于《观军装十咏》诗题下批语为:"五言以古淡自然为宗,李太白、王摩诘、韦左司诸公其选也。集中首首用意高出众人,而古淡处未副唐贤境界。"《诗钞》于"五言"后加一"绝"字,其余文字则全同。

沈德潜是选诗评诗的名家,在这方面,远非李笠翁能比。作伪的编刊者舍沈而用李,暴露了自身汉文学知识贫乏的一面。

编选体例混乱,评语张冠李戴。甚至于连刊印年月也弄得自相矛盾,书名页题"明治十二年",版权页则镌为"明治十年"(参见图1、图2)。如此一部《诗钞》,显然是素质低下的编刊者为了射利,乱冒名家之名而拼凑出来的劣质品。

二、辑注增补高青丘全集

《辑注增补高青丘全集》,二十一卷,二十一册。近藤元粹评订,明治二十八年(1895)八月至三十年(1897)十月青木嵩山堂出版,聚珍版。

封面"辑注增补高青丘全集"及卷次、该卷内容。书名页题:"清金檀辑注　日本南州近藤元粹先生评订　辑注增补高青丘全集　版权所有　青木嵩山堂出版。"(见图3)上下两栏:下栏为高启诗作正文与金檀注文以及序跋、年谱等,十二行二十四字,注文

---

① 著名散文家李华,字遐叔,其传世名篇有《吊古战场文》。后人辑有《李遐叔文集》四卷。此条批语所用典故无疑即为李华《吊古战场文》,疑过录本沈氏批语将"遐"讹为"方",《诗钞》更讹作"方斋"。

为小字双行夹注;上栏为评语、校记,行数不等,每行小字七字。白口,四周双边,单黑鱼尾。尾下镌诗歌体裁、篇名、页次等,页次每卷自为起讫。版心上部镌"青丘诗集"及卷次,全书除卷首外,编为二十卷。版心下部镌"嵩山堂藏版"。正文、注文、附录文字左下角加注训读符号。(图4)

图3 《辑注增补高青丘全集》书名页　　图4 《辑注增补高青丘全集》卷端

全集包括卷首,《青丘高季迪先生诗集》十八卷,补遗一卷,《扣舷集》与附录合一卷。全书首列总目,每卷卷首列细目(卷首卷及附录无细目)。

卷首细目为:小野愿撰《金注高青丘诗集序》、近藤元粹撰《例言》、金檀撰《青丘高季迪先生诗集序》、《原序》(含《娄江吟稿》自序、《缶鸣集》自序、《姑苏杂咏》自序、胡翰序、王祎序、王彝序、谢徽序、周立序、刘昌序、吴宽序、张泰序)、金檀撰《例言》、诸家《诗评》、《青丘先生像》、《像赞》、《凫藻集本传》(李志光撰、吕勉撰)、金檀撰《青丘高季迪先生年谱》、《青丘高季迪先生诗集总目》)。

附录细目为:《书后》《哀诔》《群书杂记》。

近藤元粹(1850—1922),字纯叔,号南州、萤雪轩、犹学等,日本伊豫(今爱媛)松山人。明治、大正时期著名的汉学家,与藤泽南岳一起被誉为大阪儒学、汉学之双璧。一生著述宏富,达150余种。近藤氏运用传统的文学研究、批评方式——选编、评订,并用汉文撰写了大量著作。其中关于中国古代文学研究方面的著述多达80余种。其诗文作品收于《南州先生诗文钞》《萤雪存稿》二书中。①

金檀辑注本《青丘高季迪先生诗集》是收录高启诗作最全的文本,并且有较详细的注释,而近藤氏视高启之诗为近世之冠,因而依据金檀辑注本,将高启的全部诗作加以批圈评点(含无名氏之评语),分爱于天下。他在《例言》中说:"高青丘之诗,冠绝于近世,人皆喜诵读焉。……近日余得金注本于书估嵩山堂,晨夕诵读,颇慰生平之渴望,自以为快焉。虽然又自谓稀世之宝,既归掌中,不如分爱于天下也。乃恧惠嵩山堂付之聚珍版,以问于世。""编古人诗文,不附评语及批圈,则不足清人耳目。廖柴舟评文说云:文章之妙,作者不能言,而吾代言之,使此文更开生面。他日人读此文,感叹其妙,而不知评者之功之至此也。余谓评者之功于作者,诗文一

---

① 参考近藤元粹《南州先生诗文钞》、《大阪人物辞典》、《朝日日本历史人物事典》(网络版)、李庆《日本汉学史》等著述。

也。故余不自揆,临校此书,一一附评语及批圈焉。"

该评订本主要特点如下:

第一,本书是第一种全面批校高启诗歌作品并出版的著作。全面或较全面批校高启诗作的著作,当不止一种,如何焯、刘熙载及无名氏等人,都有此种著作,惜皆未刊印问世。在此之前,评论高启诗作的著述虽已有多种刊印问世,但都是节选,如《明诗别裁集》《明三十家诗》等。

第二,本书以金檀辑注本作为批校底本。现存十余种上有清人批评文字的高启诗集,如何焯、沈德潜、吴翌凤、张廷济、刘熙载、叶廷琯、喻兆蕃、傅增湘等评点批校本,其底本多为康熙间许氏竹素园刻本《高季迪先生大全集》。

第三,本书注意对金檀辑注本文字的校订。近藤氏所做的订正工作主要在如下几方面:

A. 据他本正误,并撰校记。例:

卷一《凤台曲》"人间帐冷鸳鸯愁",校语:"原本'愁'作'秋',今从《大全集》。"

卷八《听教坊旧妓郭芳卿弟子陈氏歌》"含情欲为秋娘赋,愧我才非杜牧之",校语:"原本'含'作'念',盖讹文,今据诸本订正。"

B. 语义两通者不改,但出校,撰校记。例:

卷一《羽林郎》"父有没边功,秃衿绣襦短",校语:"《大全集》'襦'作'罗'。"

卷八《唐昭宗赐钱武肃王铁券歌》"天府丹书未逾此,摩挲旧物四百年。古色满面凝苍烟,寻思再读心茫然",校语:"《大全集》《明诗综》'思'作'文',亦通。"

C. 据他本校补脱文,并撰写校记。例:

卷一《永嘉行》"满城草绿胡马嘶……"校语:"'满城'以下原本脱一页,讨寻百端,遂不得完本,故不得已特录其诗,阙注,以俟他日修补。"

第四,本书将无名氏评语与自己的评语融为一体。

"前年余得《大全集》,书中自首至尾,有批圈焉,有评语焉,而评语精详深切,其书体亦遒丽不凡。(见图5)①余断以为海西人所

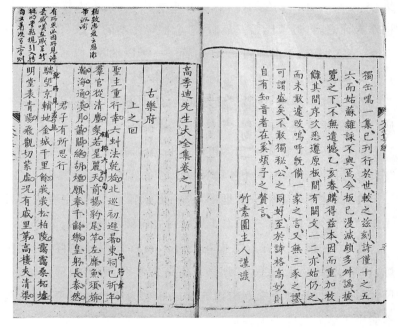

图5　近藤氏所藏《大全集》卷端

---

① 该书现藏日本大阪天满宫书库。

作也。……而卷中不录其姓名,故不知其成于何人之手也。余评此书,固出于鄙意,然间或有据旧评,或檃括,或节录,或全载者,而不复别标明之,盖不得已也,读者其谅之。"①

第五,本书对诗集全面进行批圈评点。体现在以下四方面:首先,金檀辑补的250首,亦予批评;其次,无名氏评《大全集》卷十五《暮春次韵僧怀德见贻》诗之后五百多首律诗绝句仅有6首有评语,近藤氏在这一部分增加了许多批圈评点;再次,因康熙本《大全集》未附刻高启的一卷词作,所以在近藤氏之前,无人作评。高启词作有评语,自近藤氏始。最后,对金檀辑注本的序跋、传记、纪念诗文、诗文评语、年谱等附属文字,皆一一予以批评。

第六,本书注意从中日汉诗史角度作评。例:

卷十《张中丞庙》评语:"痛绝壮绝,感慨淋漓。王渔洋《南将军庙行》盖似学这等之作。"

同卷《登阳山绝顶》:"白云冉冉足下起,如欲载我升天西。"评语:"白云二句,天来妙绝,袁子才《飘渺峰》之诗,盖自这等诗脱化出。"

卷九《题李德新中宗射鹿图》:"不射妖狐射生鹿,空夸大羽发无虚。"批圈,评语:"菅茶山翁予思盱目之诗颇与此相似。"

卷十五《梅花九首》,"《梅花九首》,首首皆飘逸绝群,句锻字炼,和靖以后,恐无敌手。""咏物首首茹古吐今,町畦独辟,真有描风镂影手段。近世诗佛五山诸先辈以咏物为毕世独得事业,而竟不能出于这老范围外也。"

第七,本书评语联系现实。

---

① 近藤元粹评订本《辑注增补高青丘全集·例言》。

A. 联系中日甲午战争、乙未战争。1894年(清光绪二十年,甲午)8月爆发中日战争。次年5月至10月,日军又南下侵占了台湾(乙未战争)。近藤氏评订高启诗作,正当其时,即明治二十七年至二十八年。

卷二《病驼行》:"燕山雪深没驼耳,锦鞲模糊驼不死。去年从军下南粤,粤江水浑沙草热。毛焦肉枯骨欲折,回头却忆燕山雪。"评语:"方今我征海南之师,宜有此驼之感。"

卷十《夜坐有感》:"一鸦不惊城鼓底,窗雨入竹暗凄凄。东邻夜宴歌尚齐,西邻战没正悲啼。此时掩卷谁能问,默坐灯前对瘦妻。"每字下加点,评语:"近日有征清之事,邦人颇有经此诗之实况者,使人不胜多读。"

卷十五《喜闻王师下蜀》:"蜀国兵销太白低,将军新拜汉征西。浮桥已毁通江鹢,进鼓初鸣突水犀。"评语:"近日我征戎军之陷旅顺口,降威海卫,颇有是前联之概。"

B. 联系世态人情。

卷一《估客词》:"上客荆州商,小妇扬州娼。金多随处乐,不是不思乡。"评语:"东西同状。"

卷十一《与客饮西园花下》:"不爱枝上花,爱此花下人。相逢莫学花无赖,明日分飞随路尘。"评语:"方今交友间学花无赖者,比比皆是也,为之一叹。"

C. 联系日本诗坛。

卷一《虞美人曲》:"明月帐中泣,悲风营外歌。彷徨夜惊起,何事楚人多?回灯拥绿鬟,向剑蹙青蛾。效命自无限,君王其奈何!"评语:"比赖杏坪翁之什,似输一筹。"按:赖杏坪,名惟柔,字千祺,通称万四郎,号杏坪、春草等,安艺国(今广岛县)竹原人。江户中后期的儒学者、汉诗人。著作有《春草堂诗钞》《唐桃集》等。①

卷十五《泛舟西湖观荷》:"雨晴南浦锦云稠,晚待波平荡桨游。狂客兴多唯载酒,小娃歌远不惊鸥。半湖月色偏宜夜,十里荷香已欲秋。为爱前沙好凉景,满身风露未回舟。"评语:"淀江夏夜舟游,常有是况味,而无是佳作,故使西湖以名胜独步于天下,我党岂无惭汗。"按:淀江是对淀川流经大阪府境内河段的称谓。淀川是从京都境内发源流经大阪注入大阪湾的一条大河,京阪间的水上交通大动脉。

D. 联系自己。

卷十五《张山人见访留宿草堂》第三句第五句:"生事萧条惭客里……买鱼急唤临江艇。"评语:"是诗第三第五似写我浪华客中之况,可谓奇。"按:大阪古名浪华,近藤氏长期客居于此。

卷十九《读书》:"明窗欣燕坐,开卷诵虞唐。欲究千年事,惭无目五行。"评语:"如为我设者。"

近藤氏以一个日本传统汉学家的视野全面评点了高启的诗作,无疑给高启研究乃至汉诗学研究贡献了一部具有重要学术价值的著作,其诗学思想、诗学理论当值得深入研究,惜至今尚未引起学术界的认真关注。

(原载《人文学论集》第三十一辑,
大阪府立大学人文学会,2013 年 3 月)

---

① 据《朝日日本历史人物事典》(网络版)。

《汇校汇评汇注高启全集》述略

高启(1336—1373),字季迪,号青丘、槎轩,苏州人。明洪武初,以荐参修《元史》,授翰林院国史编修官,受命教授诸王。擢户部右侍郎,力辞不受。后以为苏州知府魏观撰《郡治上梁文》而获罪腰斩,年仅三十九岁。高启是元末明初著名文学家,与宋濂、刘基并称"明初诗文三大家",与杨基、张羽、徐贲并称"吴中四杰"。其一生"著述甚富,其诗则有《凤台》《吹台》《江馆》《青丘》《缶鸣》《南楼》《姑苏》《胜壬》等集,文则有《凫藻集》,词则有《扣舷集》也,几二千余篇"①。

近年,笔者对高氏诗文作品及主要注评文献进行了较全面的搜集与梳理。

一、自明景泰初年后,高启的诗歌作品被合编为《高太史大全集》《槎轩集》,至清代,又被编刊或缮录为《高季迪先生大全集》《青丘高季迪先生诗集》《大全集》。其中尤以清雍正年间金檀辑注的《青丘高季迪先生诗集》收录高启诗作较完备。清人编刊的高启诗集,对于高启诗歌作品的传播自然功不可没,但清人编刊图书,多变乱妄改前人文字,高启诗集亦未能幸免。其变乱妄改,导致高启

---

① 见明永乐刻本《缶鸣集》卷末周立之识。

诗作的文字距离原貌产生了一定差异。①

二、诗文评点起于宋，兴盛于明清。作为"明初诗人之冠"的高启，其诗作影响广泛，文人学者评点者甚多。这些评点文字在明代主要以诗话、诗选、序跋等形式出现。至清代康熙年间，始以高启诗集刻本为依托而进行全面评点之评本相继在学人或藏书家之间传抄，为射利而托名仿冒的伪评本亦随之出现。流波所及，东邻日本学人亦不甘落后，明治间近藤元粹对高启诗作进行了全面评点。这些评点文字，多有点睛之笔，其价值不容忽视。

三、清人金檀于雍正年间编刊《青丘高季迪先生诗集》，不仅辑补各体诗二百五十余首，并且为高启大部分诗作作了较详细的注释。这些注释文字对于世人阅读理解高启诗作起了重要作用。鉴于此，笔者决意通过文本校勘，尽量恢复高启诗文作品文字的原貌，并搜集整理评点文字、注释文字，为学界编集整理一部《汇校汇评汇注高启全集》。

壹、高启诗文集的主要文本及其版本

一、诗　　集

高启生前曾自编成卷而未见传世的诗集有《凤台》《吹台》《江

---

① 参见拙文《清人刻书妄改前人序文二例》，《薪火学刊》第一卷，上海：复旦大学出版社，2014年；《青丘高季迪先生诗集所用底本考》，《薪火学刊》第二卷，上海：复旦大学出版社，2015年；《四库本〈大全集〉所据底本考》，《复旦古籍所学报》第一期，上海：复旦大学出版社，2012年。

馆》《青丘》《南楼》《胜壬》等六种。《缶鸣集》为作者生前的自选诗集,收诗千首,当已收录了上述六集中作者自认为值得传世的诗作;景泰初徐庸编刊《高太史大全集》,收诗一千八百余首,其增加的八百余首当主要是《缶鸣集》未收的诗作。

其诗作编集成卷而现仍存世者,主要有如下数种:①

(一)姑苏杂咏一卷

此集为高启辞官归里后,歌咏苏州一带山川台榭园池祠墓之古今诸体诗一百二十三篇,于洪武四年萃次成帙。其自序曰:

> 吴为古名都,其山水人物之胜,见于刘、白、皮、陆诸公之所赋者众矣。余为郡人,暇日搜奇访异于荒墟邃谷之中,虽行躅殆遍,而纪咏之作则多所阙焉。及归自京师,屏居松江之渚,书籍散落,宾客不至,闭门默坐之余,无以自遣。偶得郡志阅之,观其所载山川台榭园池祠墓之处,余向尝得于烟云草莽之间,为之踌躇而瞻眺者,皆历历在目,因其地想其人,求其盛衰废兴之故,不能无感焉。遂采其著者,各赋诗咏之……因不忍弃去,萃次成帙,名《姑苏杂咏》,合古今诸体,凡一百二十三篇云。

现存明洪武四年序刻正嘉间殷辇剜补本、明洪武三十一年蔡伯庸刻本、成化二十二年张习刻本、明卫拱宸刻本、清康熙刻本等。

---

① 各种总集选录成卷者或单行节选本从略。

此集所收诗作已收编于《高太史大全集》中。

（二）缶鸣集十二卷

此集所收为高启作于明洪武三年以前的诸体诗，自选九百余首，其内侄周立编刊时增至一千首。其友人谢徽序曰：

> 季迪之诗甚多，有《吹台集》《缶鸣集》《凤台》，凡为诗几二千首，皆当世之儒先君子序其端。今年冬，予访之吴淞江上，季迪出其诗示予。盖取旧所集诸诗益加删改，汇粹为一，总题曰《缶鸣集》。自古乐府歌行而下，至五七言诸体，得诗九百余篇，皆其精选。富矣哉！亦可谓不易矣。然是编也，特以今年庚戌冬而止。及后有作，当别自为集。①

其内侄周立识曰：

> 先姑夫迨今殁且二十余年，不幸无后以传，四方之士，莫不仰慕风裁，争录其稿而传诵之。然而传写之讹，不得真者多矣。兹幸吾姑尚无恙，藏其手笔亲稿在焉。因不揆庸陋，益加考订校正，重编足一千首，俾学子李盛缮写成帙，用绣诸梓，贻于不朽。非惟以成吾先姑夫之志，抑且与夫学者共之矣！②

明永乐元年刊行，现存。后有明嘉靖刻本、明末介石堂刻本等，现存。此集所收诗作已收编于《高太史大全集》中。

---

① 见永乐刻本《缶鸣集》卷末。
② 见永乐刻本《缶鸣集》卷末。

（三）三先生诗十九卷

此集为明宣德年间江阴朱绍、朱积所编刊，收高启、杨基、包师圣三诗人之古今诸体诗一千六百余首。此集虽为总集，而集中收高启诸体诗多达九百五十余首，且文字与他本亦多有异同，具有较高文献价值。

> 予馆人朱友竹兄弟之集高、杨、包三先生诗，翰林曾先生叙其首简，将锓梓行，嘱予考选而书之。合古今诸体凡千有六百余首……宣德九年，岁在甲寅重九日，姑苏楼宏识。①
>
> 青丘之集流传固多，逮以次考定，并纸板纷殊，亦悉对勘。工竣之时，自谓庶无罣漏。未几，得明初三先生一刻，为江阴朱善继绍偕弟积所编，以季迪为之冠，次杨孟载，次包师圣。……爰查朱本所收，新刊所少约百有余首，另补一帙。……雍正七年岁次己酉陬月上元，桐乡金檀跋。②

此集所收高启九百五十余首诗作，其中八百余首已收入《高太史大全集》中。其余一百余首，清康熙间金檀编刻《青丘高季迪先生诗集》时，已将之编为《佚诗》一卷，附录于十八卷之后。

（四）高太史大全集十八卷

此集为明景泰初年徐庸于苏州编刊，卷端题名《高太史大全集》，署"吴郡高启季迪著，南州徐庸用理编"，十八卷。半页十一行，行二十字，黑口，四周双边。

---

① 明宣德刻本《三先生诗》卷末。
② 清雍正刻本《青丘高季迪先生诗集·佚诗》卷末。

成化年间，刘以则等人对此集书版进行局部修补刊印，如在每卷卷末增加"常熟刘宗文助刊""常熟钱允言助刊"等文字，因而傅增湘氏认为："此本仍应题为景泰刻可也。"①

此集收各体诗一千七百八十余首，后经多次翻刻，成为流传最广影响最大的文本。中国国家图书馆藏景泰本、成化修补本各一部。

此集在明代还有正嘉间刻本、嘉靖刘景韶校刻本、万历三十七年(1609)汪汝淳刻《四名家诗集》本等，皆有存本。

1. 明嘉靖刻本，集名《高太史大全集》，十八卷。半页十行，行二十字，白口，四周单边。《四部丛刊》据以影印者即此本，见前面所引傅氏语。

2. 明刻本，集名《高太史大全集》，十八卷。该本所收诗文篇目、序次以及版式、行款、字体等方面与上述嘉靖本差异甚微，当是嘉靖本的覆刻本。

3. 明刻蓝印刘景韶校本，集名《高太史大全集》，十八卷。半页十行，行二十字，白口，四周单边。每卷卷端署"吴郡高启季迪著，南州徐庸用理编，崇阳刘景韶校次"。

刘景韶(1517—1576)字子成，号白川，湖北崇阳人。明嘉靖甲辰年(1544)进士。与李攀龙等切劘为诗，有声。嘉靖时官浙江按察使、都察院右金都御史，提督军务，为抗倭明将。②

---

① 见《藏园群书题记》卷十七《成化本高太史大全集跋》，上海：上海古籍出版社，1989年6月版。
② 据王世贞《弇州山人续稿》卷九十四《中宪大夫都察院右金都御史白川刘公墓志铭》、《湖广通志》等。

据王世贞所撰墓志铭，刘氏于嘉靖最后一年(1576)去世，因而此刻本的问世当不晚于嘉靖时期，或即其官江南时所刻。该本所收诗文篇目、序次、文字等方面与上述嘉靖本大同小异，当是其翻刻本。

4. 明万历《四名家诗集》本，集名《重刻高太史大全集》，十八卷。半页十行，行二十字，白口，四周单边。每卷卷端题"吴郡高启季迪著，高安陈邦瞻德远订，新都汪汝淳孟朴校"。

明万历年间汪汝淳重刻明初高、杨、张、徐四家诗集，卷首陈邦瞻、谢肇淛有《四名家诗集》二序，均署"万历己酉"。其《重刻高太史大全集》篇目、序次、版式、行款与嘉靖本无大差异。

此集在清代的翻刻本和抄本主要如下：

1. 清康熙间许氏竹素园刻本，集名《高季迪先生大全集》，十八卷。半页十行，行二十字，白口，左右双边。卷前总目后附竹素园主人题记。题记曰："青丘高先生所著诗甚夥……明景泰间徐用理先生汇而刻之，共得乐府近体诗一千七百七十余首，名曰《大全集》……今板已漫灭，颇多舛讹，披览之下，不无遗憾。乙亥春，购得兹本，因而重加校雠。其间序次，悉遵原版；间有阙文一二，亦姑仍之，而未敢遽改。"

竹素园主人即许廷镕，长洲（今苏州）人，康熙举人。"乙亥"，即康熙三十四年。

此集题记虽明言"其间序次，悉遵原版"，而实则多有变乱，如卷九所收诸诗的序次，与明刻诸本完全不同；诗作的文字距离原貌也产生了一定差异。①

---

① 参见前面注文所列诸拙文。

《四库全书》诸抄本、《摘藻堂四库全书荟要》抄本,这些抄本皆简名《大全集》,所据底本皆为康熙间竹素园刻本。①

另有清光绪年间木活字本等。

2. 清金檀辑注雍正六年桐乡金氏文瑞楼刻本,书名页题"青丘高季迪诗集注",卷端题"青丘高季迪先生诗集"十八卷,《遗诗》一卷,附《扣舷集》一卷。半页十一行,行十二字,白口,左右双边,单黑鱼尾。尾下镌"青丘诗集""青丘遗诗""青丘扣弦集"。此本为金檀所辑注,《青丘高季迪先生诗集》正文所收诗歌,除了每种体裁后的补遗作品外,篇目、序次与康熙间许氏竹素园刻本基本一致,其所据底本为康熙间竹素园刻本。②

此刻本除高启诗作主体部分据康熙间竹素园刻本外,于各诗体后多有补遗,集末另附有从《三先生诗》辑得《遗诗》一卷,共辑补各体诗二百五十余首。较之以前诸本,收诗最为完备。

此刻本的另一显著特色是金檀氏为高启的大部分诗作作了较详细注释。注中征引了大量史料,凡"诗中有用古事暗切时事者,必拈古事、按时事以并注"。③ 对阅读研究高启诗作颇有帮助。金檀氏对诗作中因音形相近而造成的文字讹误也作了若干校正。

此刻本附刻有高启的文集《凫藻集》五卷。

此刻本后有乾隆间墨华池馆重订本、乾嘉间文瑞楼剜剔后印本、乾嘉间平湖宝芸堂后印本等。民国时中华书局《四部备要》本亦是据此本刊行。

---

① 见拙文《四库本〈大全集〉所据底本考》,《复旦古籍所学报》第一期。
② 见拙文《〈青丘高季迪先生诗集〉所用底本考》,《薪火学刊》第二卷。
③ 见该刻本卷首《例言》。

日本明治年间，大阪青木嵩山堂刊行近藤元粹评点《辑注增补高青丘全集》，亦是以此本为底本。书名页题："清金檀辑注／日本南州近藤元粹先生评订／辑注增补高青丘全集／版权所有　青木嵩山堂出版"。其版式为上下两栏：下栏为高启诗作正文与金檀注文以及序跋、年谱等，十二行二十四字，注文为小字双行夹注；上栏为评语、校记，行数不等，每行小字七字。白口，四周双边，单黑鱼尾。尾下镌诗歌体裁、篇名、页次等，页次每卷自为起讫。版心上部镌"青丘诗集"及卷次。全书除卷首外，编为二十卷。版心下部镌"嵩山堂藏版"。正文、注文、附录文字左下角加注训读符号。

全集包括卷首、《青丘高季迪先生诗集》十八卷、《遗诗》一卷、《扣舷集》与附录合一卷。明治二十八年八月至三十年十月青木嵩山堂出版，聚珍版。

（五）槎轩集十卷

张习于明成化十三年据高启弟子吕勉所传《江馆》《凤台》《槎轩》等集编刊，中有《缶鸣集》《高太史大全集》未收的诗作。

"先生之诗有《缶鸣集》《姑苏杂咏》，行世已百年矣。又有《江馆》《凤台》《槎轩》三集，迨今未授诸梓。吾友仪部员外郎张君企翱，自幼得之乡长老所。兹于公暇，每诵而爱之，谓非他为诗者可及。爰为校录，合古今体制，类成十卷，总名之曰《槎轩集》。……成化十四年岁戊戌如月朔，赐进士翰林国史检讨征仕郎娄东张泰序。"①

---

① 序见清抄本《槎轩集》卷首。

"若《槎轩》一集,钞自吕勉功懋氏。成化中,张习企翱氏编行,云即《江馆》等集。昨借得东岩顾君崧龄藏本,按系《缶鸣集》外更益以庚戌后四年诗。"①

此刻本现存,另有清抄本存世。此集所收诗作多已收入《高太史大全集》中,未收者已为清雍正间金檀辑得而编入《青丘高季迪先生诗集》中。

高启诗集另有明清间多种抄本、选本、批校本等。

二、词　　集

《扣舷集》一卷,明正统九年刻本;清雍正六年金氏文瑞楼刻本及多种重印本;民国三年东吴浦氏影印清金氏文瑞楼刻本;《四部备要》本;日本明治三十四年日本青木嵩山堂铅印本(近藤元粹批校)。

三、文　　集

《凫藻集》五卷,明正统九年刻本;清雍正六年金氏文瑞楼刻本及多种重印本;《四库全书》诸抄本;民国三年东吴浦氏影印清金氏文瑞楼刻本,多存世。

---

① 金檀辑注《青丘高季迪先生诗集·例言》,清雍正七年文瑞楼刻本。

贰、现存主要评本之概貌及其评者

如上所述，高启诗集编刊于明代者主要有《缶鸣集》十二卷、《高太史大全集》十八卷、《槎轩集》十卷；编刊缮录于清代者主要有康熙间竹素园刻本《高季迪先生大全集》十八卷、雍正六年文瑞楼刻本《青丘高季迪先生诗集》十八卷、乾隆年间《四库全书》诸抄本，日本明治时期刊行者主要有《辑注增补高青丘全集》等。清代和日本明治时期文人学者以及仿冒者评点高启诗作，即以《高太史大全集》《高季迪先生大全集》《青丘高季迪先生诗集》等文本为依托。

存世的高启诗作的各种评点本除日本近藤元粹评点本刊印行世外，其余各评点本皆以稿抄本形式存世，并且情况较复杂。这些评本辗转传抄，多不署评者；或故意仿冒，真伪混杂。目录著作、图书馆之著录或缺失，或欠准确。甚而评本中的名家序跋题识亦出现误判。笔者略述如下：

（一）中国国家图书馆藏清羡门评本

1. 此评本是目前所知唯一一种以明刊本《高太史大全集》作为底本之评本。中国国家图书馆收藏，仅著录为"明刻本"。笔者在该馆查阅各版本高启诗文集时意外收获此评本。

此评本评语以朱笔行书书写，首尾一贯。卷十八末署："康熙壬申秋八月上浣羡门阅毕。"康熙壬申为康熙三十一年，较之其他存世评本的清人评语，此本的评语当是较早问世者。此处的"阅"字，当作评阅解，与科举时代阅卷官之"阅"意近。上海图书馆藏清金荣笺注金氏凤翔堂刻本《渔洋山人精华录笺注》，该书目录后有朱笔识语:"乾隆乙亥年七月望日阅起,至晦日终卷,香严姜恭寿志于小有清虚水阁。"① 该馆目录著录为"清姜恭寿朱笔手批",即是"阅"作评阅解之例。本文下面所述科学院图书馆藏本"所阅经史诸本"之"阅"、上海图书馆藏本"梅庵阅本"之"阅",皆评阅之意。因而判断"羡门"为此本的评点者。

评点者羡门疑即彭孙遹。

其一,彭孙遹,号羡门。王士禛诗文中言及彭孙遹时,多以羡门称之。如:

王士禛在其《居易录》中,就有十余处称"彭羡门""彭十兄羡门""彭少宰羡门""彭公羡门"等。

其二,评者与王士禛是同时代人。

《高太史大全集》卷十《钓雪滩》尾评:"如题布写,自成章法,近王阮亭擅场之作。"

同上书卷十五《上巳有怀》眉评:"近日渔洋七律专攻此体。"

"王阮亭""渔洋"即王士禛,从"近""近日"语,知"羡门"是王士禛同时代人。

王士禛(1634—1711),原名王士禛,字子真,一字贻上,号阮亭,又号渔洋山人,世称王渔洋,山东新城(今属桓台)人。清初杰出的诗人、文学家。对严羽诗学理论深为赞许,力倡"神韵说"。顺治十五年进士,康熙四十三年官至刑部尚书。不久,因受王五案失察牵连,被以"瞻徇"罪革职回乡。康熙四十九年,康熙帝眷念旧臣,特诏官复原职。康熙五十年五月卒。其著述宏富,主要有《渔

---

① 参见周兴陆:《渔洋精华录汇评》附录一,济南:齐鲁书社,2007年10月出版。

洋山人精华录》《蚕尾集》《池北偶谈》《香祖笔记》《居易录》《渔洋诗集》《带经堂集》等。

彭孙遹(1631—1700),字骏孙,号羡门,又号金粟山人,浙江海盐人。清顺治十六年进士,康熙十八年举鸿博第一,授编修,历官国子司业、翰林院侍读、侍讲学士、国史馆总裁、吏部右侍郎兼翰林学士。与王士禛为挚友。二人文学观点相近,相互欣赏,齐名诗坛,号称"彭王"。著作有《松桂堂全集》《词藻》《词统源流》等。

彭孙遹于顺治十六年以二甲第六名进士及第后,便与王士禛定交。康熙三十六年九月,六十七岁的彭孙遹辞官归里,王士禛为之祖道东便门。"念吾二人齿九就衰,浊水清尘,未知会合何日。叙述畴昔,慷慨罢酒,雨泣沾襟。(王士禛《蚕尾集剩稿·与彭公子曾》)"①

其三,评者与王士禛诗学观点相近。例:

《高太史大全集》卷三《陈留老父》眉评:"漆园妙悟。"

同上书卷三《澄景阁夜宴》眉评:"风致不凡,神韵具足。"

同上书卷五《送张文学之隽李》眉评:"前一截赋送,后一截赋所之,疏散不著言诠,最合唐人体制。"

同上书卷十六《题云林小景》眉评:"直写小景,不著言诠,极合格。"

同上书卷十八《夜至阳城田家》末二句眉评:"只写田家,不著言诠。"

从这些评语中的"妙悟""神韵""不著言诠"等用语,可看出评

---

① 参见余祖坤:《彭孙遹行年考略》,《中国韵文学刊》第22卷第2期,2008年6月。

者诗学观点与王士禛所倡"神韵说"相近。

其四,此本评语或褒或贬,观点鲜明,既赏诗法,更重诗风诗格之评。若非文学名家,很难达此水平。

据可查得史料,顺治、康熙间字号为"羡门",具有较高文学素养,熟知王士禛,且文学观点相近者,唯有彭孙遹一人。

彭孙遹曾评点《楚辞章句》①,其评语中具有个性色彩的"无味""遒紧""章法""意味"等习用语,与此评本一致。此亦可证此评本的评点者"羡门"即彭孙遹。

2. 此本评语避孔子名讳,"丘"作"邱"②,避乾隆皇帝名讳,"弘"字缺末笔,因知此本当是雍正、乾隆间或其后的一种过录本。

3. 此评本除钤有"北京图书馆藏"朱方外,仅有"寅昉"朱方、"臣光煦印"白方、"盐官蒋氏衍芬草堂三世藏书印"朱方三印。此三印为清代著名藏书家蒋光煦藏书印,此本当系蒋氏后人所捐赠。

蒋光煦(1825—1892),字绳武,号寅昉,亦号吟舫、敬斋,浙江海宁人。晚清著名藏书家,祖孙三世聚典籍数十万卷,藏于衍芬草堂。1951年前后,藏书全部捐献于公家。③

----

① 国家图书馆出版社《楚辞文献丛刊》影印汉王逸撰明万历十四年冯绍祖观妙斋刻本、清康熙彭孙遹评《楚辞章句》十七卷。

② 《大清世宗敬天昌运建中表正文武英明宽仁信毅大孝至诚宪皇帝实录》卷之三十九:"雍正三年乙巳十二月……庚寅,礼部等衙门遵旨议复:'先师孔子圣讳,理应回避。惟祭天于圜丘,"丘"字不用回避外,凡系姓氏,俱加偏旁为"邱"字,如系地名,则更易他名。至于书写常用之际,则从古体"丠"字。'得旨:'今文出于古文,若改用"丠"字,是仍未尝回避也。此字本有"期"音,查毛诗及古文,作"期"音者甚多。嗣后除四书五经外,凡遇此字,并用"邱"字,地名亦不必改易,但加偏旁,读作"期"音,庶乎允协,足副朕尊崇先师至圣之意。'"

③ 参见金晓东博士学位论文《衍芬草堂友朋书札及藏书研究》,复旦大学,2010年。

海宁与海盐相邻,曾被合为同一行政区域,此评本或即蒋氏过录本乎?

(二)中国科学院图书馆藏佚名录清"何焯评本"

此评本以清康熙间竹素园刻本《高季迪先生大全集》十八卷为底本,卷一首行书名卷次下朱笔行书:"义门校读。"次行墨笔楷书:"癸囗夏日,奉讳家居,重阅一过,复加墨笔圈点。何焯。"

何焯(1661—1722),字屺瞻,号义门,学者称"义门先生",晚号茶仙,苏州人。出身书香门第,幼年丧母,寄籍崇明。康熙四十三年(1704)赐进士,直南书房兼武英殿编修。家有藏书楼"赍砚斋""德符堂"等,藏书数万卷,宋元精椠甚多。何焯通经史子集,精于考据,治学严谨。文史名著,多有考校评订。名重一时,以致书贾多有托名射利者。著作有《义门读书记》《义门先生文集》《道古录》等。

此本朱笔评语与中国国家图书馆所藏羡门评语基本一致,经比勘,二本中评语,仅评语位置或个别词语略有不同(此本墨笔文字甚少,且多为注)。此评本托名何焯,而实为羡门评本的一种抄本。

其一,评语所体现的诗学观点(见上文)与何氏大相径庭。

严沧浪之论诗,为宋季而发,未尝非对症之药。理学之门徒既盛于是,理路有邻于偈头者矣,议论有比于弹劾者矣。温柔之意微,俚率之风炽,沧浪之言以亦云救也。然诗者发乎情,止乎礼义,昌黎谓正而葩者,三百篇之体源,士衡谓缘情而绮靡者,汉谣魏什之门户。谓之"不涉理路,不落言诠",而一

> 以禅为喻,则又未见其真,而徒为捕风捉影之谈,以误后人矣。元明以来,靡然从风,莫之匡改。牧斋、定远昌言掊击,各因乎诗病之所趣,以加之针石也。牧斋议论,具见本集。定远有《严氏纠谬》一卷,近已刊行。世兄但取而观之,必将自求至是之归,而一时矫枉之失,亦可悟于言表也。短咏大篇,同一道耳。新城之《三昧集》,乃钟、谭之唾余;五七言古诗之选,又道听于牧斋之绪论,而去取失当。至吴立夫早逝,其诗全然生吞活剥,不合古人节度,取为七言之殿,可以知其不越鉴,茫无心得,又何足置几案间哉?①

这段掊击文字体现了何焯与严羽、王士禛完全不同的诗学观点,很难设想何氏会使用"妙悟""神韵""不著言诠"这类语言来评价高启的诗作。据此可知此"何焯评本"当是托名假冒者。

何氏门人陆锡畴即曾述说过"吴下估人多冒其迹以求售"之情形。"其门人陆君锡畴谓予曰:'……年来颇有嗜吾师之学者,兼金以购其所阅经史诸本。吴下估人多冒其迹以求售,于是有何氏伪书而人莫之疑……'"②

其二,作为考据学家,何焯批点诗文的用语鲜明地体现了其"考据"特点。从《义门读书记》中即可清楚地看出这一特点。其评点唐诗的惯用格式语有:"谓□□""切□□""指□□""含□□""顶□□""顶□□字""言□□也""□字作□""□作□""□字出韵"等。

---

① 见《义门先生集》卷六《复董呐夫》,清宣统元年吴荫培校刊本。
② 见全祖望撰《翰林院编修赠学士长洲何公墓碑铭》,上海古籍出版社《续修四库全书》影印清嘉庆九年史梦蛟刻本《鲒埼亭集》卷十七。

这些格式语很难在这一"何焯评本"中找到踪迹。

何氏是否曾评点过高启诗集,请参见下文所述常熟图书馆藏《高季迪先生大全集》中"佚名录清何焯批"。

(三)中国人民大学图书馆藏清潘耒评点本

此评本以清康熙间竹素园刻本《高季迪先生大全集》十八卷为底本,卷一首行书名卷次下墨笔题:"吴江潘次耕评本。"次行墨笔题"朱彝尊《明诗综》选一百三十八首",各卷亦为墨笔书写。当是较早的一种佚名氏过录潘评本。

评语较丰赡,既总评某一体材诗,亦评点某首诗或其佳句,且多从诗法角度品评旁批。

评点者潘耒为清初著名学者,其评语当颇具代表性,无疑具重要学术价值。

潘耒(1646—1708),字次耕,号稼堂,吴江(今属江苏苏州)人。博通经史、历算、音学。康熙十七年(1678),以布衣中博学鸿词科,授翰林院检讨,参与纂修《明史》,后以浮躁降职。康熙四十二年,赐复原官,耒坚辞不受。晚年研究声韵、易象。著作有《遂初堂诗集文集别集》《类音》等。

(四)北京大学图书馆藏朱墨笔过录清潘耒评点本

此评本以清康熙间竹素园刻本《高季迪先生大全集》十八卷为底本,卷一首行书名卷次下朱笔题:"照吴江潘次耕评本。"

此评本中诸评语与人大图书馆所藏潘评本评语基本一致。笔者经比勘,发现仅极少量评语存在彼有此缺现象,或评语中个别词语略有差异。

此评本与人大图书馆所藏潘评本卷端同样钤有"绍南"朱方、

"汤滏之印"白方二印;此评本点阅抄录于乾隆五十八年八九月间,卷一首行书名卷次下朱笔书"乾隆癸丑八月廿五日下午点起",卷二末朱笔书"癸丑九月十七日既此卷",卷三首行书名卷次下朱笔书"癸丑九月十八日点起",卷十二末朱笔书"乾隆癸丑八月十二日点毕,湘畦笔",卷十八末朱笔书"乾隆癸丑八月望后,湘畦阅完"。汤滏字绍南,号湘畦,浙江萧山人。乾隆副榜,官杭州府学训导。清代知名藏书家。从上述题识语与印鉴,可知此本是汤氏照录于上述潘评本之又一抄本。

(五)日本大阪天满宫藏清潘耒评本

此评本以清康熙间竹素园刻本《高季迪先生大全集》十八卷为底本。卷端钤有"萤雪轩珍藏""犹学书院图书"二朱方。近藤元粹号"萤雪轩""犹学"(参下文),此本当是近藤元粹旧物。[①]

各卷朱笔批圈,墨笔书写评语。经比勘,此本评语与潘次耕评本相同,几无差异,无疑为潘评本化身之一。

(六)南京图书馆藏潘耒等评点本

此评本以清康熙间竹素园刻本《高季迪先生大全集》十八卷为底本,卷中有朱笔、墨笔、蓝笔三种评语。主要为朱笔评语,间有蓝笔评注语,墨笔评注语仅9条。三笔评语皆未注明评点者或过录者姓氏。

笔者经与本文前面所述潘次耕评点本比勘,此本朱笔评语与潘评基本一致,仅少数评语中个别文字或位置小有不同,或存在少量评语彼缺此存现象,因而可判定此本中朱笔评语出自潘评。蓝、

---

① 近藤元粹传详见后文,其藏书全部归于大阪天满宫,设有专室。

墨笔评注文字来源暂不明。

（七）中国国家图书馆藏傅增湘题识潘耒等评点本

此评本的底本为金檀辑注文瑞楼雍正六年刻墨华池馆重印本《青丘高季迪先生诗集》，卷首有傅增湘氏题识。其识曰：

> 此书三十年前李宝泉为购于嘉兴忻虞卿家。卷中朱墨笔评点，极为精审。惟前后咸无题识，不审何人之笔。以余观之，殆张叔未也。叔未评此集，叶奂彬家有临本。忻氏藏书累世，与叔未为同里，或从之移录耳。丁酉冬仲藏园老人识。

识下钤"增湘""藏园"二小朱方，前为阴文，后为阳文。① 集中诗文皆朱墨批点批圈断句。朱笔评语与潘评略同，为旁批眉批，墨笔评语皆眉批，批者不详。傅氏断为清人张廷济（号叔未，传详后）评本，或以未见潘评诸本而致误判。

（八）苏州图书馆藏清章钰过录并跋本

此评本以清康熙间竹素园刻本《高季迪先生大全集》十八卷为底本，卷首有章钰题识②。其识曰：

---

① 傅增湘（1872—1949），字沅叔，号双鉴楼主人、藏园居士、藏园老人等，四川江安人。光绪二十四年进士，民国时曾任教育总长。傅氏是近代著名藏书大家，亦是目录学、版本学大家。著有《藏园群书经眼录》《藏园群书题记》《双鉴楼善本书目》《双鉴楼藏书续记》等。

② 章钰（1864—1934）字式之，号茗簃、蛰存、负翁等，苏州人。光绪二十九年进士，官至外务部一等秘书，庶务司主事兼京师图书馆编修。辛亥后寓天津，以收藏、校书、著述为业。近代藏书家、校勘学家。聚书2万余册，名人著述之抄本甚多。其后人遵遗嘱将图书全部赠予燕京大学图书馆，后归北京图书馆（今中国国家图书馆）。著作有《四当斋集》《宋史校勘记》《钱遵王读书敏求记校正》《胡刻通鉴正文校宋记》等。

> 此书考证校勘评点三者并用,是义门读书家法……钰于茶仙遗籍无缘奔藏,迩来侨寄津门,以校书遣日,即传录义门评校之书……此本为仲仁所藏,因以借录一过,冀使赍砚斋指导迻学之法多所饷遗,并书所见于仲仁藏本之后。癸丑长至,长洲章钰寓天津宇纬路宇泰里。

识下钤"式之"小朱方。

何焯晚年号茶仙,"赍砚斋"为其藏书楼名。显然章氏此段文字判断仲仁藏本为何焯评点本。笔者经与本文前面所述潘次耕评点本比勘,其评语差异很小,仅少数评语中个别文字或位置小有不同,或存在少量评语彼缺此存现象。因而可以判定:章氏过录并跋之此本,并非何义门评点本,而是潘评本之又一化身。

(九)广东省立中山图书馆藏清"张廷济评本"

此评本以清康熙间竹素园刻本《高季迪先生大全集》十八卷为底本,卷末有叶德辉跋。其跋曰:

> 《高季迪大全集》十八卷,为张叔未先生藏书。卷首序、卷末尾钤有"嘉兴张廷济字叔未行贰居履仁乡张村里藏经籍金石书画印"二十五字朱文方印,卷一大题下有"张廷济印"四字白文中方印、"张叔未"三字白文中方印……每卷皆经先生朱墨两笔评校及圈点直抹,字迹半行楷书。以余旧藏先生嘉庆癸酉、甲戌两年日记证之,审是四十以后五十以前之笔。先生生于乾隆三十三年戊子,嘉庆甲戌四十七岁,精力目力迥异常人。所评或论诗法,或注本事,细行密字,全书如一笔写成。

今人但以金石家推先生，不知先生诗功如此之深，记问如此之博也。先生晚年书法苍劲，与此稍有不同，然体势虽殊，笔意自在。余先得先生手书日记，可证其评此书年时……己未五月夏至叶德辉。①

张廷济(1767—1848)，原名汝林，字顺安，号叔未，晚号眉寿老人，嘉兴人。清嘉庆三年解元。金石学家、书法家，工诗词。著作有《清仪阁题跋》《清仪阁金石题识》《桂馨堂集》等。

叶氏的此段跋文含有两条结论：第一，以藏书印证明此评本是张廷济的藏书。第二，以书法和年龄证明此书为张廷济亲自评点。作为版本学名家，叶氏第一条结论准确无误，而尺有所短，寸有所长，叶氏第二条结论却是误判。笔者经比勘其评语，发觉该本实际是一种汇评本。主要过录羡门、潘次耕两人评语，朱笔评语与潘评基本相同，墨笔评语与羡门评相差无几。其差异主要在如下几方面：第一，很多评语位置有变化，或眉评变成尾评，或眉评措置于题下等。第二，极少数评语或彼缺此有，或彼有此缺。第三，少数评语中字词有差异。第四，朱墨两笔中均有少量不属于羡门评或潘评之评语，或为过录者抄录他家评语，亦不能排除有张廷济自为之评语。如卷一页一"季迪诗缘情随事"一大段眉评，即录自明谢徽于洪武三年为高启《缶鸣集》所撰序言。

---

① 叶德辉(1864—1927)字奂彬，号直山，别号郋园，湘潭人，祖籍苏州吴县洞庭东山。光绪十八年进士，曾任吏部主事。叶氏长于经学，精通目录版本。著有《书林清话》《六书古微》等，编刻有《郋园丛书》《观古堂汇刻书》等。

此等汇评本对于阅览者本是功德益事,惜不注明评点者,遂令学问如傅增湘、叶德辉者亦出现误判误导。

(十)湖北图书馆藏佚名录清沈德潜评本

此评本以清康熙间竹素园刻本《高季迪先生大全集》十八卷为底本,卷端题:"依沈归愚先生评。"

沈德潜(1673—1769),字确士,号归愚,苏州人。清乾隆四年进士,曾任内阁学士兼礼部侍郎。诗文名家,论诗主格调,倡温柔敦厚。著作有《沈归愚诗文全集》,并编有《古诗源》《唐诗别裁》《明诗别裁》《清诗别裁》等。

此本所录沈评,每卷评语多寡不等。多者达十数条,如卷一、卷七;少者仅两条,如卷十。然较之上海图书馆藏本佚名氏所录评语为详。如卷一此本录沈评十三条,上图本仅录五条;卷十八此本录四条,上图本未录。

此本所录评语当最为接近沈氏评语原貌。如卷一首页有眉评:"古乐府以浑厚古奥胜。汉人诸体,青丘子不能学也;太白诸体,庶几似之。若张、王之新乐府,全得其巧矣。然正因其巧,不能得温柔敦厚之遗。"

(十一)中国国家图书馆藏陈昱题识沈德潜评本

此评本的底本为金檀辑注文瑞楼雍正六年刻墨华池馆重印本《青丘高季迪先生诗集》,录有朱、黛两种评语及圈点。

朱笔有眉评有侧评,评语与潘耒评语同,但仅摘录潘评一部分评语。

黛笔仅有眉评。卷一首页首行黛笔眉书:"黛笔录沈确士先生评。"其前一页有陈昱识语:"旧藏沈确士先生评青丘诗集,采择谨严。丁亥初冬,又得评选本,内亦录沈云者,未知即碣士否也?顾以两本比对,同者只一二处,盖集评者所据本有详略也。雪窗多暇,因录入一册,以便诵习。腊八日立斋陈昱识。"

黛笔所录评语,与湖北图书馆藏佚名录清沈德潜评语大同小异。如卷一首页录有如下一段眉评:"乐府以浑厚古奥胜。汉人诸体,青丘子不能学也;太白诸体,庶几一似之。若张、王之新乐府,全得其巧矣。然正因其太巧,不能得温柔敦厚之遗。"此段评语与前面所录湖北图书馆藏佚名录清沈德潜的此段评语相校,仅有三字之差。从陈氏识语知黛笔评语是据"评选本"过录而来,因而数量上较少。

(十二)黑龙江省图书馆藏佚名录沈德潜评语

此评本以清康熙间竹素园刻本《高季迪先生大全集》十八卷为底本,过录评语者不详。其评语皆墨笔,置于所评诗之书眉。与湖北图书馆藏佚名录沈德潜评语基本一致,仅缺少一些评语,或个别评语文字小异。如卷一首页评语:"古乐府以浑厚古奥胜。汉人诸体,青丘子不能学也;太白诸体,庶几似之。若张、王之新乐府,全得其巧矣。然正因其巧,不能得温柔敦厚之遗。"仅"乐府"前少一"古"字。

(十三)上海图书馆藏清佚名录清冯行贤、沈德潜、吴翌凤评本

此评本以清康熙间竹素园刻本《高季迪先生大全集》十八卷为底本。卷前护页朱笔题:"红笔,虞山冯补之先生评选;黄笔,长洲沈归愚先生评选。"另行墨笔题:"丁丑十月寓定慧寺,借枚庵阅本,用黑笔照过。"

冯行贤(？—1679后)，字补之，常熟人。能诗善书，精于篆刻。清康熙十八年举博学鸿儒，未遇归。著有《余事集》等。

吴翌凤(1742—1819)，字伊仲，号枚庵，一作眉庵，别号古欢堂主人，初名凤鸣，祖籍安徽休宁，侨居苏州。诸生，曾主讲浏阳南台书院。工诗文绘画。藏书名家，与当时藏书家互抄秘籍。著作有《逊志堂杂抄》《怀旧集》等。

冯行贤评语主要集中在卷一；沈德潜评语贯穿全集各卷，仅数十条；吴翌凤评语仅零星几条。

(十四)常熟图书馆藏清何焯、黄景仁、袁枚评本

此评本以清康熙间竹素园刻本《高季迪先生大全集》十八卷为底本。卷端题"评宗义门"，卷末有王振声于过录完黄景仁、袁枚评语后所撰跋文，记述此评本成稿原委及体例。① 其跋曰：

> 旧得此集，有红笔传录义门评点，不知出自谁手，余尝爱玩之。近郑荫云先生遗书散佚，恬裕斋得其手钞《采访录》②，中有黄仲则所辑高季迪诗，有评有点，并载有袁简斋语，均足与义门相发明，为读青丘诗之司南，因用墨笔录之。……荫翁后又有记，云评语俱出黄仲则手，其为小仓山房批者，则加"袁子才曰"四字以别之。今亦悉如其例。《采访录》，荫翁谓是孙

---

① 王振声(1799—1865)，字宝之，一作保之，别号文村居士、文村老民，常熟浒浦文村人，学者称文村先生。道光十七年举人，三试礼部不就。晚年主讲游文书院。精音韵，工校勘。著作有《王文村遗著》。

② 恬裕斋即后改名为铁琴铜剑楼者，清代藏书家瞿绍基(1772—1836，常熟人)之藏书楼。

渊如所辑①,不知其何从得之,亦疑莫能明也。咸丰戊午五月下旬文村居士录毕识。

黄景仁(1749—1783),字汉镛,一字仲则,号鹿菲子,阳湖常州人。一生怀才不遇,穷困潦倒,后授县丞,未及补官即于贫病交加中客死他乡,年仅35岁。诗负盛名,为"毗陵七子"之一。著作有《两当轩全集》。

袁枚(1716—1797),字子才,号简斋,别号随园老人,时称随园先生,杭州人。清代著名文学家。著作主要有《小仓山房文集》《随园诗话》《子不语》等。

此评中"不知出自谁手"红笔传录之文字,或为评语,或为注释、订正文字。卷端既题"评宗义门",显非何氏评语原文,疑此等评注文字,或是何门弟子传承其师治学方法与观点而形成者。

此评本中除卷八至卷十一七言古诗及长短句诸诗外,其他各卷均间有黄景仁评语,袁枚评语仅寥寥十数条。

(十五)清李芝绶过录本

笔者从网上得见中国书店2007年秋季书刊资料拍卖会所展示的此评本书影。从书影可知此评本的底本为金檀辑注、桐乡金氏文瑞楼雍正六年刻乾隆间墨华池馆印本《青丘高季迪先生诗集》。卷一首行书名卷次下朱笔题:"评宗义门,戊申八月,从《大全》本录出,圈点亦仍其旧。"又另行墨笔题:"墨笔录黄仲则选本,

---

① 孙星衍(1753—1818)字渊如,武进人。著名经学家、藏书家。著述宏富,主要有《尚书今古文注疏》《周易集解》《尔雅广雅诂训韵编》《平津馆金石萃编》《孙氏家藏书目》等。

戊午八月。"

其前页有李芝绶题识①：

> 道光戊申秋，从文村王丈借得义门评本高《大全集》，录于此。阅十载，咸丰戊午，见郑应云所抄青丘各体选本，云系孙渊如所录。评语及圈点有出何批之外者，新颖可喜，故原录何批用朱笔，而孙批则以墨笔书之。旋经兵燹，未曾录竟。乃隔二三十年，余已逾古稀，目昏不能作小楷。乙酉（按：即光绪十一年）夏日，偶翻旧本，兀坐斗室，遂援笔抄竟。……四月三日，裘杆老人识于厅事东偏侧楼下。时年七十有三。

此段文字记述了李氏于清道光至光绪数十年间陆续转录何评、黄评及孙评而成此评本之过程。

后阅《芷兰斋书跋五集》，知此评本为芷兰斋拍得②。芷兰斋主人在跋文中展示了《梅花九首》等书影及所录数段评语，经与上文所述常熟图书馆藏清何焯、黄景仁、袁枚评本相校，二者除了笔迹、所依托底本不同，评语措置位置略有不同外，评语文字几无差

---

① 裘杆老人即清代学者李芝绶。李芝绶（1813—1893）原名蔚宗，字申兰，又字升兰，号缄庵，别署裘杆漫叟，常熟人。道光十九年举人。家多藏书，精于校雠。著有《静补斋集》《静补斋书目》。参见《常熟藏书史》《常熟文史资料选辑〈常熟文史〉第40辑下》等。

② "《青丘高季迪先生诗集》十八卷首一卷《遗诗》一卷　（明）高启撰　清雍正六年（1728）文瑞楼刻墨华池馆重订本　李芝绶过录何焯、孙星衍批语　一函七册　钤：缄翁（朱方）、裘杆老人（朱方）
此《青丘高季迪先生诗集》，丁亥年秋得自海王村拍场，喜其卷中朱墨二色批校满纸，且无人相争，遂以底价得之。"（韦力《芷兰斋书跋五集》，北京：国家图书出版社，2018年7月）

异。此评本其他尚无缘寓目之评语,或亦当如是。

(十六)苏州图书馆藏清叶廷琯过录评本

此评本以清康熙间竹素园刻本《高季迪先生大全集》十八卷为底本。

卷首有叶廷琯墨笔题识①:

> 青丘先生集,余家旧有桐乡金氏刻者,剧精洁,世所称文瑞楼本也。庚申遭乱失去。避居沪上,思之不置,欲觅其本不可得。偶于道旁见此帙,虽不及金本之美,先生诗亦略备于此。解囊购归案头翻读,暇辄加墨于集中,名篇杰构,殆已亦无遗。娱老眼而遣旅怀,所得亦良非浅矣。十如居士识,时年七十有六,同治丁卯初夏中浣。

卷一之端又识:

> 择往昔诸家评语能道诗中款要者,录之书眉,以资启发,其姓氏则不记,省繁冗也。

这两段文字表述了此评本的成稿过程及其特点:1. 叶氏于晚年购得高启诗集,对集中名篇杰构施以圈点。2. 于书眉摘录能"道

---

① 十如居士即清代学者叶廷琯。叶廷琯(1792—1869年)字爱棠,号调笙、苕生、蜕翁、十如老人、十如居士等,苏州人。廪贡生,候选训导。一生潜心学问,精于鉴赏。著作有《吹网录》《鸥陂诗话》等。参见胡艳红、詹看《叶廷琯及其〈吹网录〉》,《山东图书馆季刊》2005年第3期。

诗中款要"之诸家评语,而省去评者姓氏。笔者经检视集中圈点与评语,确如叶氏所言。如卷八《听教坊旧妓郭芳卿弟子陈氏歌》一诗,叶氏于佳句下多施以圈点,书眉处过录了如下一段评语:"与少陵《观公孙大娘弟子舞剑器歌》同一用意,盖惓惓故国之思,意不在教坊弟子也,而诗格则在元和长庆之间。"此段评语与《明诗别裁集》中所选该诗之尾评文字完全一致,而未注明出处。

(十七)天津图书馆藏清"刘熙载评本"

此评本以清康熙间竹素园刻本《高季迪先生大全集》十八卷为底本,卷端题"兴化刘熙载融斋注"。

刘熙载(1813—1881),字伯简,号融斋,晚号寤崖子,江苏兴化人。清道光进士,官至左春坊左中允、广东学政。晚年主讲上海龙门书院。著名学者,于文论、文字、音韵多有建树。著作有《艺概》《昨非集》等,收在《古桐书屋六种》《古桐书屋续刻三种》等丛刻中。

此评本中手写文字多为注释文字,仅有百余处评语。经比勘,注释文字抄自金檀注,侧评及少数眉评抄自潘次耕评语,多数眉评抄自沈德潜评语。以此观之,才名如刘熙载者决不屑为此等事,当亦是托名伪造。

(十八)日本学者近藤远粹评订本

该评本依凭金檀辑注本《青丘高季迪先生诗集》而进行批圈评点。书名《辑注增补高青丘全集》,二十一卷。书名页题:"清金檀辑注 日本南州近藤元粹先生评订 辑注增补高青丘全集 版权所有 青木嵩山堂出版。"正文分上下两栏:下栏为高启诗作与金檀注文以及序跋、年谱等;上栏为评语、校记。

近藤元粹(1850—1922),字纯叔,号南州、萤雪轩、狁学等,日本伊豫(今爱媛)松山人。明治、大正时期著名汉学家,与藤泽南岳一起被誉为大阪儒学、汉学之双璧。一生著述宏富,达150余种。近藤氏运用传统文学研究批评方式选编、评订并用汉文撰写了大量著作,其中关于中国古代文学研究之著述多达80余种。其诗文作品收于《南州先生诗文钞》《萤雪存稿》二书。①

此评订本主要特点如下:

1. 此本是第一种全面批圈评点高启诗作、词作及附属文字的著作。对收入金檀辑注《青丘高季迪先生诗集》的全部作品,除注释文字外,含全部诗作,《扣舷集》词作,卷首序跋、传记、年谱等文字,近藤氏皆一一予以评点。

2. 此本是第一种全面评点高启诗歌作品并且刊行的著作。全面或较全面评点高启诗作的著作,如羡门、潘耒等评点本,皆是以抄本存世。在此之前,评点高启诗作的著述虽已有多种刊印问世,但皆是节选,如《明诗别裁》《明三十家诗》等。

3. 此本将潘耒评语与自己的评语融为一体。

    前年余得《大全集》,书中自首至尾,有批圈焉,有评语焉。而评语精详深切,其书体亦遒丽不凡。余断以为海西人所作也②。……而卷中不录其姓名,故不知其成于何人之手也③。余评此书,固出于鄙意,然间或有据旧评,或隐括,或节录,或

---

 ① 参考近藤元粹《南州先生诗文钞》,及《大阪人物辞典》、《朝日日本历史人物事典(网络版)》、李庆《日本汉学史》等。
 ② 参见本文"日本大阪天满宫藏清潘耒评本"部分。
 ③ 近藤氏此处所言的《大全集》,即本文前面所述的"日本大阪天满宫藏清潘耒评本"。

全载者,而不复别标明之,盖不得已也,读者其谅之。①

4. 近藤氏以日本传统汉学家之视野全面评点高启诗作,于高启研究乃至汉诗学研究而言,其成果无疑具重要学术价值。②

除上述各本外,经笔者查阅,存世尚有萍乡市图书馆藏清喻兆蕃评本,复旦大学图书馆、中山大学图书馆藏佚名评本,南京图书馆另藏佚名评点本,(日本)关西大学图书馆藏题"李笠翁评"仿冒本。曾现身于拍卖会的清陆坊、沈文伟评本,佚名录清沈德潜、沈大成评本(残),其评语或有可采之处,惜暂无缘寓目。

叁、汇校汇评汇注高启全集之构成

一、高启诗文集文本之底本、校本

（一）诗集

如前所述,在明清诸多刻本中,金檀辑注雍正六年文瑞楼刻本《青丘高季迪先生诗集》虽然其主体部分之底本是康熙间竹素园刻本,诗作序次异于明刻本《大全集》,但多有补遗,收诗最为完备;并且对诗作中因音形相近而造成的文字讹误也作了若干校正。另外此刻本为高启的大部分诗作作了详细注释,这些注释采用互见法

---

① 近藤元粹评订本《辑注增补高青丘全集·例言》。
② 详拙文《日本明治时期出版的高启诗集的两种评点本》,大阪府立大学人文学会《人文学论集》第 31 集,2013 年。

前后呼应。如果用明刻本《大全集》作为底本,则会导致那些前后互见的注释文字发生混乱。因而本全集对于高启的诗作,采用此刻本作为底本,而用明景泰刻本《高太史大全集》、明永乐刻本《缶鸣集》、明宣德刻本《三先生诗》、明成化刻本《槎轩集》之抄本、明洪武四年初刻后殷犖剜补本《姑苏杂咏》、明洪武刻本《姑苏杂咏》等作为主要校本。重要异文一一出校,尽可能地恢复高启诗作的原貌。

(二)词集

《扣舷集》一卷,以明正统九年刻本为底本,以清雍正六年(1728)文瑞楼《青丘高季迪先生诗集》附刻本作为主要校本。

(三)文集

《凫藻集》五卷,以明正统九年刻本为底本,以清雍正六年(1728)文瑞楼《青丘高季迪先生诗集》附刻本作为主要校本。

二、各家评语

(一)羡门评语

以中国国家图书馆藏《高太史大全集》之评语为基础,参考中国科学院图书馆藏本《高季迪先生大全集》、中山图书馆藏《高季迪先生大全集》之评语,拾遗补缺;文字略有差异者,则择其善者而从之。

(二)潘耒评语

以南京图书馆藏本《高季迪先生大全集》之评语为基础,参考人大图书馆、北大图书馆、苏州图书馆、中山图书馆、日本天满宫图书馆等藏本《高季迪先生大全集》之评语,拾遗补缺;文字略有差异者,则择其善者而从之。

（三）沈德潜评语

以湖北图书馆藏本《高季迪先生大全集》之评语为基础,参考上海图书馆、国家图书馆、黑龙江省图书馆等藏本《高季迪先生大全集》以及《明诗别裁集》之评语,拾遗补缺;文字略有差异者,则择其善者而从之。

（四）何焯评语

据常熟图书馆藏本《高季迪先生大全集》之评语。

（五）黄景仁评语

据常熟图书馆藏本《高季迪先生大全集》之评语。

（六）袁枚评语

据常熟图书馆藏本《高季迪先生大全集》之评语。

（七）冯行贤评语

据上海图书馆藏本《高季迪先生大全集》之评语。

（八）吴翌凤评语

据上海图书馆藏本《高季迪先生大全集》之评语。

（九）喻兆藩评语

据萍乡图书馆藏本《高季迪先生大全集》之评语。

（十）近藤元粹评语

据日本明治年间青木嵩山堂刊印《辑注增补高青丘全集》之评语。

（十一）苏州图书馆藏叶廷琯过录评语

据苏州图书馆藏本《高季迪先生大全集》之评语。

（十二）国家图书馆藏佚名评语

据国家图书馆藏本《高季迪先生大全集》之评语。

（十三）南京图书馆藏佚名评语

据南京图书馆藏本《高季迪先生大全集》之评语。

（十四）金本所录二十三家评语

据清金檀辑注雍正六年文瑞楼刻本《青丘高季迪先生诗集》之《诗评》。

三、各家注文

（一）高启诗文作品中的注文。这些注释文字皆为作者所作自注。

（二）清金檀辑注《青丘高季迪先生诗集》中的注文。参见上面所述。

（三）诸评本中的注文。在上面所述十四中评本中，有些评本，如潘评本、何评本、近藤评本中间有校注文字，亦酌予采录。

辽宁省图书馆、陕西博物馆、复旦大学图书馆、西南师大图书馆等馆亦藏有高启诗集的佚名评点本。其评语寥寥数条，或摘抄自上面所述各评语，或无甚价值，或所贴签条脱落错乱，不易识别所评何诗何句，因而皆不予采录。

总集、诗话、选本中的评语以及他人别集中的零星评语、1912年以后产生的评语，亦皆未采录。

（原载《薪火学术》，复旦大学出版社，2022年）

李东阳佚诗八首[①]

近年来,笔者在整理《怀麓堂稿》的过程中,得益于古籍编目的逐步完善和古籍的数字化,不断发现了一些李东阳诗文的佚作。限于篇幅,本文仅拣出李东阳与其三位重要诗友邵珪、秦夔、潘辰往来的八首诗作,略加考述。

一、与邵珪往来的诗作

邵珪(1441—1488)字文敬,号邵半江、东曹隐者等,常州府宜兴县(今属江苏省无锡市)人。成化五年(1469)进士,历官户部主事、员外郎、思南知府、严州知府。邵珪与李东阳交谊颇深。"宜兴邵君文敬与予交殆十年,语笑款洽,辞翰往复,议论相出入,久而益亲。游必联骑,燕必接几席,动穷日夜。每一过门,仆不俟命,马不待勒,以为常。当其情兴交洽,虽有他故,不复顾忆。及夫战酣角俊,惟意所得。一时之乐,殆无以相易也"[②]。

邵氏诗书俱佳,颇为李东阳所重。李东阳《麓堂诗话》说:"邵

---

① 本文为教育部人文社科重点研究基地重大项目"明代文学名家诗文别集的整理与研究"阶段性成果之一,项目批准号:12JJD750011。
② 明正德本《怀麓堂稿·文稿》卷六《送邵文敬知思南序》。

文敬善书工棋,诗亦有新意,如'江流白如龙,金焦双角短'之类,又有'半江帆影落樽前'之句,人称为邵半江。"传世有《邵半江诗》五卷等。

邵珪与李东阳的唱和之作甚多,仅《怀麓堂稿》中即收有如下二十余首:《得李秋官若虚、屠秋官元勋、邵户部文敬联句见寄,次韵二首》《师召席上饯邵文敬户部使淮安得作字》《邵文敬所藏画松图》《文敬坠马,用予韵见遗,再和一首》《文敬携叠韵诗见过,且督再和,去后急就一首》《得文敬双塔寺和章,招之不至,四叠韵奉答》《若虚诗来欲平马讼,五叠韵答若虚,并柬文敬、佩之》《次韵答邵户部文敬,前后得七首》《廷韶、文敬联句见寄,叠前韵一首》《文敬闻仁甫在予坐,以诗见诧,因次韵、并柬仁甫》《傅曰会举进士,次汝贤、文敬韵二首》《次邵东曹借屋诗韵》《邵东曹堕马伤足,次武昌韵》。《邵半江诗》亦收有多首与李东阳的唱和之作,如卷三有《过李西涯出示新稿,归途有和》三首,卷四有《承西涯见和诗字韵,复用答之》二首、《游神乐观次李侍讲宾之韵》二首。《邵半江诗》亦收有多首与李东阳的唱和诗作①,兹不赘述。

笔者撰写《李东阳年谱》时,曾辑得李东阳与邵珪唱和诗二首:《南园别意联句》《次邵文敬留别韵》②。近年复辑得下面六首。

---

① 《邵半江诗》,正德十年宜兴邵天和夷陵刻本。
② 《李东阳年谱》成化十八年谱,上海:复旦大学出版社,1995年。

(一) 廷韶、文敬联句见寄，叠前韵二首①

辱与东曹联句见贶，依韵奉答三首②。方惜目力，东曹不及另书，幸为传致，同加郢正。病中草草。
日长秋馆罢抽毫，自在闲庭落塵毛。
忽有词章传二妙，敢将名姓托三豪。
心清乍可鸣金镝，肺病何因漱玉膏。
身欲奋飞无羽翰，始知尘路隔仙曹。

两雄酣战拥双毫，怒遣吟髭作猬毛。
笔阵忽惊飞鸟变，诗场不数斗鸡豪。
君才定许镖谁夺，我怯犹惭觳未膏。
闻道合从谋未已，鼎分何敢望孙曹？

目病，不能作陪客，莲花诗不敢更和，恐为藕丝所絓也。壶觞别期之说，惟东曹善自图之。

此题第二首见秦夔《五峰遗稿》卷之二十三③。同书卷十"联句"体下收有与秦、邵二人的联句诗二首，与此题二首同韵，当即小序中所言"与东曹联句见贶"之诗。

---

① 正德本《怀麓堂稿·诗稿》卷十四仅收入此题诗的第一首，题做"廷韶、文敬联句见寄，叠前韵一首"，今据此略加调整，作"廷韶、文敬联句见寄，叠前韵二首"，并将第一首一并录于此，以见此题诗之全貌。
② 此处"三"字或为"二"之讹。题中言"叠前韵二首"，今能见到的同韵和诗亦仅二首；《五峰遗稿》卷十有邵珪与秦夔的同韵联句诗，亦仅二首。
③ 《续修四库全书》影印嘉靖元年秦锐等刻本。

重叠乌丝拂彩毫夔,凤池晴旭见奇毛珪。
座中谈笑收群彦夔,醉里支离眇二豪珪。
北阙露华鸣玉佩夔,西堂秋思入兰膏珪。
寄来白雪真难和夔,且下萧条坐两曹珪。

洛中奇赏属吟毫珪,拂纸清风沁鬓毛夔。
既见百朋真我喜珪,纵观千古独君豪夔。
也知精艺穿杨手珪,不负虚堂照夜膏夔。
高论岂随流俗变珪,解将青眼眄吾曹夔。

廷韶,秦夔字;文敬,邵珪字;东曹,邵珪任职户部,并自号东曹隐者①。邵珪是成化五年(1469)进士,任职京师户部,至成化十八年(1482)八月,始擢贵州思南府知府。秦夔天顺四年(1460)进士,官南京兵部武库司主事,升职方司员外郎、武库司郎中。成化八年(1472)年升湖广武昌府知府。二人为常州府同乡,又同擅诗书,过从颇密。

成化十三年春,李东阳以目病在告,其间与诗坛友朋相约自正月十日起停止作诗。但仅维持两个月,至清明后三日破戒。

《怀麓堂稿·集句录引》:"丁酉(成化十三年,1477)之春,予病在告。百念具废,而顾独好诗,故人爱我者戒勿复作。既乃闭户危坐,不能为怀,因戏集古句成篇,略代讽咏。有以旧逋见督者,间以应之。遇少得意,亦稍蔓引,不能止,盖五十步百步之讥焉。"《怀麓堂稿·诗稿》卷四亦有多首五言古诗,讽咏发生在这年春天的"止诗"

---

① 明何孟春《余冬录》卷之十:"国制吏、户、礼、兵、工五部在长安门东,与西五军都督府对。其刑部并都察院、大理寺,号三法司,又在皇城之西,西金方,取主杀义也。故人称东五部曰东曹,刑曰西曹。"

趣事。其中有两首长题诗:《予病中颇爱作诗,舜咨以诗来戒者再,未应也。偶诵陶渊明止酒诗,自笑与此癖相近,因追和其韵,断自今日为始,成化丁酉春正月十日》《入春,绝不作诗,清明后三日与鸣治、师召游大德观,为二公所督甚苦,得联句四首。已而悔之,因用止诗韵以自咎。先是,诸同年皆有和章,为说不一,鸣治独持两可之说,至是竟为所沮云》。这两诗题明确记述了开始"止诗"与破戒的具体时间。

查《汉典万年历》,知成化十三年(1477)的清明节在闰二月十五日。秦夔于这年春天赴京考绩,三月初离京。①

李东阳于诗小序中言"方惜目力","病中草草"。跋中又曰:"目病,不能作陪客……壶觞别期之说,惟东曹善自图之。"所言当是破了诗戒后,而眼病尚未好,不能参加送行宴的情形。

从上面所述多条材料,知李东阳这两首叠韵诗,当作于成化十三年(1477)闰二月十八日,即李东阳自清明节后三日恢复作诗日之后,至秦夔于春三月初离京之前这段时间。

(二)与邵珪联句四首②

送君多在社中筵_珪,尔耳亭中亦偶然_{东阳}。
玉瓮旋篘桑落酒_珪,彩毫同赋竹枝篇_{东阳}。
已判乐事萍蓬外_珪,又感流光鬓发前_{东阳}。
闻说郡斋山树里_珪,可无公事恼高眠_{东阳}。

可人相过本无期_{东阳},此地神交事亦奇_珪。

---

①　陆简《春郊别意图诗序》:"成化丁酉春三月朔,武昌太守秦君廷韶既献绩,归……"见《续修四库全书》影印嘉靖元年秦锐等刻本《五峰遗稿》卷二十四。
②　四诗原无题,此题为笔者据诗作者拟。

门隘尚能容五马_{东阳},庭空聊共倒双鸥_珪。
冰盘忽送秋桃至_{东阳},露檜频随晚树移_珪。
误听西邻作吴语_{东阳},邻有苏人。东曹候吏报还迟_珪。

因君偶忆惠山泉_珪,独买官河八月船_{东阳}。
十载尘缨随汗漫_珪,两宵诗话许留连_{东阳}。
清才已办棠阴讼_珪,旧赏还疑石上缘_{东阳}。
此日清风江右路_珪,有人骑竹使君前_{东阳}。

城上风高五马鸣_{东阳},怜君又载一琴行_珪。
天空碧海云俱尽_{东阳},秋入澄江月更明_珪。
老去玉人诗骨瘦_{东阳},舞余豪客剑心平_珪。
麻姑仙酒三千斛_{东阳},谁遣东坡洗破觥_珪。

建昌将行,期与东曹过我。东曹至,相与联句待之。诗成而建昌不至,遣使候之,知在马中舍小燕。明日遂行,竟不及见而别,因附此诗于赠行卷末以识意云。

李东阳与邵珪的这四首联句诗收于秦夔《五峰遗稿》卷之二十三。跋中的"建昌"指秦夔。此四诗是李东阳在家中尔耳亭与邵珪等候秦夔时所作联句。秦夔于成化十七年(1481)秋被任命为江西建昌知府①,次年八月,邵珪被任命为贵州思南府知府。而跋中仍称秦夔为"建昌",称邵珪为"东曹",以及"明日遂行"等语,知邵此

---

① 《(正德)建昌府志》卷十二《秩官》载秦夔于成化十七年任知府,《怀麓堂稿·文稿》卷十二《曾文定公祠堂记》记"成化壬寅(十八年,1482),无锡秦君廷韶来知府事"。本文从府志。秦夔是在这年的秋天赴建昌太守任,参见本文下面对《送中斋秦先生载任建昌》一诗的考证。

时仍任职户部。进而可推知,这四首联句诗作于成化十七年秋秦夔赴建昌知府任的前一天。

(三) 题寄寄亭①

寄寄亭中寄此身,此身真作寄中人。
离心落雁同十里,倦眼开花又一春。
楚地山川南北会,汉槎风月往来频。
他年石上看名姓,多是东曹奉使臣。

此诗见清光绪二年刊本《(光绪)清河县志》卷二十五。明永乐初沿淮河建常盈仓四十区,户部设监仓分司于清江浦,监理常盈仓的仓储收放。成化十四年(1478),邵珪"升广西司员外郎。是年,董赋于淮之常盈仓"②。"得隙地于公署之南偏中,为高丘,杂植桃柳,引水环之,而结亭其上"③,名"寄寄亭"。友人李东阳为赋《题寄寄亭》诗,程敏政为撰《寄寄亭记》,吴宽为题字。④

二、与秦夔、潘辰往来的诗作

秦夔(1433—1495),字廷韶,一字中孚,号中斋。明代常州府

---

① 此诗原无题,笔者据史实拟。
② 《续修四库全书》影印明弘治刻本王㒜《思轩文集》卷十八《严州知府邵君墓志铭》。
③ 明正德二年刻本《篁墩程先生文集》卷十三《寄寄亭记》。
④ 清文渊阁四库全书补配清文津阁四库全书本明夏良胜撰《东洲初稿》卷十二《一鉴亭诗序》:"仓曹曰:'吾署有寄寄亭名天下,以匏庵之书、西涯之诗、篁墩之文尔也。'"见《中国基本古籍库》。

无锡县(今属江苏省无锡市)人。天顺四年(1460)进士。官南京兵部武库司主事,升职方司员外郎、武库司郎中。成化八年(1472),升湖广武昌府知府。后历官江西建昌府知府、福建右参政、江西右布政使。"自幼嗜学,与书无所不读。为文章,下笔累数百言,滔滔无滞。诗清丽,有唐人风。书法赵松雪。"著有《五峰遗稿》。

李东阳于成化八年(1472)侍父回茶陵祭祖,途经南京,与时在南曹任职的秦夔订交。① 此后秦夔多次入京,每次与李东阳都有诗酒唱和。《怀麓堂稿》中收有《送秦武昌廷韶》《和秦武昌赤壁怀古韵》《次韵秦武昌见遗之作》《邵东曹堕马伤足,次武昌韵》《廷韶、文敬联句见寄,叠前韵一首》等诗作。成化二十年(1484)春,时任江西建昌知府的秦夔重建曾文定公祠堂成,李东阳为撰记。② 弘治七年(1494)秦夔父亲去世,李东阳为撰墓表。③

潘辰(?—1520),字时用,号南屏,处州府景宁县(今浙江省景宁畲族自治县)人。弘治中,以才德被荐,授翰林院待诏,掌管典籍事。后参与修撰《大明会典》,进五经博士。正德年间,升翰林院编修,擢太常寺少卿。诗文平正典雅,"与少师文正李公、祭酒文肃谢公相知最深"④。潘辰与李东阳既是相互敬重、肝胆相照的友人,也是双重姻亲。李东阳是当时名臣岳正的女婿,潘辰是岳正的外甥女婿;李东阳长子兆先娶潘辰次女为妻。《麓堂诗话》:"潘南屏

---

① 参见本文下面《送秦武昌廷韶》诗后跋文。
② 明正德本《怀麓堂稿·文稿》卷十二收有《曾文定公祠堂记》。
③ 明正德本《怀麓堂稿·文后稿》卷十六收有《封中宪大夫湖广武昌府知府秦公墓表》。
④ 见杨廷和撰《中顺大夫太常寺少卿南屏潘公辰墓志铭》,焦竑《国朝献征录》卷二十二。

时用深于诗,亦慎许可。尝与方石各评予《古乐府》。"《怀麓堂稿》中涉及二人交往的诗文甚多,兹不赘述。

(一)与秦廷韶潘时用联句①

一庭春雨豆花秋_秦,五马南来此径幽_李。
北海有情能小款_秦,太虚多暇得清游_李。
诗成漫洒金壶墨_秦,酒熟先分玉瓮篘_李。时武昌前一日惠酒。
腰下郡符怜我老_秦,笔端文采羡君优_李。
江湖别后还青眼_秦,霄汉逢时尚黑头_李。
寂寞文园犹卧病_秦,时文敬地官方坠马伤足。萧条环堵未忘忧_李。
东曹花月孤同赏_秦,西馆珠玑惜暗投_李。
倒屣忽传郊老至_秦,至此时用至。解貂聊为季真留_潘。
凉生楚葛风初至_李,气逼湘帘露未收_秦。
枥马隔邻衔晚秣_潘,候虫当户促功裘_李。
坐深不觉炉熏换_秦,话久仍呼茗碗浮_潘。
鹦鹉巧能传客意_李,琵琶亦解乱乡愁_秦。
登龙偶合风流地_潘,附骥终惭远大谋_李。
良会百年知有几_秦,为君倾倒夕阳楼_潘。

武昌秦先生过予尔耳亭,邀文敬邵地官不至,偶发小兴。时潘时用文学至,续成之。时吕进士宜中在座,强之,不可得,翌日独和一首。成化辛丑七月十一日,李东阳宾之书。

---

① 此诗原无题,笔者据联句作者拟。

此首三人联句收于《五峰遗稿》卷之十"联句"体下。跋署"成化辛丑七月十一日",即成化十七年(1481)。跋称"武昌秦先生",知此时秦夔仍未任新职。

(二)送中斋秦先生载任建昌

> 仕路相逢说建昌,更无烽燧只耕桑。
> 不劳车马供迎送,况有山川属主张。
> 几日尚怀佳客话,一麾真领使君章。
> 方州亦是羁栖地,终见长才起庙廊。

此诗收于《五峰遗稿》卷二十三。"送中斋秦先生载任建昌"诗题下除了李东阳的这首诗外,还有太仓陆钶、泰和罗璟、新喻傅瀚、三山林瀚、姚江谢迁、宜兴邵珪等人的送行诗。秦夔自成化八年任武昌太守,多年后"部使者交章上其治行,为湖广第一。诏予诰晋阶,将有除命,而公丁母恭人殷氏忧"①。《(正德)建昌府志》卷十二《秩官》载秦夔于成化十七年任知府。上文所辑作于成化十七年(1481)七月十一日的《与秦廷韶潘时用联句》,跋中尚称"武昌秦先生",当是那时秦夔尚未接到建昌太守的新任命。《(正德)建昌府志》卷十二《秩官》载秦夔于成化十七年任知府。傅瀚诗有"秋雨一庭方对酒,暮山千里又分岐"句,谢迁诗有"高梧积雨报秋迟,两日新晴送客时"句,邵珪诗有"武昌重领建昌符"句,李东阳诗中亦有"终见长才起庙廊"句。因可推知,秦夔服阕赴京,被任命为建昌

---

① 程敏政撰《中奉大夫江西等处承宣布政司右布政使致仕秦公神道碑》,见《五峰遗稿》卷二十四。

太守,时间是成化十七年秋天。显然,李东阳的这首送行诗作于这年秋天秦夔离京赴建昌太守任时。

附录:

送秦武昌廷韶

凤凰台上题诗去,鹦鹉洲前建节行。
四海山川佳丽地,六年江汉别离情。
悠悠晓梦尘随马,漠漠春寒雨带城。
好种甘棠三百树,他时留咏汉公卿。

成化壬辰(八年,1472),予识秦君廷韶于南曹,属不鄙。予既北归,而君有武昌之命,声称翕然。兹报政京师,行且归,谓武昌予旧游,而于君又有凤昔之雅,因以小诗奉赠,且以期诸他日云。

《怀麓堂稿·诗稿》卷十一收有此诗,但略去了诗后跋文。《五峰遗稿》卷二十三收有此诗并跋。上海博物馆收藏有这首诗并跋的行草真迹,刘刚先生的释文如下:

凤皇台上题诗去,鹦鹉洲前建节行。四海山川佳丽地,六年江汉别离情。悠悠晓梦尘随马,漠漠春寒雨带城。好种甘棠三百树,他时留咏汉公卿。成化壬辰,予识秦君廷韶于南曹,甚焉不鄙。予既北归,而君有武昌之命,声称翕然。兹报政京师,行且归治武昌,予旧游而于君又有凤昔之雅。因以小诗奉赠,且以期诸他日云。丁酉岁闰二月甲子,赐进士出身、翰林侍讲兼修国史、经筵官长沙李东阳书。①

这两处的跋文,小有文字差异。《怀麓堂稿》收入此诗时,加了诗题,删去跋,并将诗中"四海山川佳丽地"句之"四海"改为"万里";《五峰遗稿》收录此诗时,删去了跋文最后一句。这种在编订文集时的修改订正是古今常见现象,不难理解。至于跋文中另两处文字的差异,或为故意删改,或为对草书解读有误。如果将"甚焉"释为"甚属",将"治"释为"谓",跋文就通畅了。

跋署"丁酉岁",指成化十三年。"闰二月甲子",查《中国史历日和中西历日对照表》②,可推知该年"闰二月甲子"为闰二月二十六日。此篇跋文虽有文字差异,而无疑具有一定史料价值,故附录于文末。

(原载《薪火学刊》第四卷,复旦大学出版社,2017 年)

---

① 刘刚《李东阳行草〈自书诗卷〉》,见《中华书画家》2016 年 1 月第 1 期,网络版。此处连同原标点一并迻录。
② 方诗铭、方小芬编著《中国史历日和中西历日对照表》,上海:上海人民出版社,2007 年。

《李东阳全集》前言

李东阳,字宾之,号西涯,谥文正,祖籍湖南茶陵。成化、弘治、正德年间,他立朝五十年,辅政十八载,官至少师兼太子太师吏部尚书华盖殿大学士。更以不世之才,扭转文运,主盟文坛,一时天下文学归于茶陵。作为明代著名政治家、文学家、书法家的李东阳,学界多有研究成果,兹不赘述。

李东阳一生著述宏富,且"朝廷大著作,多出其手"(《明史》本传)。笔者于二十多年前发表了《李东阳著述考》《〈怀麓堂稿〉探考》两文①,对李氏著述进行了初步梳理。近年着手编集整理李东阳诗文全集,对李氏存世著述进行了较全面的梳理。以类别之,李氏著述主要有以下三类:一、自撰诗文作品,详下文;二、编纂类著述,独编者有《云阳集》《憩庵府君字法手稿》《二仲遗哀》《灌畦暇语》等,主编者有《大明会典》《历代通鉴纂要》《明孝宗实录》,参编者有《明英宗实录》《明宪宗实录》《阙里志》《类博稿》《沧洲诗集》《黎文僖公集》《学士柏诗》等;三、书法类著述,如《李西涯翰墨卷》《西涯诗篆卷》《自书诗卷》《李西涯真草墨迹五卷》等,此类著述通常为后人编集。

---

① 《李东阳著述考》见《中国文学研究》1995 年第 4 期,《〈怀麓堂稿〉探考》见《复旦学报》(社会科学版)1996 年第 1 期。

此次编集整理李东阳诗文全集,是将第一类著述,即李氏自撰诗文作品中现在仍然存世者,通过精选底本、校本,审慎校勘、辑佚,尽可能地恢复李氏诗文著作的原貌。

壹、《李东阳全集》的基本构成

李东阳自撰诗文著述现在仍然存世者,有《怀麓堂稿》一百〇三卷、《怀麓堂续稿》二十卷、《燕对录》一卷、《联句录》一卷、《玉堂联句》一卷、《麓堂诗话》一卷,另有散落在各类文史文献中的诗文三百余篇,笔者将之汇为《散见佚诗文》十三卷(佚诗二卷、佚文十一卷)。《李东阳全集》的主体部分由这七部分构成,共一百四十卷。其中《联句录》、《玉堂联句》及《散见佚诗文》中所辑的大部分诗文,此前皆未曾收入近年出版的整理本《李东阳集》和《李东阳续集》;《怀麓堂稿》用未经删削的初刻本即明正德十一年刻本为整理底本,《麓堂诗话》用未经删削、更接近初刻本原貌的明正德精抄本为整理底本。详情如下:

(一)《怀麓堂稿》一百〇三卷

此稿为李东阳仕宦期间诗文作品的结集,也是其一生自撰诗文作品的主要部分。杨一清序曰:"先生尝自辑其诗文凡九十卷,总名之曰《怀麓堂稿》:《诗稿》二十卷、《文稿》三十卷,在翰林时作;《诗后稿》十卷、《文后稿》三十卷,在内阁时作。《南行稿》《北上录》则附于前稿之末;《讲读》《东祀》《集句》《哭子》《求退》诸录则附于后稿之末:以皆杂记,故不入卷中。徽州守熊君桂,先生礼闱所取士,间从所知得副本,乃谋诸同知王君仲仁辈刻之郡斋。走书京师,索余序。……先生所著别有《燕对录》,藏于家。及密勿章疏,文字甚多。……若致仕以后诗文,则别为《续稿》,他日当自有传之者。正德丙子秋七月朔,……石淙杨一清序。"①

此稿由门人熊桂等于正德十一年在徽州开雕,正德十三年底完成。此刻本称明正德十一年(或称十三年)徽州刻本,或称熊桂刻本。此本国内外现存刻本(多为残缺本)、明清抄本多种。台湾图书馆所藏刻本是全本,其主要著录文字如下:

　　题名卷数:怀麓堂诗稿二十卷,文稿三十卷,诗后稿十卷,文后稿三十卷,南行稿一卷,北上录一卷,讲读录二卷,东祀录三卷,集句录一卷,集句后录一卷,哭子录一卷,求退录三卷

　　创作者:(明)李东阳(撰)

　　序跋者:(明)杨一清(序)、(明)靳贵(跋)

　　版本:明正德戊寅(十三年,一五一八)熊桂等徽州刊本

　　版式行款:十行,行二十字,注小字双行,字数同,版心白口,单鱼尾,下方记刻工

　　数量:二十四册

台湾学生书局1975年版《历代画家诗文集》丛书将此本影印面世。

　　台北"故宫博物院"藏有原国立北平图书馆藏两种明正德刻本

---

① 见正德本《怀麓堂稿》卷首,清以后刻本对此段文字有改动,见拙文《〈怀麓堂稿〉探考》,《复旦学报》(社会科学版)1996年第1期。

残本,国家图书馆出版社2013年版《原国立北平图书馆甲库善本丛书》据美国国会图书馆20世纪40年代拍摄的缩微胶卷影印,可以合而为一,看到一部完整的明正德刻本《怀麓堂稿》,只是影印本漫漶处甚多。

北京大学图书馆藏有一部清抄本,此抄本卷端有翁方纲手书识语:"辛亥正月,碧泉宫詹以所藏《怀麓堂集》旧写本见示,盖与吾斋藏本卷帙悉同。至四月二十九日校讫,北平翁方纲。"该抄本内容完整,缮录认真,其版式行款同明正德本,又经名家校勘,堪称精抄本。

正德刻本《怀麓堂稿》(清刻本、写本《怀麓堂全集》多有删削,详后文)刻印精良,本次整理,以《历代画家诗文集》丛书影印本为底本,以美国国会图书馆所摄缩微胶卷本、黄山书社2013年版《明别集丛刊》第一辑影印北大图书馆藏清抄本为主要校本,亦酌予参校清代诸刻本、写本,以及近年岳麓书社出版的点校整理本《李东阳集》。

(二)《怀麓堂续稿》二十卷《补遗》一卷

此稿为李东阳致政后四年间诗文作品的结集,含《诗续稿》八卷、《文续稿》十二卷、《补遗》一卷。正德十二年,门人张汝立刻之于苏州,门人邵宝为撰序。其序曰:"《怀麓堂续稿》若干卷,太师西涯先生李文正公致仕后所著也。公所著有《麓堂前后稿》者,刻于徽郡,公门下士提学侍御张君汝立实与图焉。公卒之明年,汝立复得是稿,遂于苏郡刻之。……正德十有二年春三月既望,门人……无锡邵宝百拜书。"

笔者于三十年前发现此稿[①],存世者仅有刻本(残)、抄本几

---

① 见拙文《新发现的〈怀麓堂诗文续稿〉》,《复旦学报》(社会科学版)1987年第2期。

种。北京大学图书馆所藏抄本内容完整,缮录认真,其版式行款同明正德本。该抄本被编置于《怀麓堂稿》抄本后面,当是缮录者将之视为《怀麓堂稿》的一部分,亦堪称精抄本。

黄山书社2013年《明别集丛刊》第一辑将两抄本一同影印面世。本次整理此续稿,笔者在此前依据北京、南京、上海等地图书馆所藏正德十二年张汝立刻本残本整合而成、由岳麓书社出版的《李东阳续集》的基础上,再校以此抄本。

(三)《燕对录》一卷

此录是李东阳对自己入阁后多次被孝宗、武宗召对议政所作的纪录,成编于正德九年。其序曰:"弘治乙卯春,东阳自翰林承乏内阁。……丁巳之夏,忽遣司礼监宣至平台,上取诸司题奏,质问可否,令各拟票,面赐裁决,新御宸翰,批而行之。自是稍稍召对。……每敷对之暇,退而记忆,谨书于册,以记圣德,存故典。……若今天子嗣统更化以来,亦尝屡召询问,对答之语,并续于后,以著始终之意云。正德九年六月朔日,具官致仕臣李东阳拜手稽首谨序。"

此录未收入《怀麓堂稿》中,今存《明良集》《交泰录》《国朝典故》三种丛书本。本次整理,以《续修四库全书》丛书影印明嘉靖十二年刻《明良集》本为底本,校以《国朝典故》本。

(四)《联句录》一卷

此录为李东阳与同年进士在翰林者于成化前期十余年间联句作品的结集。卷首李东阳序曰:"予同年进士在翰林者十有余人,凡斋居游燕,辄有诗。诗多为联句,未尝校多寡,论工与拙,凡以代晤语,通情愫,标纪岁月,存离合之念,申箴归之意而已。然时出豪险,亦不之禁。……十年间,多不时录,辄漫不可纪。窃以为是亦交义所系,不宜遽泯没,乃与鸣治掇其存者,得若干篇成卷。凡后所续得,及诸同游大夫士相与作者,皆附见焉。成化甲午夏六月二十四日,李东阳序。"成化末年,时任云南等处承宣布政使司左布政使的友人周正将此录刊印于云南①。此刊本今存。

此卷联句录未收入《怀麓堂稿》中。本次整理,即用《四库全书存目丛书》影印南京图书馆藏明周正刻成化本。

(五)《玉堂联句》一卷

此卷为李东阳与同乡友人彭民望唱和联句的结集。"吾乡彭民望善为诗……成化辛卯,民望实寓余家,凡再阅岁。风晨月夕,清谈小酌之暇,辄为诗。诗多联句。余诗固非所及,然其神交兴洽,率然而成诗,比意续之,幸不至于抵牾者亦多矣。越三年,偶阅旧稿,怅然感之,因录为一卷。是岁甲午夏六月二十日,西涯老史李东阳书。"②

笔者于中国国家图书馆藏清道光十年刻清末重印《攸舆诗钞》中觅得,明刊《怀麓堂稿》,清代诸刻本、写本《怀麓堂集》及近年校点整理本《李东阳集》《李东阳续集》皆未收录。本次整理,即据《攸舆诗钞》本。

---

① 此《联句录》卷末有周正题识:"成化壬寅,余捧万寿圣节表文至都下。癸卯还任,道经贵州之普定。会海钧萧黄门文明出翰林李西厓先生所编玉堂诸公及缙绅大夫士联句一帙,起自成化纪元乙酉,讫于己亥,凡十余年诗共二百五十八首。余缪进参政时,西厓、文明联句赠行三首亦在焉。……遂悬于文明,袖以归滇,欲锓梓嘉与同志者共。奈何尘鞅交驰,车不停辙。又五年丁未,余专视篆章,始克刊成。所惜者己亥讫于今又八年矣,联句之盛,不知积至几百首,新人社缙绅诸公又不知有几何人。……己亥以后诸作,倘西厓不吝教示,当续入梓以满望也。谨书以俟。时成化二十三年仲秋之吉,云南等处承宣布政使司左布政使文江周正识。"

② 见《玉堂联句》卷首,清道光十年刻清末重印《攸舆诗钞》本。

（六）《麓堂诗话》一卷

此卷为李东阳谈诗论文的随笔，较集中地反映了其文学思想。正德初期，辽阳王铎于扬州首刻之。卷端识语曰："是编乃今少师大学士西涯李先生公余随笔，藏之家笥，未尝出以示人，铎得而录焉。……用托之木，与《沧浪》并传。……辽阳王铎识。"李东阳于正德元年始官少师兼太子太师吏部尚书华盖殿大学士，正德七年致政；识语有"今少师大学士"语；王铎于正德四年任扬州知府[①]；去正德年间未远的嘉靖本翻刻者陈大晓于嘉靖二十一年所撰跋谓"辽阳王公刻于维扬"：虽然尚不能确切考知王铎刊刻《麓堂诗话》是在哪一年，而判定其在正德初期这一时段当无异议。

嘉靖间，番禺陈大晓翻刻之。其跋曰："《麓堂诗话》，实涯翁所著，辽阳王公刻于维扬。余家食时，手抄一帙，把玩久之……将载刻以传而未果。兹欲酬斯初志，适匠氏自坊间来，予同寅松溪叶子坡南、长洲陈子裴庭咸赞成之。乃相与正其讹舛，翻刻于缙庠之相观庭，为天下诗家公器焉。时嘉靖壬寅十一月既望，番禺后学负暄陈大晓景曙父跋。"[②]

王铎初刻本、陈大晓翻刻本已不可见，今存世较早者有《艺海汇函》明抄本、明末心远堂《古今诗话》刻本、清顺治间《说郛续》刻本（删节本）、《知不足斋丛书》本、《四库全书》诸抄本、《谈艺珠丛》本、《历代诗话续编》本等。清嘉庆间茶陵谭琬、谭中模等十二人于嘉庆八、九年间出资刊刻的《怀麓堂全集》（即二六书屋刻本），将此

---

① 马云骎《李东阳〈麓堂诗话〉考论》，《北京大学学报》（哲学社会科学版）2005年第6期。

② 见《知不足斋丛书》第三集本卷末，清乾隆四十年版。

诗话编为《杂记》第十卷。

梅纯编纂《艺海汇函》丛书，卷端自序署"正德二年岁次丁卯春二月朔旦"，知该丛书当完成于正德初期。该丛书卷五"说诗类"缮录有《麓堂诗话》，其卷端有王铎识语。该抄本以楷书精抄，内容完整，缮录极认真：须对明皇权表敬处，另行顶格抄录；发觉某字漏抄，即将该字补于该句或该行末，右边标一点，并于漏字处右边标有点下加一斜杠的插入标号，表示须将下面的漏抄字移入此处；或直接在漏字之处的右边补入正字，并在该字下加一斜杠表示补入此字之意；发觉抄错的文字，即对该错字加圈，并于其右补写一正字；发觉衍字，即圈去。该抄本当是严格依照王铎正德初年刻本之行款而缮录的精抄本，又经清代名家杭世骏校过①，"应更接近原貌"②。

清乾隆四十年，鲍廷博据倪建中抄本将《麓堂诗话》收入《知不足斋丛书》第三集中刊行。该本卷后附陈大晓跋文，所据抄本当抄自嘉靖陈大晓翻刻本。该丛书本对卷中多处"违碍"文字有删节，条目诠次与《艺海汇函》本亦略有不同。但该本屡经传抄、翻刻，影响广泛。

本次整理，以《艺海汇函》抄本为底本，参校《知不足斋丛书》《明人诗话要籍汇编》《怀麓堂诗话校释》（人民文学出版社，2009年）等刊本。

（七）《散见佚诗文》十三卷

随着古籍编目的完善，古籍资料的电子化、数字化，以及学界

---

① 《艺海汇函》丛书卷末署"董浦杭大宗校于道古堂"。
② 陈广宏、侯荣川编《明人诗话要籍汇编》卷首《明人诗话要籍提要》，上海：复旦大学出版社，2017年。

的不断发掘,近年在李东阳诗文著述的辑佚方面有了较多收获。除了前面所述的《玉堂联句》八十二首联句诗外,笔者新辑得各体诗近五十首,各体文一百四十篇。此次编集整理李氏诗文著述,其主体部分已采用正德本《怀麓堂稿》,因而此前从该稿中辑出而编入《李东阳续集》中的诗三首、文章四十八篇,不再作为佚文处理。

收入本《散见佚诗文》十三卷中的各体诗一百一十首、各体文一百九十二篇,其中含此前笔者所辑已收入《李东阳续集》的佚诗五十余首、佚文二十六篇,近年其他研究者辑得的诗歌十首、文章二十篇。原收在《怀麓堂续稿·补遗》卷的六篇文章,为避卷目的重叠,移录至本《佚文》中。因篇目较多,略依《怀麓堂稿》之例,编为《佚诗》二卷、《佚文》十一卷。

贰、其他曾结集成编或刊行者

李东阳自撰诗文著述,除前文所述各种外,尚有二十余种曾经独自成编者。这些独自成编的著述或已收入《怀麓堂稿》中,或已散佚。《怀麓堂稿》也有多种重要抄本,以及面貌改变较大的刻本。下面分别述之。

一、曾独自成编而已收入《怀麓堂稿》者

(一)《南行稿》一卷

此稿为李东阳诗文作品的第一次结集。成化八年,官翰林院编修的李东阳获假,陪同父亲李淳回祖籍湖南茶陵祭扫坟墓。途

中所见所闻,发为文章,汇成此稿。其序曰:"成化壬辰岁二月,予得告归茶陵,奉家君编修公以行。至则省祖州佐公及高处士府君之墓,既合族叙燕。居十有八日,乃北返。以八月末入见于朝,盖七阅月而毕事。……其间流峙之殊形、飞跃开落之异情,耳目所接,兴况所寄,左触右激,发乎言而成声,……得百二十有六首、文五通。"

此稿后收入《怀麓堂稿》,附编于《诗稿》《文稿》之后。

(二)《北上录》一卷

成化十六年,李东阳与罗璟奉命赴南京主考应天府乡试,此行的诗文汇为此录。其序曰:"予与洗马罗君明仲校文南都,既闻命登舟,兼程以往。……校阅既毕,始为一章,贻我同志。公卿大夫士在南都者,延访燕会,或登名山,历胜地,辄有诗。……留数日,辄还舟北上。过石头,沿大江,绝长淮。观吕梁百步之壮,溯天津潞河之深,远归眺太行,数千里萦抱不绝。于是尽得两京之形胜,神爽飞越,心胸开荡。烟云风雨之聚散,禽鱼草木之下上开落,衣冠人物、风土俗尚之殊异,前朝旧迹之兴废不常者,不能不形诸言。……汇次之,得赋一、诗百有二、联句二、杂文三,为一卷。以皆使归录,故名曰《北上录》云。"

此录后收入《怀麓堂稿》中,附编于《诗稿》《文稿》之后。

(三)《新旧唐书杂论》一卷

此杂论为李东阳阅读新旧《唐书》的心得之作,收入《怀麓堂稿》中,作为《文稿》卷之十七。此杂论另有《借月山房汇抄》本等。

(四)《讲读录》二卷

此录为李东阳在成化、弘治间任翰林讲读之职时所撰写的讲章和直解。其序曰："东阳自宪宗朝入翰林，历编修、侍讲十有余年。成化丙申，始入经筵侍班，兼撰讲章……弘治壬子，始直日讲，兼经筵讲官。……谨汇次所撰讲章、直解若干首，为二卷。"

此录后收入《怀麓堂稿》中，附编于《诗后稿》《文后稿》之后。

（五）《哭子录》一卷

李东阳的长子兆先于弘治间病死，友人多赋诗慰吊，李东阳借韵答之，悲歌当哭，后于正德间汇次成编。其引曰："吾子兆先之丧，吾既忍痛为铭志，欲为诗哭之，无暇于所谓声律者。体斋先生以诗来吊，借韵答之。后诸大夫士交吾父子间者继作不辍，每有所触，辄借其韵以泄予思，多至数十首。……偶检旧草，不欲遽弃，录之为一卷。……正德癸酉正月十九日，西涯翁抆泪书。"

此录后收入《怀麓堂稿》中，附编于《诗后稿》《文后稿》之后。

（六）《东祀录》三卷

弘治六年，阙里孔庙焚于火，十七年重建而成，李东阳以内阁大臣奉命前往祭祀。此行的诗文汇为此录。其序曰："弘治己未，宣圣庙灾，有诏重建，及今年甲子告成。上以为国家重典，用国学时祭之制，遣内阁臣往祭，而东阳实承敕以行。……自发轫至返棹，为日四十有七，得记序辞各一、铭二、文四、奏疏五、诗二十有八，汇录之为卷。……昔省墓湖湘则有《南行稿》，校文南都则有《北上录》，故今名之曰《东祀录》云。"

此录有弘治刻本及正德元年王麟刻本。后收入《怀麓堂稿》中，附编于《诗后稿》《文后稿》之后。

（七）《集句录》一卷

成化十三年春，李东阳病，友人劝其戒诗，李东阳便戏集古句成篇,与友人应答酬赠,后汇为此录。其引曰:"丁酉之春,予病在告,百念具废,而顾独好诗。故人爱我者戒勿复作。既乃闭户危坐,不能为怀,因戏集古句成篇,略代讽咏。有以旧逋见督者,间以应之。遇少得意,亦稍蔓引,不能止。……两月间得为篇若干,摭之箧中,亦不欲弃去,录之为一卷。"

此录后收入《怀麓堂稿》中,附编于《诗后稿》《文后稿》之后。

(八)《集句后录》一卷

弘治十七年冬至十八年春,李东阳于病中复集古句一卷。其小引曰:"甲子之夏,予归自阙里,道触炎暑,及冬而病,凡三阅月。自度衰疾,三上疏乞休,弗获。幽情郁思,欲托之吟讽而未能者,略寻往年故事,集古句以自况。故旧问遗,亦籍为往复。仅得若干篇,而诸体略具。常检往年所录,久失去,比始得之。因再录后卷,并为帙以藏。"

此录后收入《怀麓堂稿》中,附编于《诗后稿》《文后稿》之后。

(九)《拟古乐府》二卷

此为李东阳在弘治年间的拟古乐府诗作,《拟古乐府引》署"弘治甲子正月三日"。友人谢铎、潘辰为之评点,初刻于正德八年。此后门人何孟春又为之作音注。正德十三年顾佖刻本有谢铎、潘辰为之评、何孟春音注。

后将此二卷连同谢、潘评语一同收入《怀麓堂稿》中,作为《诗稿》的首二卷。

明清以来,单行刻本极多,除上述两种外,今存有明魏椿刻本、李一鹏刻本、唐尧臣刻本、释袾宏刻本、清康熙三十八年长寿刻本、乾隆间《四库全书》诸抄本、何泰吉刻本、民国二年刻本,等等。海外有高丽刻本、日本安政戊午年(一八五八)联腋书院活字本,今亦存。

(十)《求退录》三卷

此录为李东阳在内阁期间乞求辞职以及辞荫谢恩的章奏。其序曰:"弘治乙卯春,东阳辱先皇帝简入内阁,参预机务。自揣凉薄,弗克膺重任,具疏辞,不许,黾勉就职。辛酉春,属以疾告,三具疏乞休,继以灾异辞,以不职辞,前后十余上,皆不许。……当正德丙寅秋,与少师洛阳刘公、少傅余姚谢公并辞,亦不许。……旋值权奸窃柄,国是动摇,既不获退,则曲为匡救,十不能一二,累疾累辞。及《会典》《实录》次第告成,藩贼外平,逆臣内殄……中间疢疾时作,辄不得已而辞。……或涣月再陈,或期岁十上。……居闲无事,检阅旧章,……汇录之,得若干篇,为三卷,总名曰《求退录》。而辞荫之章、谢恩之奏,亦以事附焉。"

此录后收入《怀麓堂稿》中,附编于《诗后稿》《文后稿》之后。

(十一)《怀麓堂稿》(? 卷)①

此稿当是李氏入内阁之前诗文作品的结集,约成编于正德初年,不迟于正德五年正月。约相当于正德刻本《怀麓堂稿》中的《诗稿》二十卷、《文稿》三十卷,以及《南行稿》《北上录》两种杂记。未见有刻本问世。

(十二)《通家旧谊》一卷

此卷为李东阳书赠友人陆钎的诗作及其关联文字,陆爱所辑。"吾友静逸陆先生之卒,二十余年矣。其子中书舍人爱辑予尝所还

---

① 见拙文《〈怀麓堂稿〉探考》,《复旦学报》(社会科学版)1996年第1期。

往简札数十纸为卷。盖自筮仕以来,几五十年者皆在焉。……予之始观,不觉有宋景文欲焚少作之意。徐而思之,知其志不可咈。且自惧老髦之年,所得与所进无几,为不足校也。乃为之标首跋尾,怃然而归之。"① 此卷共收李东阳各体诗十题十三首。其中十首已收入《怀麓堂诗稿》,其余三首见本全集佚诗卷之一。

此卷所收诗完整保留在清陆氏怀烟阁乾隆四十一年刻清陆时化辑《吴越所见书画录》卷之二中,题作"明李文正赠鼎仪公诗简卷"。未见有单行刻本或稿本。

二、曾独自成编而今未见存世者

(一)《联句录》五卷

"此其官翰林时与同年进士及同游士大夫联句之作。东阳自为序,而丹徒知县江夏王溥(字公济)刊行之。侍读学士莆田吴希贤复辑题名一通冠于前,凡六十有九人。"②

此五卷本《联句录》,《四库全书总目》著录,但与本文前面所述的周正成化刻本《联句录》显然不是同一种③,现未见有传本。

(二)《同声集》一卷《同声后集》一卷《续同声集》□卷

《同声集》为李东阳与挚友谢铎于成化间同在翰林时的唱和联句之卷。《同声后集》《同声续集》为弘治初年二人复聚于翰林后的

---

① 《怀麓堂稿·文后稿》卷十四《书陆中书所藏卷后》,明正德十一年刻本。
② 见《四库全书总目》卷一九一集部四十四总集类存目一。
③ 见司马周撰《李东阳〈联句录〉版本考辨》,《南京师范大学文学院学报》2010年第4期。

唱和联句之卷。

"《同声集》一卷、《同声后集》一卷,明天台谢铎方石、长沙李东阳西涯著。成化辛丑莆田□音序□□长洲吴宽及李东阳自序,新安汪循跋。"①

友人陈音为作引曰:"天台谢方石、长沙李西涯二先生同时在翰林,为忘形交。方石尝集与西涯联句倡和诸诗,汇成巨卷,名曰《同声集》。"②

友人吴宽为作序曰:"馆阁日长,史事多暇。方石、西涯凡所会晤游赏,与夫感叹怀忆馈遗,悉发之诗。今见卷中者,西涯特录己作,而方石则有联句在焉,总五十首,号《后同声集》。盖往时二公并以家艰先后终制,以修实录之命,复聚于翰林相与倡和者,故以'后'云。"③

"二公同年同馆凡十余年,辑其联句唱和诗,题曰《同声集》。及李公当国,谢自田间再起,再唱酬,不异往日,又有《后集》《续集》若干卷。"④

明刻本《怀麓堂稿》,清诸刻本、写本《怀麓堂集》均未收入此三集,今亦未见有单行本存世。

(三)《三谟直解》

此稿为李东阳任翰林讲读之职时所撰写的直解。《讲读录序》曰:"别有《三谟直解》,内阁所备,未经听览者,则不及录云。"

---

① 清吴焯著《绣谷亭薰习录》集部二著录,清同治八年稿本。
② 《愧斋文粹》卷三《同声集引》,明嘉靖二年刻本。
③ 《匏庵家藏集》卷四十一,明正德三年刻本。
④ 钱谦益《列朝诗集小传》丙集,上海:上海古籍出版社,1983年。

明刻本《怀麓堂稿》,清诸刻本、写本《怀麓堂集》均未收入此直解,今亦未见单行本存世。

(四)《西涯远意录》

此录为李东阳与友人萧显、李经、潘辰于成化间遗谢铎的联句诗及书。友人吴宽为作序曰:"西涯学士遗方石侍讲诗十三首、书六通,为一卷。而诗则与萧文明(名显)、李士常(名经)、潘时用(名辰)联句为多。总题曰《西涯远意录》者,盖其意倡于西涯,且出其笔也。"(《匏庵家藏集》卷四十一《西涯远意录序》)按,李经举成化十四年进士,卒于成化二十一年,而此间谢铎正谢病家居,因知是录为此时期之作。

此录未见有刻本,稿本今亦不存。

(五)《三世通家卷》

此卷为李东阳与友人张敷华的往复书简,张鳌山辑。"予与介庵张先生同业翰林,契分甚厚。往复书简,或因事达情,或触物兴思,多出仓卒。数十年后,皆漫不复记,至有不能自识者。先生之闻孙监察御史鳌山辑而成卷,览之慨然。"①

此卷未见有刻本,稿本今亦不见存世。

(六)《镜川先生诗集笺注》

此笺注本为李东阳为翰林前辈杨守陈的诗所作的笺注。"镜川杨先生夙抱古学,以文名一世,而复深于诗。自入翰林,三十余年,积《晋庵》《东观》《桂坊》《金坡》诸稿若干卷,某得而观

---

① 《怀麓堂续稿·文续稿》卷十二《跋三世通家卷后》,明正德十二年刻本。

之。"①"蒙示文集数百篇,……屡屡若欲稍加笺注,如向来诗集例者。某之不肖,实所未能。"②

据所征文字,知李东阳曾为《镜川先生诗集》作过笺注。不知尚存世否。

三、《怀麓堂稿》的抄本、后刻本、校点整理本

(一)北京大学图书馆藏清初抄本

此抄本是一种难得的精抄本,前文已述,此处从略。

(二)康熙二十年廖方达刻本及其他清刻本、抄本

康熙十九年,时任茶陵学正的廖方达获得上司支持,重刊李东阳诗文,于次年夏刻成,名《怀麓堂集》。这个刻本通常被称为康熙二十年廖方达刻本,亦有称蒋永修校订本、刘刊本者。

重而言之,此刻本实际上是《怀麓堂稿》的删削本。较之明正德刻本《怀麓堂稿》,其主要特点与缺陷有三:第一,重新编排,将《南行稿》、《北上录》等七种杂记改编为《诗文续稿》十卷,凑为一百卷。第二,篇章的失落、失序,字句的讹错,时见集中。第三,任意删改篇章字句,如将《求退录》收录的五十九篇奏疏删去四十篇;将碑传志铭等类文章中关于碑主传主的生卒年、妻子儿女等具有史料价值的文字多删去。详拙文《〈怀麓堂稿〉探考》。

---

① 《怀麓堂稿·文稿》卷八《镜川先生诗集序》,明正德十一年刻本。
② 同上书,卷十四《答镜川先生书》。

康熙刻本作为《怀麓堂稿》在清代的早期刻本,对此后的一系列刻本、抄本产生了重要影响,其特点与缺陷也一同发挥着影响。就现存刻本来看,后来的刻本、抄本多由此本脱胎而出。从康熙四十八年至嘉庆八、九年间,各刻本、抄本或名之曰《怀麓堂集》,或名之曰《怀麓堂全集》,皆编次为一百卷。今知有康熙四十八年张臣德补修本、乾隆十一年补刻本、《四库全书》诸抄本、《摛藻堂四库全书荟要》抄本,嘉庆间仰斗斋刻本、二六书屋刻本、陇下学易堂刻本等。

二六书屋刻本"博访刊本,并前人改定刊本,且前明官衙写本,细加校正,择其善者从之,稍异于旧本"。如将《诗稿》首二卷之《拟古乐府》,舍弃潘辰、谢铎批评本,采用何孟春音注本;将康熙本《诗文续稿》十卷重新分合,改为《杂记》十卷,将《麓堂诗话》编为《杂记》卷之十。

(三)校点整理本

岳麓书社于1983至1985年间出版了校点本《李东阳集》三卷,该本以清嘉庆八年陇下学易堂刊本《怀麓堂全集》为底本点校而成,第一卷收《怀麓堂全集》中的全部诗歌,第二卷收《文稿》及《杂记》中的《诗话》,第三卷收《文后稿》、《杂记》中的其他散文,以及他人撰写的序、志、传、年谱等文字。

笔者于三十年前发现尚有《怀麓堂续稿》存世后,依据上海、北京、南京等地图书馆所藏明正德十二年张汝立苏州刻本的几种残本整合而成《李东阳续集》,1997年由岳麓书社出版。该续集收录《诗续稿》八卷、《文续稿》十二卷,佚诗五十九首,佚文七十四篇(其中四十八篇辑自正德本《怀麓堂稿》,六篇迻录自《文续稿·补遗》卷）。

2006年8月，《湖湘文库》丛书编纂出版工作启动。该文库编者将原校点本《李东阳集》三卷作为新《李东阳集》前三册，将《李东阳续集》作为第四册，粗略合并，纳入文库，于2008年出版。惜前三册仅作了"少许调整"，第四册也仅补入了《燕对录》，与李东阳诗文著作的原貌仍有较大距离。

（四）选本

明清以来，不断有一些李东阳诗文的选本问世，如《盛明百家诗》本《李文正公集》二卷、《历朝二十五家诗》本《李东阳诗》二卷等等。这些选本所选诗文皆来自《怀麓堂稿》《怀麓堂集》，因而对本全集的编校几无价值。

（原载《李东阳全集》卷首，复旦大学出版社，2022年）

清人刻书妄改前人序文二例

在我国文献学史上，明人编纂刻印的图书，惨遭后人诟病。《书林清话》卷七就有《明时书帕本之谬》《明人不知刻书》《明南监罚款修板之谬》《明人刻书改换名目之谬》《明人刻书添改脱误》等数节文字对之痛加挞伐。叶德辉甚至说："至晚季胡文焕《格致丛书》、陈继儒《秘笈》之类，割裂首尾，改换头面，直得谓之焚书，不得谓之刻书矣。"①

清人编纂刻印图书的名声似乎好了许多，除了对《四库全书》等的"变乱旧式，删改原文"挞伐外，指斥声音相对较少。这大约是沾了汉学的光，考据之风的兴盛，校勘学家的出现，确实在一定程度上提高了清人刻书的质量。也大约是沾了《四库全书》的光，鲁迅先生说："我以为这之后，则清人纂修《四库全书》而古书亡，因为他们变乱旧式，删改原文。"②试想对于古人的主要著述，该"变乱""删改"的已经做得差不多了，当然《四库全书》也把主要罪名都承担起来了，其他编刻问世的各类著述即使有问题，自然就小巫见大巫了。

虽然指斥清人编刻图书的声音相对较少，但对其问题不能视

---

① 《书林清话》卷五《明人刻书之精品》，北京：中华书局，1957年。
② 《鲁迅全集·且介亭杂文·病后杂谈之余》，上海：鲁迅全集出版社，1938年。

而不见。本文试举清人刻书改窜前人序文二例,以揭示清人编纂刻印图书之弊。

例一,关于对明人刘昌为《高太史大全集》所撰序文的改窜。

自明景泰刻本至现存明代各重刻本,卷首都收有刘昌为徐庸编辑的景泰本撰写的序言。序中有如下一段文字:

> 故嘉议大夫户部侍郎前翰林国史院编修官授诸王经青丘先生**高启文集二十四卷**,旧一千若干篇,今二千若干篇,儒士徐庸字用理之所广也。用理既以类广先生文集,乃以示昌,昌谨为序之。①

序署"景泰元年庚午冬十二月望日赐进士出身吴刘昌序"。现在能够看到的明代重刻本,此段文字均相同。

清代的刻本当以康熙间许氏竹素园本为最早,集名改为《高季迪先生大全集》,保留了刘昌序,而将上面所示的文字改动一处:

> 故嘉议大夫户部侍郎前翰林国史院编修官授诸王经青丘先生**高启文集一十八卷**,旧一千若干篇,今二千若干篇,儒士徐庸字用理之所广也。用理既以类广先生文集,乃以示昌,昌谨为序之。②

---

① 《高太史大全集》卷首,明景泰初刊本。
② 《高季迪先生大全集》卷首,清康熙竹素园许氏刊本。

实际只改动了三字,即将"二十四"改为"一十八"。此后的清刻本、抄本,包括《四库全书》本,均出自此本(容他日另撰文详之)。

清刻本将序文中的"高启文集二十四卷"改为"高启文集一十八卷"。不留心者不会发觉有了改动,即使留心者发觉了这种改动,可能也会认为改得对,应该改。这是因为大家看到的无论是明刻本《高太史大全集》,还是清刻本《高季迪先生大全集》、四库本《大全集》等,都是"一十八卷"。

清雍正六年问世的金檀集注本,其凡例曰:"今通行本为景泰改元徐庸用理氏以类分汇,曰《大全集》,后率因之。各种集均不复见原本久矣,故编次仍依《大全集》。"其实,金檀说了谎,或者说他上了竹素园本的当。据笔者初步考察,此本所依据的底本就是在它之前刊刻问世的许氏竹素园本。容他日另撰文详之,兹不离题赘述。

为什么刘昌会在其撰写的序文中明确地将徐庸编辑的《高太史大全集》叙述成"二十四卷"而不是别的数量?笔者以为绝不是凭空杜撰。

刘昌在序文中说得明白:"用理既以类广先生文集,乃以示昌,昌谨为序之。"很显然,徐庸请刘昌撰写序文时,把自己编辑成稿的《高太史大全集》拿给了刘昌过目,刘昌看到后才写的序文。退一步而言,徐庸请刘昌撰写序言时,至少告诉了自己所编高启文集的详细情况,如内容、卷数、编例等。很难设想,徐庸给刘昌看的是"一十八卷"的高启诗稿,刘昌会在序文中杜撰出"高启文集二十四卷""二千若干篇"这些具体数字。

考察相关的一些史实,刘序中所述的撰写此序的过程及文集卷数、作品数量是可信的。

徐庸,字用理,号南州,吴郡(今江苏苏州)人。生活于明建文至成化间,不仕,以诗名于吴,著有《南州诗集》。又采辑永乐至正统四代之诗,编为《湖海耆英集》一十二卷。《列朝诗集》乙集选录其诗七首。①

刘昌,字钦谟,号椶园,吴郡(今江苏苏州)人。正统十年(1445年)进士,未几,以疾乞假还乡。景泰二年(1451年)还朝,授南京工部虞衡司主事。历官河南提学副使、广东布政使司左参政。"公蚤有文章盛名","公聪明过人,书一目辄能记,故博极群书。又习闻当朝典章及前辈故实,扣之,亹亹谈不休。然性与人寡合,不可其意,则相对默不出一言。……作为文章,才思华赡,言词尔雅。振笔可千百言,常若有余。诗律尤温丽可爱,海内称一时作者,盖未尝后公云。所著有《胥台稿》《凤台稿》《金台稿》《嵩台稿》《越台稿》,通若干卷"。②

从这些传记资料中可以看出:第一,徐庸、刘昌同为吴(今苏州)人,二人虽然有仕与不仕之别,而都是当时吴中文坛名人,刘昌更以乡试解元、会试联捷而耀眼;第二,景泰元年,刘昌为徐庸撰写此序文之时,当正是其中进士不久,"以疾乞假南还",暂住家乡之际。③

---

① 参见《南州集存》卷首序言,古代文献在线阅读转录傅斯年图书馆藏小辋川乌丝栏钞本;钱谦益:《列朝诗集小传》,上海:上海古籍出版社,1982年。
② 陈顾:《广东布政使司左参政刘公昌墓志铭》,《续修四库全书》影印明万历本《国朝献征录》卷九十九。
③ 《广东布政使司左参政刘公昌墓志铭》:"正统九年,当大比,提学庐陵孙公首以荐……明年,会试礼部……抑置第二甲,未几,以疾乞假南还。大肆其力于学,造诣益深。景泰二年,还朝,授南京工部虞衡司主事。"

虽然没有资料可以说明徐、刘二人过从密切，但二人在相当长的时间里有交往却是史实。在刘昌撰写此序整整二十四年后的十二月十六日，已经官至广东布政使司左参政的他又撰写了《徐先生诗集叙评》一文，赞扬徐庸的各体诗作。该叙评署"成化九年冬十有二月既望赐进士出身敕提督广东粮储布政使司左参政前秘阁编纂官郡人刘昌书"①。

了解这些史实，当不难明白，刘昌在序言中所述"用理既以类广先生文集，乃以示昌，昌谨为之序"是实录。序中所言的"文集二十四卷"当都是实录。

那么又如何理解"文集二十四卷"与实际问世的景泰刻本实际上仅有"一十八卷"的矛盾呢？

现在我们能够看到的高启文学作品，除了"一十八卷"诗歌作品以及后来的若干补遗之外，散文作品有《高太史凫藻集》五卷，词作有《高太史扣舷集》一卷。后二集都是在《高太史大全集》成书之前编刻问世的。

请计算一下：诗作一十八卷，加上《高太史凫藻集》五卷、词作《高太史扣舷集》一卷，不正可以表述为"高启文集二十四卷"吗？

笔者经粗略计算：《高太史大全集》收各体诗一千七百八十余首（各版本略有出入），《高太史凫藻集》收各体文一百二十篇，《高太史扣舷集》收词三十二首，三者相加，一千九百三十余篇，亦大体与刘序中的"今二千若干篇"相合。

---

① 参见《南州诗集》卷首序言，古代文献在线阅读转录傅斯年图书馆藏小辋川乌丝栏钞本。

再者,徐庸给自己编刊的高启作品集冠以"大全集"字样,也当理解为其集不仅收了高启的诗作,也收了其散文作品和词作。

证之以古人诗文别集,凡集名冠以"大全"二字者,皆为诗文合集。例如,宋魏了翁撰《重校鹤山先生大全文集》一百十卷,卷一至卷十二为各体诗,卷十三以后所收皆为各种体裁的文章。① 宋刘克庄《后村先生大全集》一百九十六卷,卷一至卷四十八为各体诗,卷四十九为赋,卷五十以后所收皆为各体文。② 再如,元王恽《秋涧先生大全集》一百卷,卷一收颂、赋,卷二至卷三十四收各体诗,卷三十五以后为各体文。③

既然徐庸当初编辑的《高太史大全集》为二十四卷,为何未全部付刊,而仅刊印了一十八卷诗作呢?愚以为当主要由于下面所述的两方面原因造成的:

第一,众所周知,高启另有散文作品《高太史凫藻集》五卷、词作《高太史扣舷集》一卷。这两种集子于正统九年(1444年)在长洲郡学刊印问世。《高太史大全集》刊印于景泰初年(景泰元年西历为1450年)。二者刊印问世同在吴地,并且在时间上仅相距六年左右。试想,此时的读书人若欲购买前者,当非难事。若当时再把前者收入《高太史大全集》而翻印流布,必然会大大增加读书人的经济负担,市场情况会怎样呢?作为编刊者的徐庸,不可能不考虑真金白银的问题,也许在刊刻的末期,只好识时务地将前者割爱了。当然,我们现在很难再确考此事。

---

① 《重校鹤山先生大全文集》,《四部丛刊》影印刘氏嘉业堂藏宋刊本。
② 《后村先生大全集》,《四部丛刊》影印旧抄本。
③ 《秋涧先生大全集》,《四部丛刊》影印江南图书馆藏明弘治翻元本。

第二,《高太史凫藻集》《高太史扣舷集》的编辑者周立是高启的内侄,由长洲县丞邵昕受上司郑颙之命以公钱刻置于郡学。①《扣舷集》附刻于《凫藻集》卷后。徐庸当年编辑二十四卷《高太史大全集》时,对于高启的散文作品以及词作,在有刚问世不久的正宗成品的情况下,不可能再翻出新花样,像编辑高启的诗歌作品那样重新以类成之。若欲将之纳入《高太史大全集》,唯有与享有著作权者和版权者协商解决。可以设想,即使徐庸是当时地方文坛的名人,当时也没有如后来"未经许可,不得翻印"的版权意识,但总不能不打招呼,就将别人的东西收入自己的囊中吧。面对著作权人与享有版权的官方,若协商的某一环节发生龃龉,则徐庸都不能硬把《凫藻》《扣舷》二集纳入《大全集》而翻印。设若龃龉发生于正在刊刻《高太史大全集》的过程中或完成之后,其结果也只能是名为"大全集",实际上只有"一十八卷"的诗歌作品了。

翻阅《高太史大全集》,难免有一个疑问:编刻《高太史大全集》对徐庸来说,应该是一件很重要的事情,不然不会去请官场新贵刘昌撰写序文。为什么身为当时地方文坛名人的自己对这件要事未置一词呢?既未序于前,也未跋于后。会否与未能够顺利将《大全集》二十四卷全部刻印有关呢?

也许还有别的原因,造成了刻印行世的《高太史大全集》仅有"一十八卷"诗歌作品。

综上所述,清人将刘昌序文中的"二十四卷"改为"一十八卷",显然属于妄改。

---

① 参见《高太史凫藻集》序、跋,《四部丛刊》影印明正统九年刊本。

例二,关于对明人杨一清为《怀麓堂稿》所撰序文的改窜。

明正德本《怀麓堂稿》卷首杨一清序中关于全稿构成的一段文字如下:

先生尝自辑其诗文,凡九十卷,总名之曰《怀麓堂稿》。《诗稿》二十卷、《文稿》三十卷,在翰林时作;《诗后稿》十卷、《文后稿》三十卷,在内阁时作。**《南行稿》《北上录》,则附于前稿之末;《讲读》《东祀》《集句》《哭子》《求退》诸录,则附于后稿之末**:以皆杂记,故不入卷中。

清康熙二十年本《怀麓堂全集》所载杨一清序中的此段文字则为:

先生尝自辑其诗文,凡九十卷,总名之曰《怀麓堂稿》。《诗稿》二十卷、《文稿》三十卷,在翰林时作;《诗后稿》十卷、《文后稿》三十卷,在内阁时作。**外有《南行稿》《北上录》,以及《经筵讲读》《东祀》《集句》《哭子》《求退》诸录,则附于全稿之末**,以皆杂记,故不入卷中。

《怀麓堂稿》是明李东阳的诗文别集之一,由其门人徽州郡守熊桂等于正德十三年在徽州刊印问世,其挚友杨一清为撰序。

清康熙十九年,时在李东阳的祖籍地茶陵州任学正的廖方达欲重刊此集,而此时已经搜寻不到一部完整的《怀麓堂稿》。他在呈给上司的文函中说:

旧有《怀麓堂文集》一部行于海内……但此板旧藏之秘书
阁。明末，南北福板俱遗。前此京省购本，纵出百金，不得查
此文集……卑职后奉委茶陵学正，自莅任之始，遍询先贤名宦
典故，则西涯文籍久已无存。且后人式微，更无藏书之力，徒
深浩叹而已。遂多方密致于绅士、里农、塾师、寺院，各家搜
访，断简残编，零碎购买，或刻本，或校本，去价贰拾余两，已得
十分之七。虽未甚全，而鸾彩龙文已窥过半矣。①

这些说辞不免含有夸张其事之意，以博得上司的支持，不必全
部信以为真，而其所言在当时已经搜寻不到一部完整的明刊《怀麓
堂稿》，当是可信的。廖氏此举得到当时湖广总督、巡抚等官员的
支持，甚至提督湖广学政蒋永修、安仁署令刘美度等官员还亲自参
加了校订工作。② 此刻本成于康熙二十年夏，因而通常称为康熙
刻本，亦有称为廖方达刻本、蒋永修校订本者。

据存世的此次刻本来看，经过上述人等的多方努力，于明刻本
《怀麓堂稿》所收诗文的基本篇目是搜罗得甚为完备的。只是为了
某些现实的目的，而对之进行了改编删削。

上面第一段文字叙述的是明正德刻本《怀麓堂稿》杂记部分的
本来编排次序。《南行稿》《北上录》是李东阳入阁以前的作品，所
以附于前稿之末。康熙本的刊刻者为了拼凑出十卷《诗文续稿》，
以足成百卷"全集"，眩人耳目，便把这两种杂记移至《后稿》之末，
与其他五种杂记合并而删改为《诗文续稿》十卷。七种杂记原为十

---

① 《怀麓堂全集》，清康熙二十年刊本。
② 同上。

三卷,这种删改显然不是因为那些被删削的篇章搜求不到,如将《求退录》三卷六十九篇奏疏,删去五十篇,有选择地保留了十九篇。如此一改,便与杨一清之序所言不合,于是又把杨序中的有关文字改成如上面所列的第二段文字那样。

鲁迅先生曾指出:

> 但丛书也有蠹虫。从明末到清初,就时有欺人的丛书出现。那方法之一,是删削内容,轻减刻费,而目录却有一大串,使购买者只觉其种类之多;之二,是不用原题,别立名目,甚至另题撰人,使购买者只觉其收罗之广。如《格致丛书》《历代小史》《五朝小说》《唐人说荟》等,就都是的。①

鲁迅先生所指斥的明末清初人编刻丛书的这两种方法,正也击中了康熙本《怀麓堂全集》删削改窜的要害。其改窜序言中的文句,只是为掩盖其删削改窜文集中其他部分的一种手段而已。

平心而论,康熙本《怀麓堂全集》对于李东阳诗文在当时情况下的传布自有其值得肯定的一面,但绝不能因此对它的删削改窜之弊视而不见。令人叹息的是,康熙本问世后,一直到今天,无论是官刻本、坊刻本、抄本、影印本、整理本,都成了它所繁衍的子孙本,并且它今天也已堂而皇之地进入了《中国古籍善本书目》,而内容完备、刊印精良的明正德原刻本却被置于忽视的角落,很少有人

---

① 《鲁迅全集·且介亭杂文二集·书的还魂与改造》,鲁迅全集出版社,1938年。

关注它。笔者多年前曾撰文述及其删削改窜之弊,而因时间、经费等原因,惜至今未能改变其鱼目混珠的局面。①

清人改窜前人序文之习,其弊于此可见一斑,岂可轻而视之?

(原载《薪火学刊》第一卷,复旦大学出版社,2014年)

---

① 《〈怀麓堂稿〉探考》,《复旦学报(社会科学版)》1996年第1期。

古籍中的题跋不可尽信

——以《高季迪先生大全集》评点本之叶德辉、章钰所撰二跋为例

笔者近期查阅高启诗文集有关资料,读到两篇题跋,一是清末民初著名版本目录学家、藏书家、刻书家叶德辉所撰跋,[①]一是清末民初著名藏书家、校勘学家章钰所撰跋。[②] 这两篇跋文虽出自名家之手,但在考辨史实方面都出现了误判。

一

叶德辉(1864—1927年),字奂彬(也作焕彬),号直山,一号郋园,湖南湘潭人,祖籍苏州吴县洞庭东山。光绪十八年(1892)进士,授吏部主事。清末民初著名版本目录学家、出版家、藏书家。长于经学,尤精通版本目录。著述甚丰,主要有《书林清话》《郋园读书志》《六书古微》《观古堂藏书目》等,汇编校刻有《郋园丛书》

---

① 现藏中山图书馆。各书目皆著录为:"高季迪先生大全集十八卷　明高启撰　清康熙许氏竹素园刻本　清张廷济圈点批校　叶德辉跋。"
② 现藏苏州图书馆,各目著录为:"高季迪先生大全集十八卷　明高启撰　清康熙许氏竹素园刻本　清佚名批　章钰跋。"

《观古堂汇刻书》《双梅景闇丛书》等。所著及校刻书达百数十种，其后人将其生前所刊、所著书版片尚存者汇辑成《郋园先生全书》。家藏图书四千余部，逾十万卷，有藏书楼为"观古堂""郋园""丽楼"等，与傅增湘有"北傅南叶"之称。①

叶氏在版本目录学方面的成就斐然，享誉学界，仅为其所藏所读四部典籍而撰写的题跋文就多达694篇。② 这些题跋多有其考辨订正之成果，具有多方面的学术价值。这里所要讨论的是他撰写的一篇因考辨片面而出现误判的跋文。

这篇跋文撰写于己未（1919）年五月，是为上有大量朱墨批评文字的清康熙间竹素园刻本《高季迪先生大全集》而作。

从跋文可知该书原为清中叶学人张廷济的藏书③，后为叶氏收藏④。现收藏于广东省中山图书馆，各书目皆著录为："高季迪先生大全集十八卷　明高启撰　清康熙许氏竹素园刻本　清张廷济圈点批校　叶德辉跋。"

著录为张廷济圈点批校，当即据叶氏的这篇跋文。

　　　　《高季迪大全集》十八卷，为张叔未先生藏书。卷首序、
　　卷末尾钤有"嘉兴张廷济字叔未行贰居履仁乡张村里藏经

---

① 参考许崇熙《郋园先生墓志铭》（《碑传集三编》卷四十一）、《叶奂彬先生传》（《广清碑传集》卷十八）、张晶萍《叶德辉生平及学术思想研究》（长沙：湖南师范大学出版社，2008年）等。

② 《郋园读书志》，民国十七年（1928）活字版，印于上海澹园。

③ 张廷济（1767—1848）原名汝林，字顺安，号叔未，晚号眉寿老人，浙江嘉兴人。清嘉庆三年（1798）解元。金石学家、书法家，工诗词。著作有《清仪阁题跋》《清仪阁金石题识》《桂馨堂集》等。

④ 从该书卷首"总目"下有"叶德辉鉴藏善本书籍""郋园过目"二朱文方印可知。

籍金石书画印"二十五字朱文方印，卷一大题下有"张廷济印"四字白文中方印、"张叔未"三字白文中方印，卷八大题下有"张廷济印"四字白文小方印、"张叔未"三字白文小方印，卷十四大题下同此印，馀卷无印，以原分三册装订，只册首钤印故也。每卷皆经先生朱墨两笔评校及圈点直抹，字迹半行楷书。以余旧藏先生嘉庆癸酉甲戌两年日记证之，审是四十以后五十以前之笔。先生生于乾隆三十三年戊子，至嘉庆甲戌，四十七岁，精力目力迥异常人。所评或论诗法，或注本事，细行密字，全书如一笔写成。今人但以金石家推先生，不知先生诗功如此之深、记问如此之博也。先生晚年书法苍劲，与此稍有不同，然体势虽殊，笔意自在。余先得先生手书日记，可证其评此书年时。近又得先生所藏竹汀先生日记钞，卷末有识语两行，云"嘉庆十三年六月十九日赠寿臧徐甥"，凡十五字，核其笔迹，与此相符。嘉庆十三年岁值戊辰，先生四十一岁也。……己未五月夏至叶德辉。（末钤"叶德辉"朱文小方印、"广东省中山图书馆图书"朱文中方印）①

这段跋文含有两条结论：第一，以藏书印证明此评本是张廷济的藏书；第二，以书法和年龄证明此书评注文字为张廷济壮年时亲自撰写。作为版本学名家，叶氏第一条结论准确无误，而第二条结论却与事实大相径庭。笔者经比勘其评语，发觉该本实际是一

---

① 叶德辉《郋园读书志》卷九亦收录此跋，无篇末"己未五月夏至叶德辉"九字，余皆相同。

种汇评本。主要过录清初文学家彭孙遹、学者潘耒两人评语,①朱笔批语与潘评基本相同,墨笔评语与彭评相差无几。

表 1 中山图书馆藏本卷五题下墨笔评语与国图藏本卷五题下彭孙遹评语对照表②

篇 名	国 图 藏 本	中山图书馆藏本
甪里村	题下:"笔笔开合顿挫,可药平铺直叙。"	题下:"笔笔开合顿挫,可药平铺直叙。"
死亭湾	题下:"起结都不平,中后实叙无味。"	题下:"起结俱不平,中路实叙无味。"
毛公坛	题下:"法密句工,自非苟作。"	题下:"法密句工,是非苟作。"
稚儿塔	题下:"滞极。"	题下:"滞极。"
三贤堂	题下:"词平格正。"	题下:"词平格正。"

---

① 彭孙遹(1631—1700)字骏孙,号羡门,又号金粟山人,浙江海盐人。清顺治进士,康熙十八年举鸿博第一,授编修,历官国子司业、翰林院侍读、侍讲学士、国史馆总裁、吏部右侍郎兼翰林学士。尤工诗,与王士禛齐名,时号彭王。著作有《松桂堂全集》《南淮集》《延露词》《金粟词话》等。中国国家图书馆藏《高太史大全集》评本卷十八末署"康熙壬申秋八月上浣羡门阅毕",笔者初步判定此"羡门"即彭孙遹。
潘耒(1646—1708)字次耕,号稼堂,吴江(今属江苏苏州)人。博通经史、算算、音学。康熙十七年(1678年),以布衣中博学鸿词科,授翰林院检讨,参与纂修《明史》,后以浮躁降职。康熙四十二年,赐复原官,坚辞不受。晚年研究声韵、易象。著作有《遂初堂诗集文集别集》《类音》等。有其评语的《高季迪先生大全集》现藏中国人民大学图书馆、北京大学图书馆、南京图书馆等地。

② 为节省篇幅,本表仅选录两种评本卷五中的题下评语。中山图书馆藏本题下评语多先以朱笔录潘评,后以墨笔录彭评,本表仅录彭评。

篇　名	国 图 藏 本	中山图书馆藏本
吴桓王墓	题下："竟体清劲,后半首实叙中自具俯仰之致,怀古诗当学此种。"	题下："竟体清劲,后半首实叙中自具俯仰,怀古诗当学此种。"
虎丘次清远道士诗韵	题下："韵脚稳峭,次韵之擅场者,颇得东坡遗意。"	题下："韵脚稳峭,次韵之擅场,颇得东坡遗意。"
天平山	题下："章法极正。"	题下："章法极正。"
客有不乐者	题下："此亦秋怀诗派。"	题下："此亦秋怀诗派。"
送张文学之槜李	题下："亦似五律。"	题下："亦似五律。"
赠群上人	题下："学右丞《香积寺》一首。"	题下："学右丞《香积寺》一首。"
送李别驾赴越	题下："应是故作率语。"	题下："应是故作率语。"
龙门	题下："不必谓其摹韩,然固非青丘本色,是集中刻意之作。"	
太湖	题下："通首韵脚,都奇峭得力。"	题下："通首韵脚,都奇峭得力。"
天池	题下："此青丘正派。"	题下："此青丘正派。"
练渎	题下："后半俯仰动宕,然语颇不工。"	题下："后半俯仰动宕,然语颇不工。"

续　表

篇　名	国　图　藏　本	中山图书馆藏本
明月湾	题下:"潇洒不俗。"	题下:"潇洒不俗。"
越来溪	题下:"清澹,然不俗。"	题下:"清澹,然不俗。"
顾辟疆园	题下:"率极,陈极,**殊**不可存。"	题下:"率极陈极,不可存。"
松江亭	题下:"轻俊似中唐。"	题下:"轻俊似中唐。"
楞伽寺	题下:"只钟声十字不磨。"	题下:"只钟声十字不磨。"
慧聚寺	题下:"故作极**拗句调**以为古。"	题下:"故作极**幻调**以为古。"
寒泉	题下:"三四不露寒字而寒意自生,五六露寒字而寒意反浅。"	题下:"三四不露寒字而寒意自深,五六露寒字而寒意反浅。"
支遁庵	题下:"似五律,只拗二字。"	题下:"似五律,只拗二字。"
灵岩寺响屟廊	题下:"急调促节,古有此体。"	**诗末**:"急调促节,古有此体。"
陪临川公游天池三十韵	题下:"长篇章法。"	题下:"长篇章法。"
夜饮余左司宅得细字	题下:"题押细字韵,遂通章不检,此系即席率成之作。"	题下:"题押细字韵**脚**,遂通**首**不检,此系即席率成之**章**。"
刘凝之骑牛图	题下:"图字通首**竟**不到。"	题下:"图字通首不到。"

续 表

篇　名	国图藏本	中山图书馆藏本
剡原九曲	题下:"九首超雅绝俗。"	题下:"**东晋王谢诸彦及戴逵皆据剡中,九首杂感,不必按古分章。**① 九首超雅绝俗。"
驱疟	题下:"此等题以超脱擅场,诗滞而俗。"	题下:"此等题以超脱擅场,**诗入滞格**。"
独步登西丘	题下:"是储王派。"	题下:"是**王储派**。"
茅氏高节楼	题下:"**是**应酬诗,**绝不经意**。"	题下:"应酬诗,不经意**成**。"
柳絮	题下:"字字细贴,然正如苦行僧,难望成佛。"	题下:"字字细贴,然正如苦行僧,难望成佛。"
徐博士爱日草堂	题下:"题应写意,诗只粘正面刻写,触手都碍。题徐博士草堂,竟不一到。"	题下:"诗应写意,**此诗**只粘正面刻写,触手都碍。题徐博士草堂,竟不一到。"
答衍师见赠	题下:"叙次不直,极转接离合之妙,当以古文法参之。"	题下:"叙次不直,极转接离合之妙,当以古文法参之。"
早过南湖	题下:"力体早字,无一语入懈。"	**诗末**:"力体早字,无一语入懈。"

---

① 黑体字评语在彭评本为眉评。

表 2　中山图书馆藏本卷一题下朱笔评语与人大藏本卷一潘耒眉评对照表①

篇　名	人大藏本潘耒评语	中山图藏本朱笔评语
上之回	眉:"《列朝诗集》小注:元季每年孟夏,驾幸滦京避暑,七月乃还。此云北巡初避暑,纪元事也。"	地脚:"元世每年孟夏,驾幸滦京避暑,七月乃还。诗云'北巡初避暑',纪元事也。"②
君子有所思行	眉:"有所思,必**引**所见,诗意感叹在戚里第,然从明堂飞观引入,转句又着况有字,则所思原不止此,寓意**深远**矣。"	题下:"有所思,必**有**所见,诗意感叹在戚里第,然从明堂飞观引入,转句又着况有**二**字,则所思原不止此,寓意**深**矣。"③
南山有鸟	眉:"哀恨字是眼,心靡他是主。上截正叙,下截申发前意。'君归来'三句欲解哀恨,而申诉靡他之辞,乃愈见哀恨之深,靡他之心之固。"	题下:"哀恨字是眼,心靡他是主。上截正叙,下截申发前意。'君归来'三句**若为**欲解哀恨,而申诉靡他之辞,乃愈见哀恨之深,靡他之心之固。"
短歌行	眉:"从乐悟哀,知哀宜乐,反复说来,亦只'对酒当歌,人生几何'两句意,而气魄自大。"	题下:"从乐悟哀,知哀宜乐,反复说来,亦只'对酒当歌,人生几何'两句意,而气魄自大。"
白马篇	眉:"通体极写其忠勇。"	眉:"**借马说人**,极写其忠勇。"
长门怨	眉:"起结三句刻写怨字,是怨之故,中五句只写长门,是怨之景。起句在君一面说,结句在怨者一面说。"	题下:"起结三句刻写怨字,是怨之故,中五句只写长门,是怨之景。起句在君一面说,结句在怨者一面说。"

---

①　为节省篇幅,本表仅选录两种评本卷一的眉评或与之相应的题下等处评语。中山图书馆藏本题下评语多先以朱笔录潘评,后以墨笔录彭评,本表仅录潘评。
②　此条评语以墨笔书写。
③　同上。

续　表

篇　名	人大藏本潘耒评语	中山图藏本朱笔评语
班倢伃	眉："鬼神有知，不受不臣之诉，如其无知，诉之何益？盖令信谗者言下爽然。读此诗结语，亦当令谗妒者言下爽然。"①	题下："鬼神有知，不受不臣之诉，如其无知，诉之何益？令信谗者言下爽然。读此诗结语，亦当令谗妒者言下爽然。"
阖闾篇	眉："上半布置题面，下半乃致其意。"	首二句旁："上半布置题面，下半乃致其意。"
折杨柳歌词二首	眉："'此树'即高低枝，'妾门前'指'拂翠幰''垂绮筵'而言，却以'春风千万'句反映而出，可见物态缠绵都从人情关切处生来。此自诗人托物比兴之旨，可以深长变迁而穷者也。"	眉："'此树'即高低枝，'妾门前'指'拂翠幰''垂绮筵'而言，却以'春风千万树'反映而出，可见物态缠绵都从人情关切处生来。此自**古**诗人托物比兴之旨，可以深长变迁而**不**穷者也。"
将进酒	眉："借饮酒以劝人之汩于名利也。"②	**题下**："借饮酒以劝人之汩于名利也。"
雨雪（其一）	眉："此首重'深'字，主日久难消意，通篇在雪后说。"	**题下**："此首重'深'字，主日久难消意，通篇在雪后说。"
雨雪（其二）	眉："此首重阴字，主连绵飘堕意。通篇在雪时说，皆以第二句为案。首句点清题眼，中四句正承，或正应，或反结。"	**题下**："此首重阴字，主连绵飘堕意。通篇在雪时说。皆以第二句为案。首句点清题**面**，中四句正承，**结**或正应，或反应，**格律相同**。"

---

①　此条眉评中国人民大学图书馆、北京大学图书馆藏本无，南京图书馆藏本有，当是传抄中出现的差异。

②　同上。

续 表

篇　名	人大藏本潘耒评语	中山图藏本朱笔评语
关山月	眉："'升''照''影''光'切'月'，'榆塞''柳城'切'关山'，而'雕弧''金柝'即从'关山'渐贯到'一军'，次第井然。"	题下："**诗中**'升''照''影''光'**等字**切'月'，'榆塞''柳城'切'关山'，而'雕弧''金柝'**却**从'关山'渐贯到'一军'**去**，次第井然。"
鞠歌行	眉："有知人之明，而后有明良之合，两层皆一正一喻夹说。结一层，起二句顶上正结，末复喻说，是随手变化也。"	题下："有知人之明，而后有明良之合，两层皆一正一喻夹说。结一层，起二句顶上正结，末**句却**复喻说，是随手变化**处**。"（文字与南图本同）
古词	眉："此亦愿为良臣不愿为忠臣之旨，是感愤之极，反激而为和平之音者也。"①	题下："此亦愿为良臣不愿为忠臣之词，是感愤之极，反激而为和平之音者也。"
王明君	眉："古人身不用而死，犹以进贤为惓惓如此。"	尾："古人身不用而死，犹以进贤为惓惓**者，爱君忧国之志，非为身也。此真能道忠贤心事**。"（文字与南图本同）
行路难（其二）	眉："此与前首格律，约略相同。"	题下："此与前首格律，约略相同。"
上留田	眉："一气平叙，自成曲折。"	题下："**此篇**一气平叙，自成曲折，**首尾不须界画**。"（文字与南图本同）

---

① 此条眉评中国人民大学图书馆、北京大学图书馆藏本无，南京图书馆藏本有，当是传抄中出现的差异。

续　表

篇　名	人大藏本潘耒评语	中山图藏本朱笔评语
芳树	眉："前三联一是地，一是时，一是物，末结到人，从无情衬出有情也。"	**题下**："前三联一是地，一是时，一是物，末结到人，从无情衬出有情也。"
长相思	眉："通篇以'长'字写'思'字，亦一意自为起结。"	**题下**："通篇以'长'字写'思'字，亦一意自为起结。"
独不见	眉："相思一层，原不在不见外，然借作立言次第，便成章法。"	**题下**："相思一层，原不在不见外，然借作立言次第，便成章法。"
筑城词	眉："若城高果可不守，则压骨洒尘于义亦可无憾。愤激笑骂之词，可作晨钟暮鼓。"	**题下**："若城高果可不守，则压骨洒尘于义**分**亦可无憾。愤激笑骂之词，可**当**晨钟**唤醒**。"（文字与南图本同）
东门行	眉："看平叙法。"	**尾**："看平叙法。"

　　以上二表虽然仅选录了两种评本卷一或卷五中的部分评语，但它大体上代表了其全体情况，已经足以证明如下判断：

　　第一，中山图书馆藏《高季迪先生大全集》评语与中国国家图书馆藏《高太史大全集》上的彭孙遹评语（表 1）、人民大学图书馆藏本、北京大学图书馆、南京图书馆藏本上的潘耒评语（表 2）基本一致。其差异主要如下[①]：因中山图书馆藏本过录了两种以上评语，因而评语位置有变化，或眉评措置于题下，或眉评变成尾评；部

---

① 二表中用黑体字标示其差异之处。

分评语中的文字有差异。潘耒评语流传的抄本较多,其文字差异亦相对多一些;表2中极少数评语或彼缺此有,或彼有此缺。这些差异当是辗转传抄所致。

第二,中山图书馆藏本《高季迪先生大全集》上朱墨评语的作者不是张廷济,朱笔抄的是清初学者潘耒的评语,墨笔抄录的是清初文学家彭孙遹的评语。

需要说明的是中山图书馆藏本朱墨两笔中均有少量不属于彭评或潘评而撮抄自他家的评语。如卷一页一有一长段朱笔眉评:"季迪诗缘情随事,因物赋形,纵横百出,开合变化。其体制雅醇,则冠裳委蛇,佩玉而长裾也。其思致清远,则秋空素鹤,回翔欲下,而轻云霁月之连娟也。至其文采缛丽,如春花翘英,蜀锦新濯。其才气俊逸,如泰华秋隼之孤骞,昆仑八骏追风蹑电而驰也。明初故推大家,而二百七十余年中,亦未见卓然有以过之者。季迪一变元风,首开大雅。"

这段文字从"季迪诗缘情随事"至"昆仑八骏追风蹑电而驰也",抄自明初谢徽于洪武三年为高启《缶鸣集》所撰序言,仅个别文字有差异;而"明初"一句与明李东阳《麓堂诗话》中"国初称高、杨、张、徐,高才力声调过三人远甚,百余年来,亦未见卓然有过之者"一语相近;末句与明唐元荐《与杨升庵书》中"洪武初,高季迪、袁可潜一变元风,首开大雅,卓乎冠矣"一语相近。

二

章钰(1865—1937)字式之,又字坚孟、茗理,别署蛰存、负翁、晦翁，晚年自号霜根老人，长洲（今苏州）人。光绪二十九年（1903年）进士，官至外务部一等秘书，庶务司主事兼京师图书馆编修。辛亥革命后弃官寓居天津，致力于校书、藏书、著述。民国三年（1914年）聘为清史馆纂修，主纂乾隆朝《大臣传》《忠义传》《艺文志》等。二十六年病逝于北京，享年73岁。聚书2万余册，名人著述之钞本甚多。其后人遵遗嘱将图书赠予或寄存于燕京大学图书馆，后归北京图书馆（即今中国国家图书馆）、北京大学图书馆。著作有《四当斋集》《宋史校勘记》《钱遵王读书敏求记校正》《胡刻通鉴正文校字记》等。[1]

在其诗文集《四当斋集》中，卷一至卷九收其各体散文，其中四卷（卷二至卷五）皆为题跋[2]。笔者于苏州图书馆得以看到他为同乡友人张仲仁藏康熙竹素园许氏刻本《高季迪先生大全集》所撰跋[3]。

此书考证、校勘、评点三者并用，是义门读书家法。义门书法出虞永兴，此本写人秀劲，亦复近之。初疑义门弟子传录

---

[1] 据《苏州市志》第十三卷《人物》（江苏人民出版社，1995年1月），天津近代藏书家、校勘学家章钰诞辰150周年纪念（《每日新报》2015年12月19日）等。
[2] 章钰《四当斋集》，民国二十六年（1937年）版。
[3] 张一麐（1867—1943），字仲仁，号公绂、民佣，别署大圜居士、红梅阁主，江苏苏州人。光绪十一年举人，二十九年经济特科榜眼，任职于北洋大臣兼直隶总督袁世凯处。宣统即位，袁世凯被放逐回籍，张一麐也解职回乡。民国初年，复入袁幕，任总统府秘书、机要局局长。1915年调任教育总长。1916年因不满袁世凯称帝而辞职南归，从事文化教育。"九一八"事变后，投身抗日救国，任国民参政会参政员。1943年10月，因病逝世于重庆。光绪年间，曾与章钰等人在苏发起"苏学会"。其藏书散佚于苏州沦陷期间。著有《心太平室诗文钞》《现代兵事集》《古红梅阁别集》等。参见黄炎培《张仲仁先生传》、《苏州市志》等。

之本,及检卷六九叶眉评,大为驳杂,殊非学者对于本师语气。自署玉文,遍检不详姓名。卷九十一页有"此首墨笔出玉文",又似此朱墨笔系从玉文本出,不从义门原本出。要其为吾吴乾嘉以前旧学手迹,则固较然可信耳。钰于茶仙遗籍无缘弆藏,迩来侨寄津门,以校书遣日,即传录义门评校之书已有《三国志》,昌谷、飞卿三唐人集,《中州集》诸种。此本为仲仁所藏,因以借录一过,冀使赍砚斋指导迻学之法多所饷遗,并书所见于仲仁藏本之后。癸丑长至长洲章钰寓天津宇纬路宇泰里(下钤"式之"朱文小方印)①

章氏在此跋中认为:张仲仁藏本《高季迪先生大全集》中的评校文字虽然有"自署玉文"的两条,虽不能断定是否全从"义门原本出",但"考证、校勘、评点三者并用,是义门读书家法。……借录一过,冀使赍砚斋指导迻学之法多所饷遗"。

何焯号义门,晚年号茶仙,"赍砚斋"为其藏书楼名。② 显然章氏此段文字认为张仲仁藏本上的评校文字除少数几条署"玉文"者外,皆为何焯所评校。笔者经与本文前面所述的潘次耕评点本比勘,发觉章氏的这一观点为错误判断。请详下表:

---

① 顾廷龙《章氏四当斋藏书目》亦录有此跋,仅个别字句有差异,署"甲寅二月",当是章氏借录"仲仁藏本"评语时,亦过录了此跋。

② 何焯(1661—1722)字屺瞻,号义门,学者称"义门先生",晚号茶仙。长洲(今属江苏苏州)人。出身书香门第,幼年丧母,寄籍崇明。康熙四十三年(1704)赐进士,直南书房兼武英殿编修。焯通经史子集,蓄书数万卷,精于考据,治学严谨。文史名著,多有考校评订。名重一时,以致书贾多有托名射利者。家有藏书楼"赍砚斋""德符堂"等,宋元精椠甚多。著作有《义门读书记》《义门先生文集》《道古录》等。参见全祖望《鲒埼亭集》卷十七《翰林院编修赠学士长洲何公墓碑铭》(上海古籍出版社《续修四库全书》影印清嘉庆九年史梦蛟刻本)、《清史稿·文苑传》等。

表3 苏州图书馆藏章跋评本与人大图书馆藏潘评本卷一眉评对照表①

篇　名	人大图书馆藏本	苏州图书馆藏本
上之回	眉:"列朝诗集小注:元季每年孟夏,驾幸滦京避暑,七月乃还。此云'北巡初避暑',纪元事也"	无。
君子有所思行	眉:"有所思,必引所见,诗意感叹在戚里第,然从明堂飞观引入,转句又着'**况有**'字,则所思原不止此,寓意深远矣。"	眉:"有所思,必**因**所见,诗意感叹在戚里第,然从明堂飞观引入,转句又着'**况**'字,则所思原不止此,寓意深远矣。"
南山有鸟	眉:"哀恨字是眼,**心**靡他是主。上截正叙,下截申发前意。'君归来'三句欲解哀恨,而申诉靡他之辞,乃愈见哀恨之深,靡他之**心之固**。"	眉:"哀恨字是眼,靡他是主。上截正叙,下截申发前意。'君归来'三句**宛为题解哀怨**,而**伸**诉靡他之**词**,乃愈见哀恨之深,靡他之**因**。"
短歌行	眉:"从乐悟哀,知哀宜乐,反复说来,亦只'对酒当歌,人生几何'两句意,而气魄自大。"	眉:"从乐悟哀,知哀宜乐,反复说来,亦只**当**'对酒当歌,人生几何'两句意,而气魄自大。"
白马篇	眉:"通体极写其忠勇。"	眉:"借马说人,极写其忠勇。"
长门怨	眉:"起结三句刻写'怨'字,是怨之故,中五句只写长门,是怨之景。起句在君一面说,结句在怨者一面说。"	眉:"起结三句刻写'怨'字,是怨之故,中五句只写长门,是怨之景。起句在君一面说,结句在怨者一面说。"

---

① 为节省篇幅,本表仅选录两种评本卷一的眉评。

续 表

篇　名	人大图书馆藏本	苏州图书馆藏本
班倢伃	眉:"鬼神有知,不受不臣之诉,如其无知,诉之何益？盖令信谗者言下爽然。读此诗结语,亦当令谗妒者言下爽然。"(据南图本补)	眉:"鬼神有知,不受不臣之诉,如其无知,诉之何益？盖令信谗者言下爽然。读此诗结**句**,亦当令谗妒者言下爽然。"
阊阖篇	眉:"上半布置题面,下半乃致其意。"	眉:"上半布置题面,下半乃致其意。"
折杨柳歌词二首	眉:"'此树'即高低枝,'妾门前'指'拂翠幰''垂绮筵'而言,却以'春风千万'句反映而出,可见物态**缠绵**都从人情关切处生来。此自诗人托物比兴之旨,可以深长变迁而穷者也。"	眉:"'此树'即高低枝,'妾门前'指'拂翠幰''垂绮筵'而言,却以'春风千万**树**'跌而出,可见物态都从人情关切处生来。此自**古人**托物比兴之**致,所以**深长**而变迁不穷**者也。"
将进酒	眉:"借饮酒以叹人之汩于名利也。"(据南图本补)	眉:"借饮酒以叹人之汩于名利也。"
雨雪 (其一)	眉:"此首重'深'字,主日久难消意,通篇在雪后说。"	眉:"此首重'深'字,主日久难消意,通篇在雪后说。"
雨雪 (其二)	眉:"此首重'阴'字,主连绵飘堕意。通篇在雪时说,皆以第二句为案。首句点清题眼,中四句正承,或正应,或反结。"	眉:"此首重'阴'字,主连绵飘堕意,通篇在雪后说,皆以第二句为案。首句点清题眼,中四句正承,**结**或正应,或反应,**格律相同**。"
关山月	眉:"'升''照''影''光'切'月','榆塞''柳城'切'关山',而'雕弧''金桥'**即**从'关山'渐贯到'一军',次第井然。"	眉:"'升''照''影''光'切'月','榆塞''柳城'切'关山',而'雕弧''金桥'从'关山'渐贯到'一军'**去**,次第井然。"

续 表

篇　名	人大图书馆藏本	苏州图书馆藏本
鞠歌行	眉:"有知人之明,而后有明良之合,两层皆一正一喻夹说。结一层,起二句顶上正结,末复喻说,是随手变化也。"	眉:"有知人之明,而后有明良之合,两层皆一正一喻夹说。结一层,起二句顶上正结,末**句却**复喻说,是随手变化**处**。"
古词	眉:"此亦愿为良臣不愿为忠臣之旨,是感愤之极反激而为和平*之音*者也。"(据南图本补)	眉:"此亦愿为良臣不愿为忠臣之旨,是感愤之极反激而为和平者也。"
王明君	眉:"古人身不用而死,犹以进贤为惓惓如此。"	无。
行路难（其二）	眉:"比与前首格律,约略相同。"	无。
上留田	眉:"一气平叙,自成曲折。"	眉:"**此篇**一气平叙,自成曲折,**首尾不须界画**。"
芳树	眉:"前三联一是地,一是时,一是物,末结到人,从无情衬出有情也。"	眉:"前三联一是地,一是时,一是物,末结到人,从无情衬出有情也。"
长相思	眉:"通篇以'长'字写'思'字,亦一意自为起结。"	眉:"通篇以'长'字写'思'字,亦一意自为起结。"
独不见	眉:"相思一层,原不在不见外,然借作立言次第,便成章法。"	眉:"相思一层,原不在不见外,然借作立言次第,便成章法。**不见,久而难忘,乃见其思之诚切**。"
筑城词	眉:"若城高果可不守,则压骨洒尘于义亦可无憾。愤激笑骂之词,可作晨钟暮鼓。"	眉:"**筑城高果可不守,则压骨洒尘于义分亦可无感慨愤激矣。笑詈之词,却可当晨钟唤醒**。"
东门行	眉:"看平叙法。"	无。

上表虽仅选录了卷一的眉评,但它大体代表了全书十八卷中评校文字的情况,已经足以证明如下判断:

第一,苏州图书馆藏章钰跋《高季迪先生大全集》之评校文字与中国人民大学图书馆藏《高太史大全集》之潘耒评校文字基本一致。其差异主要在于个别处整条文字缺失或部分词句有差异。[①]这些差异当是辗转传抄所致。

第二,苏州图书馆藏本《高季迪先生大全集》中校评文字的作者显然不是何焯,而是清初学者潘耒。

古代学人爱撰题跋者甚众,在我国古代典籍中,此类文字或议论抒情,或赏鉴品评,或说明记事,或考辨订正,丰富多彩,数量庞大,亦多具价值。而书囊无底,学海无涯,每个学人都在不同程度上受限于客观条件、个人学养,以及思想方法等因素。对待此类文字,尤其是考辨订正类题跋,无论撰者是庸常之辈,还是名人大家,都不可盲从,皆需谨记:"尽信《书》,则不如无《书》。"[②]

(原载《薪火学刊》第三卷,复旦大学出版社,2016年)

[①] 表中用"无"字表示没有评语,用黑体字标示其文字差异之处。
[②] 《孟子·尽心下》。

《四库全书》中所收的
陆机诗文集

陆机是我国西晋文学的代表作家,《晋书》本传记载其所著诗文凡三百余篇,今存世二百一十九篇。《隋书·经籍志》载"《晋平原内史陆机集》十四卷",《旧唐书·经籍志》和《新唐书·艺文志》均著录"《陆机集》十五卷"。惜皆散佚。南宋庆元年间,新安徐民瞻知华亭县事,搜罗到陆机、陆云二人的诗文集,于庆元六年(1200)在华亭县学刻为《晋二俊先生文集》,其中陆机的诗文集名为《陆士衡文集》,十卷。这个刊本成了此后问世的陆机诗文集的祖本,明清两朝出现了众多陆机诗文集的刊本与抄本,虽然其面貌各有或大或小的差异,但都是由这一刊本而衍生。这个刊本也是陆机诗文集第一次以丛书的面目出现,此后明清时期刊本或抄本,除了总集中的诗选或文选以及清影宋抄本外,也都是以丛书的面目问世。

乾隆年间编纂的《四库全书》,其别集类只收了陆云的《陆士龙集》十卷,却未收陆机诗文集,连《四库全书总目》的存目里也未见著录。自清代学者至现当代学者也就自然地认为《四库全书》未收陆机的诗文集。

嘉庆年间阮元在浙江做官时,在鲍廷博等人协助下,搜罗《四库》未收书一百多部,进呈嘉庆皇帝,并仿《四库提要》之例为每种图书撰写提要,纂为《四库未收书提要》,其中就有再影抄宋本《陆士衡文集》十卷①。

《增订四库全书简明目录标注》:"此目有云集而不出机集,岂未见合刻全本耶?"②

檀晶认为:"《四库全书》仅收《陆士龙文集》,而士衡集未被收录。"③

日本学者植木久行认为:"高宗の乾隆時代の學問的水準を表す〈四庫全書〉および『四庫全書總目』に著録する陸雲集について述べてみたい。陸雲集は、いわゆる著録として七閣と翰林院に収められたが、陸機集は著録・存目ともに未収である。"④

笔者较系统地梳理了陆机诗文的文本文献,发觉《四库全书》以及《四库全书荟要》只是在其集部别集类未收陆机诗文集⑤,而在其集部总集类中,除了《西晋文纪》《古诗纪》两种文献中分别较完备地收录了陆机的文与诗,更在《汉魏六朝百三家集》中收录了一种较之明正德翻宋本更为完备的文本。并且四库馆臣对之进行了认真的校勘,其校勘成果主要集中在《四库全书考证》第九十五卷中⑥。

---

① 其子曰:"家大人在浙时,曾购得四库未收古书进呈内府,每进一书,必仿《四库提要》之式,奏进提要一篇。凡所考论,皆从采访之处先查此书原委,继而又属鲍廷博、何元锡诸君子参互审订,家大人亲加改定,纂写然后奏之。"见阮元《揅经室外集》卷一《四库未收书提要》卷首。

② 邵懿辰撰,邵章续录:《增订四库简明目录标注》,上海:上海古籍出版社,1979年,第636页。

③ 檀晶:《〈陆士衡文集〉版本考》,《图书馆杂志》2004年第1期。

④ 植木久行:《六朝文人の別集の一形態——陸雲集の書誌學的考察——》,《日本中国学會報》第二十九集。

⑤ 本文所用《四库全书》为上海古籍出版社影印文渊阁本,《摛藻堂四库全书荟要》为世界书局影印本。

⑥ 本文所用《四库全书考证》为上海古籍出版社影印文渊阁本。

一

陆机的诗文集在明清两朝流播中,除去总集中的诗选或文选外,主要形成了十卷本、八卷本、二卷本三个各具一定特色的文本系统。

(一)十卷本

十卷本或名《陆士衡文集》,或名《陆士衡集》。

明正德十四年陆元大翻宋《晋二俊文集》本,名《陆士衡文集》,十行十八字,白口,左右双边。民国八年上海商务印书馆《四部丛刊初编》据正德本影印。

此本在明代主要还有万历间汪士贤校本。汪校本名《陆士衡集》,收入翁少麓刻《汉魏诸名家集》、新安汪氏刻《汉魏六朝二十一名家集》。九行二十字,白口,左右双边。民国间中华书局《四部备要》所收《陆士衡集》十卷,即据此本排印。

在清代,抄本有影宋抄本、清宛委别藏抄本(清影宋抄本的再抄本)等①。

刻本主要有钱培名校刊《小万卷楼丛书》本,民国间商务印书馆《丛书集成初编》所收《陆士衡集》十卷,即据此本排印。

另有宣统三年无锡丁氏刊《汉魏六朝名家集初刻》本。

---

① "《陆士衡文集》的宋刻本已经不存,今所见者有明代陆元大翻宋刻本、国家图书馆藏影宋抄本。影宋抄本原为鲍廷博珍藏,曾经赵怀玉、卢文弨等校勘。嘉庆年间阮元寻访《四库全书》未收之书进呈,即所谓《宛委别藏》。现以其中的《陆士衡集》与影宋钞本以及赵、卢诸家校语对勘,可发现其相似程度极高,故该集应即据影宋钞本再度影钞。"(杨明:《论〈陆士衡集〉之〈宛委别藏〉本》,《中华文史论丛》2012年第1期,总第一〇五期。)

(二) 八卷本

八卷本名《陆平原集》,收于明张燮编《七十二家集》丛书中,天启崇祯间刻。九行十八字,小字双行同,白口,左右双边。上海古籍出版社《续修四库全书》所收《陆平原集》,即据此本影印。

(三) 二卷本

二卷本或名《陆平原集》,或名《陆机集》,主要有如下刊本或抄本:

《汉魏六朝百三名家集》本,名《陆平原集》,九行十八字,小字双行同,白口,左右双边。明张溥编,明八闽徐博刻本、明娄东张氏刻。

《四库全书》文渊阁、文溯阁、文源阁、文津阁、文宗阁、文汇阁和文澜阁七种抄本,据较易见到的影印文渊阁本,易名为《陆机集》,其他六种当亦如此。

《四库全书荟要》抄本,名《陆机集》。

刊本有清光绪三年滇南唐氏寿考堂刊本、光绪五年彭懋谦信述堂刊本、光绪十八年善化章经济堂刊本、光绪十八年长沙谢氏翰墨山房刻本等。

十卷本、八卷本、二卷本在编纂体例与所收诗文方面的异同,请参见本文第二、四两部分,此处不赘述。

此外有嘉靖间薛应旂编刊《六朝诗集》本《陆士衡集》七卷,仅选收诗、赋;冯惟讷辑《古诗纪》晋第五、六两卷收陆机各体诗;梅鼎祚编崇祯间刊《文纪·晋文纪》收陆机各体文。

二

《汉魏六朝百三名家集》是收录自汉贾谊至隋薛道衡共一百零

三人诗文集的大型丛书,编者以张燮《七十二家集》为基础,又取冯惟讷《古诗纪》、梅鼎祚《文纪》中其人著作稍多者排比附益而成。一人一集,每一集中,先列赋,次列文,后列诗。各集前均附有编者题辞,评述作家生平与创作。四库馆臣将它改编为一百一十八卷收入《四库全书》中①,并在《提要》中给予了较客观的评介。

首先,《提要》概述了该丛书的成书基础:

> 自冯惟讷辑《诗纪》,而汉魏六朝之诗汇于一编;自梅鼎祚辑《文纪》,而汉魏六朝之文汇于一编;自张燮辑《七十二家集》,而汉魏六朝之遗集汇于一编。溥以张氏书为根柢,而取冯氏、梅氏书中其人著作稍多者排比而附益之,以成是集。

继而,《提要》不厌其烦地罗列了该丛书的缺陷:

> 卷帙既繁,不免务得贪多,失于限断。编录亦往往无法,考证亦往往未明。有本系经说而入之集者,如《董仲舒集》录《春秋阴阳》、《刘向刘歆集》录《洪范五行传》之类是也。有本系史类而入之集者,如《褚少孙集》全录《补史记》、《荀悦集》全

---

① 《汉魏六朝百三家集》所收录的一百零三家作家的诗文集,以时代先后为序,每家独立成卷,大多编为一卷,仅有十几家编为二卷。总体上未编卷次,明刻本、清刻本皆如此。《四库全书》所收该书,虽然依旧以时代先后编次各家文集,每家的卷数亦未变动,但在总体上编为一百一十八卷,而且每家之集的名称大多作了变更,除了帝王之集外,通常将该集名中作者的字号类文字改为作者之名,如将《陆平原集》更名为《陆机集》,将《陆清河集》更名为《陆云集》。

录《汉纪论》之类是也。有本系子书而入之集者，如《诸葛亮集》录《心书》、《萧子云集》录《净住子》是也。有抵牾显然而不辨者，如《张衡集》录《周天大象赋》称魏武黄星之类是也。有是非疑似而臆断者，如《陈琳传》中有"袁绍使掌书记"一语，遂以《三国志注》绍册乌桓单于文录之琳集是也。有伪妄无稽而滥收者，如《东方朔集》录《真仙通鉴》所载《与友人书》及《十洲记序》之类是也。有移甲入乙而不觉者，如《庾信集》录杨炯文二篇之类是也。有采撷未尽者，如《束晳集》所录《饼赋》寥寥数语，不知祝穆《事文类聚》所载尚多之类是也。有割裂失次者，如《钟会集·成侯命妇传》，《三国志注》截载两处，遂分其首尾各为一篇之类是也。有可以成集而遗之者，如枚乘《七发》《忘忧馆柳赋》《谏吴王书》及《玉台新咏》所载古诗可成一卷，左思《三都赋》《白发赋》《髑髅赋》及《文选》所载咏史诗亦可成一卷，而摈落不载之类是也。

虽然该丛书存在以上诸多缺陷，但就其收录汉魏六朝遗集之完备而言，无出其右，因而《提要》也实事求是地肯定这套丛书的价值：

> 然州分部居，以文隶人，以人隶代，使唐以前作者遗篇一一略见其梗概，虽因人成事，要不可谓之无功也。……若此一编，则原原本本，足资检核。①
>
> 惟《汉魏六朝一百三家集》，搜罗放佚，采撷繁富，颇于艺

---

① 以上引文皆据《四库全书》集部八总集类《汉魏六朝百三家集》提要。

苑有功。①

《汉魏六朝百三家集》收录了陆机的诗文集,其《四库全书》本将之编于第四十八、四十九两卷,改集名《陆平原集》为《陆机集》。笔者用《四部丛刊》影明正德十四年陆元大刻《晋二俊先生文集》覆宋本《陆士衡文集》十卷与之逐卷逐篇进行了比勘,发觉这两种版本在编纂体例与收录诗文篇目方面存在着较大差异。具体如下表 1 所示。

表 1　明正德十四年《晋二俊先生文集》本《陆士衡文集》与《汉魏六朝百三名家集》本《陆机集》篇目对照表

体裁	陆士衡文集十卷（明正德十四年《晋二俊先生文集》本）	陆机集二卷（四库收《汉魏六朝百三名家集》本）
赋	卷一　赋一： 文赋（并序）　感时赋　豪士赋（并序）　瓜赋　思亲赋 卷二　赋二： 遂志赋（并序）　怀土赋（并序）　行思赋　思归赋（并序）　愍思赋　应嘉赋 卷三　赋三： 幽人赋　列仙赋　凌霄赋　述思赋　叹逝赋（并序）　大暮赋（并序）　感丘赋 卷四　赋四： 浮云赋　白云赋　鼓吹赋　漏刻赋　羽扇赋　鳖赋（并序）　桑赋（并序）（赋共 25 篇）	卷四十八： 文赋　遂志赋　**祖德赋**　**述先赋**　思亲赋　**别赋**　怀土赋　思归赋　行思赋　感时赋　叹逝赋　愍思赋　述思赋　大暮赋　感丘赋　**又**列仙赋　凌霄赋　幽人赋　应嘉赋　豪士赋　浮云赋　白云赋　鼓吹赋　**又**漏刻赋　羽扇赋　桑赋　瓜赋　鳖赋（赋共 30 篇）

---

①　同书卷三十经部三十《春秋三书》提要。

续表

体裁	陆士衡文集十卷(明正德十四年《晋二俊先生文集》本)	陆机集二卷(四库收《汉魏六朝百三名家集》本)
文	卷八 杂著： 演连珠五十首　七征一首 卷九　颂箴赞笺表诔哀辞： 汉高祖功臣颂　丞相箴　孔子赞　王子乔赞　至洛与成都王笺　谢平原内史表一首　吊魏武帝文一首并序　吊蔡邕文　吊吴大帝诔　愍怀太子诔　吴贞献处士陆君诔　**吊丞相江陵侯陆公诔**　吴大司马陆公诔　吴大司马陆公少女哀辞　**晋刘处士参妻王氏夫人诔** 卷十　议论碑： 大田议　辨亡论二首　五等诸侯论一首　平西将军孝侯周处碑(文共71篇)	(续上卷四十八)表笺书七连珠论议颂赞箴策文传碑诔吊文哀辞 谢平原内史表　**荐贺循郭讷表　见原后谢表　荐张畅表**　与赵王伦荐戴渊笺　同前　至洛与成都王颖笺　**与弟云书四首**　七征　演连珠五十首　**五等诸侯论　辨亡论上　辨亡论下　大田议**　汉高祖功臣颂　孔子赞　王子乔赞　丞相箴　**策秀才文六首　顾谭传**　晋平西将军孝侯周处碑　吴大帝诔　愍怀太子诔　吴大司马陆公诔　吴贞献处士陆君诔　吊魏武帝文　吊蔡邕文　吴大司马陆公少女哀辞(文共85篇)
诗	卷五　诗上： 皇太子宴玄圃宣猷堂有令赋诗　皇太子赐燕诗　春咏　遨游出西城　赴洛二首　又赴洛道中二首　招隐　园葵　招隐　于承明作与士龙一首　吴王郎中时从梁陈作　赠冯文罴迁斥丘令　答贾谧(并序)　赠尚书郎顾彦先二首　赠顾交趾公贞　赠从兄车骑　答张士然　赠冯文罴　赠弟士龙　祖道毕雍孙刘道边仲潘正叔　答潘尼　赠潘尼　赠纪士　为陆思远妇作　为顾彦先赠妇二首　为周夫人	卷四十九　乐府： 短歌行　秋胡行　陇西行　日出东南隅行　挽歌三首　长歌行　君子行　从军行　苦寒行　豫章行　长安有狭邪行　塘上行　折杨柳行　饮马长城窟行　门有车马客行　棹歌行　太山吟　梁甫吟　东武吟行　班婕妤　驾言出北阙行　君子有所思行　悲哉行　齐讴行　吴趋行　前缓声歌　吴趋行　饮酒乐　董桃行　上留田行　饮酒乐　燕歌行　猛虎行　鞠歌行

续表

体裁	陆士衡文集十卷（明正德十四年《晋二俊先生文集》本）	陆机集二卷（四库收《汉魏六朝百三名家集》本）
诗	赠车骑一首 卷六 拟古十二首： 拟行行重行行　拟今日良宴会 拟迢迢牵牛星　拟涉江采芙蓉 拟青青河畔草　拟明月何皎皎 拟兰若生朝阳　拟青青陵上柏 拟东城一何高　拟西北有高楼 拟庭中有奇树　拟明月皎夜光 乐府十七首： 猛虎行　君子行　从军行　豫章行　苦寒行　饮马长城窟行　门有车马客行　君子有所思行　齐讴行　日出东南隅行（或曰罗敷艳歌）　长安有狭斜行　前缓声歌　长歌行　吴趋行　塘上行　悲哉行　短歌行 卷七　乐府　百年歌： 折杨柳　鞠歌行（杂言）（**当置酒**）　倢伃怨　燕歌行　悲哉行　梁甫吟 董逃行　月重轮行　日重光行　挽歌三首　百年歌十首　秋胡行　顺东西门行　上留田行　陇西行　驾言出北阙行　太山吟　棹歌行　东武行吟　饮酒乐（诗共91首）	顺东西门行　日重光行　月重轮行　百年歌十首 （续上　卷四十九）诗： 皇太子宴玄圃宣猷堂有令赋诗　皇太子赐燕诗　赠冯文熊迁斥丘令八章　答贾谧十一章有序　赠弟士龙十章有序　赠潘尼　赠潘尼　赠冯文罴　于承明作与弟士龙　赠弟士龙　赠尚书郎顾彦先二首　赠顾交趾公贞　答张士然　赠从兄车骑　为顾彦先赠妇二首　为陆思远妇作　为周夫人赠车骑　祖道毕雍孙刘边仲潘正叔　赴洛二首　赴洛道中作二首　吴王郎中时从梁陈作　拟行行重行行　拟今日良宴会　拟迢迢牵牛星　拟涉江采芙蓉　拟青青河畔草　拟明月何皎皎　拟兰若生朝阳　拟青青陵上柏　拟东城一何高　拟西北有高楼　拟庭中有奇树　拟明月皎夜光　招隐诗　遨游出西城 园葵诗（二）首　赠波丘令冯文罴　赠顾彦先　赠纪士　赠潘正叔　招隐二首　尸乡亭　三月三日　春咏　咏老讲汉书诗　秋咏　失题二首（诗共104篇）

从上表可以看出：

（一）两种版本编纂体例与篇目次序明显存在着较大差异：前者将陆机的赋编为四卷，将各体诗编为三卷，各体文编为三卷，先列赋，次列诗，后列文；而后者将陆机的赋与各体文合编为一卷，将各体诗合编为一卷，篇目次序与前者大异，并且依照《汉魏六朝百三家集》的编例先列赋，次列文，后列诗。

（二）四库本虽然仅编为两卷，而实际所收诗文篇目多出34篇（首）。赋多收了《祖德赋》、《述先赋》、《别赋》、《感丘赋》又、《鼓吹赋》又5篇；杂著多收了《荐贺循郭讷表》《见原后谢表》《荐张畅表》《与赵王伦荐戴渊笺》《同前》《与弟云书四首》《策秀才文六首》《顾谭传》16篇；诗多收了《园葵诗一首》《赠波丘令冯文罴》《赠顾彦先》《赠纪士》《赠潘正叔》《尸乡亭》《三月三日》《春咏》《咏老》《讲汉书诗》《秋咏》《失题二首》13首。

（三）收录诗文，注意辨伪及吸收前人辩伪成果。不收《吊丞相江陵侯陆公诔》，这篇被明正德十四年陆元大刻《晋二俊文集》覆宋本《陆士衡文集》中收录的短诔实际上是陆云《吴故丞相陆公诔》中的一段文字。该段诔文自《艺文类聚》便误题为陆机文。

不收《当置酒》一诗，这是吸收明冯惟讷《古诗纪》的成果。《古诗纪》卷七十七将此诗收录于《梁简文帝集》中，并于其题下注曰："《陆士衡集》亦载此诗，今从《乐府》作简文。"[①]

不收《晋刘处士参妻王氏夫人诔》，则是吸收了张燮《七十二家集》的成果。《七十二家集》本《陆平原集》附录《纠谬》载此篇曰：

---

① 《中国基本古籍库》影印明万历本《古诗纪》。

"此诔载《艺文》,云《晋刘处士参妻王氏夫诔》,盖王氏诔其夫刘处士也。因列在陆机之后,人遂误为机作,改其题曰《晋刘处士参妻王氏夫人诔》,聊发一笑。"①

三

《四库全书》本《汉魏六朝百三家集》中的《陆机集》不仅所收篇目较为完备,而且四库馆臣对其文本也做了认真的校勘工作,《四库全书考证》第九十五卷集中了其校勘成果②。请见下表2③:

表 2 《四库全书考证》校勘《陆机集》之成果一览表

篇 名	改正后文句	刊本讹误	改正依据
文赋	诵先人之清芬	刊本"芬"讹"芳"	文选
同上	故夫夸目者尚奢	刊本"目"讹"自"	文选
同上	徒寻虚以逐微	刊本"微"讹"徵"	文选
述思赋	苟彼涂之信险	刊本"苟"讹"荀"	赋汇

---

① 《陆平原集》上海古籍出版社《续修四库全书》影印明末《七十二家集》本。
② 《四库全书考证》是《四库全书》重要的衍生品,由四库馆黄签考证官王太岳等汇编、加工《四库》书中的黄签而成。参见张升《〈四库全书考证〉的成书及主要内容》,《史学史研究》2011 年第 1 期。
③ 表格的"改正后文句"皆据《四库全书考证》校记原文,"刊本"指明刊《汉魏六朝百三家集》中所收《陆平原集》,"改正依据"中的书名皆按照《四库全书考证》作简称。

续 表

篇　名	改正后文句	刊本讹误	改正依据
大墓赋	墓草兮根陈	刊本"墓"讹"暮"	赋汇
豪士赋	运短才而易,圣哲所难者哉	刊本"短"讹"知"	晋书
浮云赋	鲮鳄冲遁	刊本"鲮"讹"鲛"	广韵
白云赋	金翘援而含葩	刊本"含"讹"合"	
同上	翠鸟轩而扶日	刊本脱"扶"字	赋汇
羽扇赋	昔者武王玄览造扇于前	刊本"王"讹"玉"	世本
羽扇赋	盖受则于蓬莆	刊本"蓬莆"讹"箧甫"	瑞应图
瓜赋	黄觚白搏,金文蜜筩	刊本"搏"讹"傅","蜜"讹"密"	广志
鳖赋	徒广狭以妨舟	刊本脱"舟"字	赋汇
与赵王伦荐戴渊笺	安神乐志	刊本"神"讹"穷"	《世说注》引虞预《晋书》
与弟云书	监徒武库建始殿诸房中见有两足猴	刊本"猴"讹"侯"	西晋文纪
演连珠其四十五	臣闻图形于影,未尽纤丽之容	刊本"形"讹"刑"	西晋文纪
演连珠其五十	劲阴杀节,不凋寒木之心	刊本"木"讹"本"	文选
五等诸侯论	宗庶杂居,而定维城之业	刊本"城"讹"成"	文选

续 表

篇 名	改正后文句	刊本讹误	改正依据
同上	愿法期于必凉	刊本"愿"讹"原"	文选
同上	岂非事势使之然欤	刊本"事"讹"置"	晋书、文选
同上	主忧莫与共害	刊本"共"讹"其"	同上
同上	奸宄充斥	刊本"宄"讹"轨"	同上
同上	盖企及进取,仕子之常志	刊本"子"讹"士"	同上
同上	为上无苟且之心	刊本"苟"讹"为"	同上
同上	然则八代之制,几可以一理贯	刊本"制"上衍"探"字	同上
辨亡论上	群凶侧目	刊本"凶"讹"雄"	文选
同上	锐骑千旅	刊本"旅"讹"里"	同上
同上	而吴莞然坐乘其	刊本"莞"讹"菀"	同上
同上	于是讲八代之礼	刊本"讲"讹"沟"	同上
辨亡论下	天子总群议而咨之	刊本"议"讹"谊"	晋书
汉高祖功臣颂	末命是期	刊本"末"讹"永"	文选
同上	信武薄伐	刊本"伐"讹"代"	同上
同上	维生之绩	刊本"之"讹"是"	同上
晋平西将军孝侯周处碑	丹阳西郡,属国都尉	刊本"郡"讹"部"	西晋文纪

续　表

篇　名	改正后文句	刊本讹误	改正依据
同上	遂来吴事余厥弟	刊本"厥"讹"阙"	同上
愍怀太子诔	灵宠可赗	刊本"赗"讹"增"	艺文类聚
吴大司马陆公诔	昭德伊何,克俊克仁	刊本复衍"昭德"二字	同上
同上	备物典策,玉冠及斧	刊本"玉"讹"主"	同上
吴贞献处士陆君诔	我闻有命	刊本"闻"讹"开"	据汪士贤校本改
陇西行	我静如镜,民动如烟	刊本"静"讹"一"	郭茂倩《乐府》
君子行	休咎相乘蹑	刊本"蹑"讹"摄"	文选
同上	人益犹可欢	刊本"犹"讹"猷"	同上
豫章行	三荆欢同株	刊本"欢"讹"观"	文选
梁甫吟	忾忾临川响	刊本"忾忾"讹"慷慨"	郭茂倩《乐府》
上留田行	悲风徘徊入襟	刊本"襟"讹"禁"	古诗纪
猛虎行	杖策将远寻	刊本"策将"讹"而为"	文选
答贾谧	蔚彼高藻,如玉之阑	刊本"之阑"作"如兰"	李善《文选注》
赠尚书郎顾彦先	夕息忆重衾	刊本"息"讹"自"	文选

续　表

篇　名	改正后文句	刊本讹误	改正依据
赠顾交趾公真		刊本"真"讹"贞"	文选
赴洛其二	"慷慨遗安豫"注"《五臣》作念"	刊本"悆"讹"念"	五臣注
赴洛道中作其二	顿辔倚嵩岩	刊本"嵩"讹"高"	文选
同上	抚几不能寐	刊本"几"讹"枕"	同上
拟明月何皎皎	离思难常守	刊本"思"讹"虽"	同上
赠潘正叔	振缨曾城阿	刊本"缨"讹"终"	古诗纪

从上表可以看出：

（一）四库馆臣依据《文选》《晋书》《艺文类聚》《赋汇》《广韵》《西晋文纪》等资料对收入《四库全书》本《汉魏六朝百三家集》所收《陆机集》认真做了可贵的校勘考证工作。

（二）这些校勘成果，主要是对讹误文字的订正，也有对衍、脱文字的增删，对于完善陆机诗文集的文本具有不容忽视的价值。

笔者以这些校勘成果与《影印文渊阁四库全书》和《影印摛藻堂四库全书荟要》中收录的《陆机集》相校，发现有些校勘成果尚未得到采用，我们今天利用这些文献时，不可不察。

四

通过以上讨论显然可以看出，无论是刻本还是四库缮录本《汉魏六朝百三家集》中收录的《陆机集》，其底本都不是直接依据明正德十四年陆元大刻《晋二俊先生文集》覆宋本《陆士衡文集》。如上文第一部分所述，陆机的诗文集有十卷本、八卷本、二卷本三个系统的文本。十卷本系统的文本所收诗文篇目及编次已如本文第二部分的表格所示，八卷本系统只有张燮编《七十二家集》一种，其所收诗文篇目及编次是怎样的面目呢？笔者将它与二卷本做了比勘，两者之间的密切关系非常清楚。请看下表3：

表3 《七十二家集》本《陆平原集》与《汉魏六朝百三名家集》本《陆机集》篇目对照表

体 裁	陆平原集八卷（《七十二家集》本）	体 裁	陆机集二卷（四库收《汉魏六朝百三名家集》本）
赋	卷一 赋： 文赋 遂志赋 祖德赋 述先赋 思亲赋 别赋 怀土赋 思归赋 行思赋 感时赋 叹逝赋 愍思赋 述思赋 大暮赋 感丘赋 又 卷二 赋： 列仙赋 凌霄赋 幽人赋 应嘉赋 豪士赋 浮云赋 白云赋 鼓吹赋 又 漏刻赋 羽扇赋 桑赋 瓜赋 鳖赋（赋共30篇）	赋	卷四十八 赋： 文赋 遂志赋 祖德赋 述先赋 思亲赋 别赋 怀土赋 思归赋 行思赋 感时赋 叹逝赋 愍思赋 述思赋 大暮赋 感丘赋 又 列仙赋 凌霄赋 幽人赋 应嘉赋 豪士赋 浮云赋 白云赋 鼓吹赋 又 漏刻赋 羽扇赋 桑赋 瓜赋 鳖赋（赋共30篇）
乐府	卷三 乐府： 短歌行 秋胡行 陇西行 日出东南隅行 挽歌三首 长歌行 君子行	文	（续上 卷四十八）表 笺 书 七 连珠 论 议 颂 赞 箴 策文 传 碑 诔 吊文 哀辞： 谢平原内史表 荐贺循郭讷表

续表

体裁	陆平原集八卷（《七十二家集》本）	体裁	陆机集二卷（四库收《汉魏六朝百三名家集》本）
诗	从军行 苦寒行 豫章行 长安有狭邪行 塘上行 折杨柳行 饮马长城窟行 门有车马客行 棹歌行 太山吟 梁甫吟 东武吟行 班婕妤 驾言出北阙行 君子有所思行 悲哉行 齐讴行 吴趋行 前缓声歌 吴趋行 饮酒乐 董桃行 上留田行 饮酒乐 燕歌行 猛虎行 鞠歌行 顺东西门行 日重光行 月重轮行 百年歌十首（乐府49首） 卷四 诗： 皇太子宴玄圃宣猷堂有令赋诗 皇太子赐燕诗 赠冯文熊迁斥丘令八章 答贾谧十一章有序 赠弟士龙十章有序 赠潘尼 赠潘尼 赠冯文黑 于承明作与弟士龙 赠弟士龙 赠尚书郎顾彦先二首 赠顾交趾公贞 答张士然 赠从兄车骑 为顾彦先赠妇二首 为陆思远妇作 为周夫人赠车骑 祖道毕雍孙刘边仲潘正叔赴洛二首 赴洛道中作二首 吴王	乐府	见原后谢表 荐张畅表 与赵王伦荐戴渊笺 同前 至洛与成都王颖笺 与弟云书四首 七征 演连珠五十首 五等诸侯论 辨亡论上 辨亡论下 大田议 汉高祖功臣颂 孔子赞 王子乔赞 丞相箴 策秀才文六首 顾谭传 晋平西将军孝侯周处碑 吴大帝诔 愍怀太子诔 吴大司马陆公诔 吴贞献处士陆君诔 吊魏武帝文 吊蔡邕文 吴大司马陆公少女哀辞（文共85篇） 卷四十九 乐府： 短歌行 秋胡行 陇西行 日出东南隅行 挽歌三首 长歌行 君子行 从军行 苦寒行 豫章行 长安有狭邪行 塘上行 折杨柳行 饮马长城窟行 门有车马客行 棹歌行 太山吟 梁甫吟 东武吟行 班婕妤 驾言出北阙行 君子有所思行 悲哉行 齐讴行 吴趋行 前缓声歌 吴趋行 饮酒乐 董桃行 上留田行 饮酒乐 燕歌行 猛虎行 鞠歌行 顺东西门行 日重光行

《四库全书》中所收的陆机诗文集   165

续 表

体裁	陆平原集八卷（《七十二家集》本）	体裁	陆机集二卷（四库收《汉魏六朝百三名家集》本）
文	郎中时从梁陈作　拟行行重行行　拟今日良宴会　拟迢迢牵牛星　拟涉江采芙蓉　拟青青河畔草　拟明月何皎皎　拟兰若生朝阳　拟青青陵上柏　拟东城一何高　拟西北有高楼　拟庭中有奇树　拟明月皎夜光　招隐诗　遨游出西城　园葵诗二首　赠波丘令冯文罴　赠顾彦先　赠纪士　赠潘正叔　招隐二首　尸乡亭　三月三日　春咏　咏老　讲汉书诗　秋咏　失题二首（诗共55首） 卷五　表笺书七连珠： 谢平原内史表　荐贺循郭讷表　见原后谢表　荐张畅表　与赵王伦荐戴渊笺　同前　至洛与成都王颖笺　与弟云书四首　七征　演连珠五十首 卷六　论议： 五等诸侯论　辨亡论上　辨亡论下　大田议 卷七　颂赞箴策文传： 汉高祖功臣颂　孔子赞　王子乔赞　丞相箴　策秀	诗	月重轮行　百年歌十首（乐府49首） （续上 卷四十九）诗： 皇太子宴玄圃宣猷堂有令赋诗　皇太子赐燕诗　赠冯文熊迁斥丘令八章　答贾谧十一章有序　赠弟士龙十章有序　赠潘尼　赠潘尼　赠冯文罴　于承明作与弟士龙　赠弟士龙　赠尚书郎顾彦先二首　赠顾交趾公贞　答张士然　赠从兄车骑　为顾彦先赠妇二首　为陆思远妇作　为周夫人赠车骑　祖道毕雍孙刘边仲潘正叔　赴洛二首　赴洛道中作二首　吴王郎中时从梁陈作　拟行行重行行　拟今日良宴会　拟迢迢牵牛星　拟涉江采芙蓉　拟青青河畔草　拟明月何皎皎　拟兰若生朝阳　拟青青陵上柏　拟东城一何高　拟西北有高楼　拟庭中有奇树　拟明月皎夜光　招隐诗　遨游出西城　园葵诗二首　赠波丘令冯文罴　赠顾彦先　赠纪士　赠潘正叔　招隐二首　尸乡亭　三月三日　春咏　咏老　讲汉书诗　秋

续 表

体 裁	陆平原集八卷 (《七十二家集》本)	体 裁	陆机集二卷(四库收《汉魏六朝百三名家集》本)
	才文六首　顾谭传 卷八　碑诔吊文哀辞：晋平西将军孝侯周处碑　吴大帝诔　愍怀太子诔　吴大司马陆公诔　吴贞献处士陆君诔　吊魏武帝文　吊蔡邕文　吴大司马陆公少女哀辞(文共85篇) 附录： 陆机传(唐太宗)　酬皮袭美(唐陆龟蒙)　陆平原宅(宋唐询)　陆平原宅(宋王安石)　昆山(宋王安石)　遗事　集评　纠谬(晋刘处士参妻王氏夫人诔)	咏	失题二首(诗共55首) 无附录

上表清楚地表明两种版本的异同点：

（一）两种版本编纂体例有别，一为八卷，将赋分作两卷，列于第一卷、第二卷，次将乐府列为第三卷，再将诗列为第四卷，最后将各体文分作四卷，列于第五、六、七、八卷；一为两卷，将赋与各体文合为一卷，将乐府与诗合为一卷。

前者有附录诗文数篇，后者无附录[①]。

（二）两种版本实际所收诗文篇目全同，包括表中用黑体标示

---

① 明刻本《汉魏六朝百三家集》中的《陆平原集》卷末附有《本传》一篇。

的那些比正德本多出的诗文篇目,也完全一致。

（三）两种版本所收诗文除了各个体裁的编次整体发生移位外,作为个体的诗文在该体裁中的编次则完全一致。

以（二）（三）两点,结合上文第二部分关于《四库全书》本《汉魏六朝百三家集》的论述,足以说明:《汉魏六朝百三家集》中所收的《陆平原集》,其依据底本为稍早于它问世的张燮辑《七十二家集》中的《陆平原集》,只不过按照《汉魏六朝百三家集》先列赋,次列文,后列诗的体例,将前者所收陆机诗文的各个体材整体移位,重新编次为两卷。正如四库馆臣所论断:"自张燮辑《七十二家集》,而汉魏六朝之遗集汇于一编。溥以张氏书为根柢。"

五

如上所述,《四库全书》明明收录了陆机诗文集,而且是一种较完善的文本,为什么却给后人造成未收的假象呢？

让我们先从四库馆臣对丛书的认知来考察。

"《隋书·经籍志》载《地理书》一百四十九卷,《录》一卷,注曰:'陆澄合《山海经》以来一百六十家,以为此书……又载《地记》二百五十二卷,注曰:'梁任昉增陆澄之书八十四家,以为此记。'"[①]目此二书为"丛书之祖"。至明末清初,编刊丛书蔚为风气,各种丛书大量问世,然而良莠不齐。"明自万历以后,诈伪繁兴,所纂丛书往

[①] 《四库全书总目》卷一百二十三子部三十三杂家类七,上海古籍出版社影印文渊阁本。

往改头换面，不可究诘。"①"古书一经其点窜，并庸恶陋劣，使人厌观。"②

　　四库馆臣无疑认识到大量丛书存在这一事实，但对之非常鄙薄，从而影响了对丛书概念的深入认知。对于《俨山外集》《少室山房笔丛》《钝吟杂录》《格致丛书》《玄海类编》《昭代丛书》《津逮秘书》等汇编丛书，认为："至明而卷帙益繁，《明史·艺文志》无类可归，附之类书，究非其宜。当入之杂家，于义为允。"③便归入子部杂家类"杂编"或"杂纂"之属④。对于类编丛书，有的有意识地归入相应类目，如将《碧溪丛书》归入史部杂史类中，认为："此编以八书为一帙，应从丛书之例入之杂编。然杂编之名为不名一家者立也，此八种皆史之流别，故仍入之杂史类焉。"⑤而对有的类编丛书则不加任何按语，直接混编于相应类别中。《汉魏六朝百三名家集》无疑是类编丛书，四库馆臣径将此书编入集部总集类，与《文选》《玉台新咏》《唐文粹》《西昆酬唱集》《乐府诗集》《全唐诗》《明文衡》等书混编于一起。"至明季以后受编纂丛书风气之影响，有心者往往汇刻诸家诗文别集，刊行巨帙，实已失总集类之精神而独具丛书之实质，但四库馆臣却将这类图书全部隶入集部总集类。"⑥

---

①　《四库全书总目》卷二百集部五十三词曲类存目。
②　同上书，卷一百三十四子部四十四杂家类存目十一。
③　同上书，卷一百二十三子部三十三杂家类七，上海古籍出版社影印文渊阁本。
④　"丛书常涉及经、史、子、集四部内容，本难在四部中立类，但四库馆臣囿于'四部分类乃古今不易之法'的观念，勉强在子部杂家中辟设二级类目'杂编之属'来收容丛书，然而馆臣对丛书义界的不明确，致令部分丛书又归入杂家类'杂纂之属'。"（吴哲夫《四库全书馆臣处理丛书方法之研究》，《故宫学术季刊》第十七卷第二册）
⑤　《四库全书总目》卷五十二史部八杂史类存目一，上海古籍出版社影印文渊阁本。
⑥　吴哲夫《四库全书馆臣处理丛书方法之研究》，《故宫学术季刊》第十七卷第二册。

由于四库馆臣对丛书的认知尚未成熟，在编纂《四库全书》中，措置同属于丛书性质的图书时便产生了混乱现象。不论是编刊于南宋庆元年间的《晋二俊文集》，还是编刊于晚明的《七十二家集》《汉魏六朝百三家集》《汉魏诸名家集》，无疑都是丛书。陆机、陆云兄弟二人的诗文集，自宋至清乾隆间编纂《四库全书》之前，除了诗选或文选之外，都是以这些丛书的面目而流播。而四库馆臣将《晋二俊文集》丛书本《陆士龙集》十卷收录于集部别集类中，而将陆机的诗文集付之阙如，原因之一或许是因为当时未能搜罗到明正德十四年刊《晋二俊文集》本《陆士衡文集》①。但《晋二俊文集》与《汉魏六朝百三家集》同属于性质相同的一类图书，只不过前者规模较小、后者规模较大而已。今天的古籍目录大都已经清楚地将二者同视为丛书，列入相应的位置。例如《中国丛书综录》，就是将二者同列入类编集类。

　　或许有人会认为，既然《汉魏六朝百三家集》中收录有陆机的诗文集，《四库全书》又将之收录于集部总集类中了，就没有必要再于别集中重复收录陆机的诗文集。此种认识看似有理，而实际上却要面对一个悖论问题。《汉魏六朝百三家集》中也收录了《陆云集》二卷，笔者经与《四库全书》集部别集类所收《陆士龙集》十卷比勘，发觉这两种版本所收陆云的诗文篇目是一致的。如此一来，《四库全书》既于集部总集类收录了《汉魏六朝百三家集》，也不应该再于别集类收录《陆士龙集》了。

---

① 吴慰祖校订《四库采进书目》（北京：商务印书馆，1960年）载《两江第一次书目》："陆平原集（二卷），晋陆机著，二本；《陆清河集》（二卷），晋陆云著，二本。"《编修励第一次至六次交出书目》："陆士龙集（十卷），晋陆云著，一本。"

其次，在当时的历史条件下，编纂《四库全书》无疑是一个庞大工程，先后在四库馆任职的官员达三百六十多人，誊录人员约三千八百多人，①尽管有乾隆皇帝亲自挂帅，对馆臣严令苛责，软硬兼施，但在局部出现一些有意无意的疏忽，怕是难以避免的。编纂《四库全书》所用图书一万五千多种，当时各地进呈的图书只是其中的一大部分，还有相当一部分用的是武英殿书库之藏书，即所谓"内府藏本"。就陆机的诗文集而言，从现存的各种采集书目考察，只能查到《两江第一次书目》中有《陆平原集》二卷，此书当然是两江官员采进，它当是《汉魏六朝百三家集》所收的两卷本。笔者在《四库全书考证》卷九十五的校记中发现四库馆臣在校勘《汉魏六朝百三家集》中的《陆平原集》时，有这样一条校记："《吴贞献处士陆君诔》：'我闻有命'，刊本'闻'讹'开'，据汪士贤校本改。"此处所言的"汪士贤校本"，当即本文第一部分所述的明万历时编刊的《汉魏诸名家集》《汉魏六朝二十一名家集》两部丛书中所收的十卷本《陆士衡集》。这条材料足以证明，四库馆臣是搜罗到十卷本《陆士衡集》的。也许是当时的地方官员实际进呈有此书而现存的进呈书目未能反映出来，也许是武英殿库房藏书。

试想，如果四库馆臣对丛书的认知再清晰一些，在处理陆机诗文集时，负责纂修的各官员之间的协调工作再做得好一些，校勘工作再做得细致一些，一定会发觉《汉魏六朝百三家集》中的两卷《陆平原集》是一种较完备的文本，从而依收录《陆士龙集》之例把它收

---

① 参见吴哲夫《四库全书纂修之研究》，台北"故宫博物院"，1990年；黄爱平《四库全书纂修研究》，北京：中国人民大学出版社，1989年。

进集部别集类中,或者收录汪士贤校十卷本《陆士衡集》,而不至于造成《四库全书》实际收录了陆机诗文集的一种较完备文本,而让后世认为未收的假象。

(原载《薪火学刊》第七卷,复旦大学出版社,2021年)

《四库全书总目》著录的
上海明代文学文献

今天的上海在明代版图上,大体相当于南直隶松江府辖下的华亭、上海、青浦三县,和先后隶属于苏州府、太仓州的嘉定、崇明二县。梳理清朝乾隆年间所编《四库全书总目》著录该地区明代著者(含流寓、仕宦)撰写、编纂、评注的文学著作的情况,可以从一个视角考见该地区文学的概貌,本文即试以文献学方法作此梳理考察。①

一

《四库全书总目》共著录书籍10 200余种,收入《四库全书》的3 400余种,列入存目的近6 800种。其中著录了上海地区著者(含流寓、仕宦)撰著、编纂的各类著作350余种。这一数字看似不大,而就其地域广狭而言,其实是一个在全国处于领先地位的数字。笔者搜集到现当代研究者揭示的部分省份被著录著作的情况,如下表1所示:

---

① 《四库全书总目》有殿本、浙本、粤本三种版本系统,本文所据为殿本。

表 1 《四库全书总目》著录的部分省份的著述①

省份	收入	存目	合计	依　　据
浙江	732	1 505	2 237	四库著录浙江先哲遗书目②
江西	362	566	928	四库著录江西先哲遗书抄目③
福建			734	四库全书闽人著作提要④
安徽	289	432	721	《四库全书总目》中的安徽巡抚采进本和皖人著述⑤
山东			546	清修《四库全书》与山东古代著述⑥
河南			354	清修《四库全书》河南采进本与禁毁书研究⑦
湖北	91	201	292	四库湖北先正遗书提要、四库湖北先正遗书存目⑧
河北	79	183	262	四库著录河北先哲遗书辑目⑨
山西	93	123	216	四库著录山西先正遗书辑目⑩
甘肃	18	40	58	《四库全书》甘肃籍作者著作辑录⑪

---

① 此表数字当有因研究者选择标准不一而产生的误差。
② 毛春翔著,《文澜学报》1936年第1期。
③ 胡思敬辑,影印民国《豫章丛书》本,上海:上海书店出版社,1994年。
④ 朱维干纂辑,李瑞良增辑,福州:福建人民出版社,2001年。
⑤ 张瑞芬著,汪受宽指导,兰州大学硕士学位论文,2011年。
⑥ 高晓燕著,汪受宽指导,兰州大学硕士学位论文,2007年。
⑦ 高远著,汪受宽指导,兰州大学硕士学位论文,2007年。
⑧ 卢靖、卢弼编,台北广文书局有限公司《书目丛编》本,1998年。
⑨ 冷衷编,凤凰出版社《近代专题文献目录汇刊》本,2014年。
⑩ 陈监先著,卫聚贤主编《说文月刊》第二卷合编本,1940—1941年。
⑪ 徐亮、周晓聪著,《兰州教育学院学报》2005年第4期。

以今日所辖行政区域回溯，与上表中的各省份相较，在清代乾隆年间编纂《四库全书》以前，上海所辖区域仅分别是其十几分之一或二十几分之一，而《四库全书总目》著录的书籍总量却超过湖北、河北、山西，而与河南相当。

二

《四库全书总目》著录的上海350余种各类著述，约70%集中在明代。这70%中有文学文献90余种，其中19种被收入《四库全书》，70余种被存目予以著录，详见下表2、表3。

表2 《四库全书总目》正目著录的上海明代文学著作

序号	县籍	著者	书名	《总目》类目	《四库全书》类目
1	华亭寓贤	陶宗仪	南村诗集四卷	集部二十二别集类二十二	集部六别集类五
2	同上	陶宗仪	说郛一百二十卷	子部三十三杂家类七	子部十杂家类五杂纂之属
3	同上	陶宗仪	辍耕录三十卷	子部五十一小说家类二	子部十二小说家类一杂事之属
4	华亭	管时敏	蚓窍集十卷	集部二十二别集类二十二	集部六别集类五
5	华亭	袁凯	海叟集四卷	集部二十二别集类二十二	集部六别集类五
6	华亭	徐阶编	岳武穆遗文一卷	集部十一别集类十一	集部四别集类三

续　表

序号	县籍	著者	书名	《总目》类目	《四库全书》类目
7	华亭	顾清	东江家藏集四十二卷	集部二十四别集类二十四	集部六别集类五
8	华亭	孙承恩	瀼溪草堂稿五十八卷	集部二十五别集类二十五	集部六别集类五
9	华亭	张弼等评点	清风亭稿七卷①	集部二十三别集类二十三	集部六别集类五
10	华亭	安盘	颐山诗话二卷	集部四十九诗文评类二	集部九诗文评类
11	华亭	何良俊	何氏语林三十卷	子部五十一小说家类二	子部十二小说家类一杂事之属
12	上海	董纪	西郊笑端集一卷	集部二十二别集类二十二	集部六别集类五
13	上海	陆深	俨山集一百卷续集十卷	集部二十四别集类二十四	集部六别集类五
14	上海	陆楫	古今说海一百四十二卷	子部三十三杂家类七	子部十杂家类六杂编之属
15	嘉定	王彝	王常宗集四卷补遗一卷续补遗一卷	集部二十二别集类二十二	集部六别集类五
16	嘉定寓贤	归有光	震川文集三十卷别集十卷	集部二十五别集类二十五	集部六别集类五

---

①　《清风亭稿》，明代江西鄱阳人童轩著，李澄编，刘玥、张弼评。《四库全书总目》卷一百七十："此本第一卷为骚赋，自二卷至七卷皆诗，其门人李澄所编，而刘玥、张弼评之。"张弼为明代天顺、成化时华亭人。

续表

序号	县籍	著者	书名	《总目》类目	《四库全书》类目
17	嘉定	李流芳	檀园集十二卷	集部二十五别集类二十五	集部六别集类五
18	嘉定	娄坚	学古绪言二十五卷	集部二十五别集类二十五	集部六别集类五
19	嘉定	黄淳耀	陶庵全集二十二卷	集部二十五别集类二十五	集部六别集类五

表3　《四库全书总目》存目著录的上海明代文学著作

序号	县籍	著者	书名卷数	类别	现存主要版本
1	华亭	唐汝谔	古诗解二十四卷	集部四十六总集类存目三	明崇祯间李潮刻本（复旦）
2	华亭	陈继儒	见闻录八卷	子部五十三小说家类存目一	明万历沈氏刻本（首都）①
3	华亭	陈继儒	太平清话四卷	子部五十三小说家类存目一	未见
4	华亭	陈继儒	古文品外录十二卷	集部四十六总集类存目三	明天启五年朱蔚然刻本（中科院、上图、津图、浙图）
5	华亭	陈继儒	古论大观四十卷	集部四十六总集类存目三	明刻本（中科院、山东、南图）②

---

① 此本为两卷。
② 此本题名为《新刊陈眉公先生精选古论大观》。

续 表

序号	县籍	著者	书名卷数	类别	现存主要版本
6	华亭	陈继儒	秦汉文脍五卷	集部四十六总集类存目三	明邹彦章刻本（河南）①
7	华亭	陈继儒	畲山诗话三卷	集部五十诗文评类存目	学海类编本
8	华亭	徐阶编	岳庙集四卷	史部十六传记类存目二	未见
9	华亭	张弼	东海文集五卷	集部二十八别集类存目二	明正德十三年华亭张弘至刻本（国图、北大、湖北）②
10	华亭	徐阶	世经堂集二十六卷	集部三十别集类存目四	明万历间徐氏刻本［上图（配清抄本）、浙图］
11	华亭	徐阶	少湖文集七卷	集部三十别集类存目四	明嘉靖十三年延平刻本（台图），明嘉靖三十六年宿应麟刻本（国图、上图、南图）
12	华亭	徐献忠	长谷集十五卷	集部三十别集类存目四	明嘉靖四十四年袁汝是松江刻本（台图），明刻本（国图）

① 此本题名为《先秦两汉文脍》。
② 此本题名为《张东海先生诗集四卷文集五卷》。《四库全书总目》未著录诗集四卷，当是未征集到所致。

续　表

序号	县籍	著者	书名卷数	类别	现存主要版本
13	华亭	徐献忠	乐府原十五卷	集部四十五总集类存目二	明嘉靖四十年高应冕刻本（上海），明万历间刻本（北大、上图）
14	华亭	徐献忠编	金石文七卷	集部四十五总集类存目二	未见
15	华亭	徐献忠编	六朝声偶七卷	集部四十五总集类存目二	明华亭徐氏文房刻本（国图、上图、辽宁、台图）
16	华亭	徐献忠编	五十家唐诗	集部四十五总集类存目二	未见
17	华亭	包节	包侍御集六卷	集部三十别集类存目四	明嘉靖三十七年包杞等刻本[国图、北大（存卷一至四）]
18	华亭	董其昌	容台文集九卷诗集四卷别集四卷	集部三十二别集类存目六	明崇祯三年华亭董庭刻本（国图、北大、上图、南图等）①
19	华亭	钱福	鹤滩集六卷	集部二十九别集类存目三	明万历三十六年沈思梅居刻本（国图）
20	华亭	张之象编	楚骚绮语六卷	子部四十八类书类存目二	万历凌氏刻文林绮绣本

---

① 另有《容台文集》十卷《诗集》四卷《别集》六卷，明崇祯八年叶有声闽南刻本，藏上图、浙图。

续 表

序号	县籍	著者	书名卷数	类别	现存主要版本
21	华亭	张之象编	彤管新编八卷	集部四十五总集类存目二	明嘉靖三十三年魏留耘刻本（国图、中科院、上图），明万历二十五年茅文耀刻本（上海）
22	华亭	张之象编	唐雅二十六卷	集部四十五总集类存目二	明嘉靖二十年长水书院刻本（中科院、浙图），明嘉靖三十一年无锡县刻本（国图、北大、上图、南图、浙图）①
23	华亭	张之象编	唐诗类苑二百卷	集部四十五总集类存目二	明万历二十九年曹仁孙刻本（上图、南图、北大、复旦等）
24	华亭	张之象编	古诗类苑一百二十卷	集部四十五总集类存目二	明万历三十年俞显谟王颎陈甲刻本（国图、北大、上图、复旦、南图）
25	华亭	张之象	楚范六卷	集部五十诗文评类存目	明刻本（社科院文学所、湖南师大）
26	华亭	莫是龙	石秀斋集十卷	集部三十三别集类存目七	明万历三十一年潘焕宸刻本（南京）②

① 另有明万历间吴勉学刻本二十一卷本，藏国图、北大、上图等馆。
② 《刻莫廷韩遗稿》十六卷，明万历三十七年沈氏梅居刻本（北大），收录莫是龙诗文较全，另有《小雅堂集》八卷，明崇祯五年莫后昌、莫远刻本（国图），《四库全书总目》均未著录，当是因当时未征集到。

续 表

序号	县籍	著者	书名卷数	类别	现存主要版本
27	华亭	沈恺	环溪集六卷	集部三十别集类存目四	未见①
28	华亭	周思兼	周叔夜集十一卷	集部三十别集类存目四	明万历十年华亭周氏刻本(国图、上图)②
29	华亭	何良俊	世说新语补四卷	子部五十三小说家类存目一	万历间刻本、明凌蒙初刻本等③
30	华亭	何良俊	四友斋丛说三十八卷	子部三十七杂家类存目四	明隆庆三年华亭何氏刻本(台图),明万历七年刻本(国图、北大、上图等)
31	华亭	何良俊	何翰林集二十二卷	集部三十一别集类存目五	明嘉靖四十四年华亭何氏香严精舍刻本(中科院、南图)
32	华亭	李绍文	明世说新语八卷	子部五十三小说家类存目一	明万历间刻本、明刻本(南图、中科院)
33	华亭	孙道易	东园客谈一卷	子部五十三小说家类存目一	未见
34	华亭寓贤	陶宗仪	沧浪棹歌一卷	集部二十八别集类存目二	清嘉庆间顾修辑《读书斋丛书》本

① 沈恺著有《环溪集》二十六卷,明隆庆五年至万历二年沈绍祖递刻本(国图),《四库全书总目》因未征集到而未能著录。
② 此本题名为《周叔夜先生集》。
③ 此书版本较复杂,现存明刻本即有数种,但皆非单行刻本,而是与《世说新语》相辅而刊行。

续 表

序号	县籍	著者	书名卷数	类别	现存主要版本
35	华亭	袁凯	别本袁海叟诗集四卷	集部二十八别集类存目二	未见①
36	华亭	张悦	定庵集五卷	集部二十八别集类存目二	明弘治十七年刘琬刻本(上图)
37	华亭	张弼	东海文集五卷	集部二十八别集类存目二	明正德十三年华亭张弘至刻本[国图、北大(李盛铎跋)、湖北]②
38	华亭	冯恩	刍荛录二十卷	集部三十别集类存目四	未见
39	华亭	莫如忠	崇兰馆集二十卷	集部三十别集类存目四	明万历十四年冯大受、董其昌等刻本(国图、上图、天津、山东)
40	华亭	张重华	沧沤集八卷	集部三十一别集类存目五	明万历间华亭张氏晴阳堂刻本(中科院、上图)

① 《四库全书总目》卷一百七十八:"《别本袁海叟诗集》四卷,明袁凯撰。凯有全集已著录。此本乃正德元年陆深同李梦阳所删定,而何景明授其门人孙继芳刊于松江,深及梦阳、景明各为之序。其板久佚,今所存者传钞之本也。后有万历己丑王俞跋,已佚其前半,不能考见始末。惟篇终有偶续前刊,辄附数言之语,似乎俞又有所续入。然题下多注'选入《诗综》'字,又似朱彝尊以后之本,非其旧编矣。"

② 此本题名为"张东海先生诗集四卷文集五卷"。《四库全书总目》卷一百七十五:"是集前四卷皆杂文,后一卷皆附录吊挽铭赞之作。考吴钺序,称其子辑录诗文若干卷,则其文原与诗合刻,此本偶佚其半也。"显然因未征集到全本而未著录诗集四卷。另有明正德十年华亭张氏刻《东海张先生文集》八卷本(缺卷五,台图)、明正德十五年书林刘氏日新书堂刻《东海张先生文集》八卷本(中科院)。

续　表

序号	县籍	著　者	书名卷数	类　别	现存主要版本
41	华亭	林景旸	玉恩堂集九卷附录一卷	集部三十二别集类存目六	明万历三十五年林有麟刻本(上图、浙图)
42	华亭	方应选	方众甫集十四卷	集部三十二别集类存目六	明万历间刻本(南图、日本尊经阁)
43	华亭	唐文献	占星堂集十五卷	集部三十二别集类存目六	明万历四十三年唐允执刻本(上图、北大)①
44	华亭	唐汝询	编蓬集十卷后集十五卷	集部三十三别集类存目七	明万历间刻本(国图、上图)②
45	华亭	唐汝询注	唐诗选七卷	集部四十五总集类存目二	明末服古堂刻本(国图)③
46	华亭	唐汝询	唐诗解五十卷	集部四十六总集类存目三	明万历间刻本(国图、清华、吉大、重庆等)
47	华亭	钱　溥	使交录十八卷④	史部二十传记类存目六	未见
48	上海	陆　深	玉堂漫笔三卷	子部五十三小说家类存目一	明嘉靖间陆楫刻《俨山外集》本

① 此本题名为"唐宗伯公文集十六卷"。另有明万历间杨鹤、崔尔进刻《唐文恪公文集十六卷》本(北大)。
② 此本题名为"酉阳山人编蓬集十卷后集十五卷"。
③ 此本题名为"唐诗选汇解七卷首一卷",明李攀龙辑,明钟惺批点,明唐汝询参注,明蒋一葵笺释。
④ 《四库全书总目》卷六十四:"是书乃其天顺六年为翰林院侍读学士时出使安南所作。多载赠答诗文,而其山川形势、土俗人情乃略而不详。"

续　表

序号	县籍	著者	书名卷数	类　别	现存主要版本
49	上海	陆深	金台纪闻二卷	子部五十三小说家类存目一	明嘉靖间陆楫刻《俨山外集》本
50	上海	陆深	春风堂随笔一卷	子部五十三小说家类存目一	明嘉靖间陆楫刻《俨山外集》本
51	上海	陆深	知命录一卷	子部五十三小说家类存目一	明嘉靖二十三年云间陆氏刊《古今说海》本(故宫博物院)
52	上海	陆深	溪山余话一卷	子部五十三小说家类存目一	明嘉靖间陆楫刻《俨山外集》本
53	上海	陆深	愿丰堂漫书一卷	子部五十三小说家类存目一	明嘉靖间陆楫刻《俨山外集》本,明万历刻宝颜堂秘籍本
54	上海	陆深	行远集行远外集	集部二十九别集类存目三	明崇祯十年云间陆起龙刻本(日本内阁文库、傅斯年图)
55	上海	董传策	奇游漫记四卷	史部二十传记类存目六	明万历二十九年刻本(国图)
56	上海	董传策	采薇集四卷幽贞集二卷邕歈集六卷	集部三十一别集类存目五	明万历间云间董氏刻本①

---

　　①　此本题为"董幼海先生全集",《四库全书总目》卷一百七十八:"此三集乃传策以嘉靖戊午遣戍至隆庆丁卯召还前后十年之诗也。《采薇集》为四言、乐府歌行、绝句等体,《幽贞集》为五言古体,《邕歈集》为七言律体。诗多激烈如其为人。案《千顷堂书目》《采薇集》作十四卷,《幽贞集》作十一卷,《邕歈集》作七卷,与此互异。明人集多随作随刊,卷帙无定,未知为此本不完,或黄虞稷误载。又有《廓然子藁》二卷、《蓬庐稿》七卷,此本不载,殆偶佚矣。"显然因未征集到全集而作如此著录与提要。

续 表

序号	县籍	著者	书名卷数	类别	现存主要版本
57	上海	王圻编	稗史汇编一百七十五卷	子部四十二杂家类存目九	明万历间刻本（中科院、上图、华东师大、南图等）
58	上海	王圻	洪洲类稿四卷	集部三十一别集类存目五	未见①
59	上海	吴爱	雪窗诗六卷	集部二十九别集类存目三	未见
60	上海	朱豹	朱福州集六卷	集部二十九别集类存目三	明嘉靖三十一年朱察卿刻本（国图）
61	上海	潘恩	笠江集十二卷	集部三十别集类存目四	明嘉靖间刻本②
62	上海	石英中	石比部集八卷	集部三十别集类存目四	明万历石应魁刻本上海③
63	上海	朱察卿	朱邦宪集十五卷	集部三十一别集类存目五	明万历六年云间朱家法刻本（国图、北大），明云间朱长世等刻本（北大）
64	上海	陈所蕴	竹素堂藏稿十四卷	集部三十二别集类存目六	明万历十九年刻本（残，上图）

① 著者有《王侍御类稿》十六卷，明万历间上海王氏家刊本（台图、台北故宫），《四库全书总目》当因未征集到此本而仅著录《洪洲类稿》四卷。

② 著者有《潘恭定公全集（潘笠江先生集十二卷笠江先生近稿十二卷附集一卷）》，明嘉靖三十四年聂叔颐刻本［台图（存潘笠江先生集十二卷）、台北故宫］及明嘉靖刻万历递修本（天津、南图），《四库全书总目》当是未征集到全集而仅著录《笠江集》十二卷。

③ 此本题为"石见山集"。

续 表

序号	县籍	著者	书名卷数	类别	现存主要版本
65	上海	李伯玙、冯原编	文翰类选大成一百六十三卷	集部四十五总集类存目二	明成化间淮府刻弘治十四年增刻本（国图、上图、台图）
66	上海	顾从义等	荆溪唱和诗一卷	集部四十五总集类存目二	未见
67	上海	王昌会编	诗话类编三十二卷	集部五十诗文评类存目	明万历四十四年武林洪文刻本（国图、北大、中科院、天津、浙大）
68	青浦知县	屠隆	由拳集二十三卷	集部三十二别集类存目六	明万历八年冯梦祯秀水刻本（北大、上图、复旦、南图等）①
69	嘉定	徐学谟	春明稿十四卷	集部三十一别集类存目五	明万历十一年嘉定徐氏刻本（台图）②
70	嘉定	徐学谟	徐氏海隅集四十卷	集部三十一别集类存目五	明万历五年刻四十年嘉定徐元暇重修本（上图、南图、浙图）
71	嘉定	徐学谟	归有园稿二十九卷	集部三十一别集类存目五	明万历二十一年张汝济刻本（南图），明万历二十一年张汝济刻四十年嘉定徐元暇重修本（国图、上图、天津、浙图）

---

① 《四库全书总目》卷一百七十九："时隆方知青浦县，故以'由拳'为名。"

② 此本仅存《春明稿》诗编三卷《填郿续稿》一卷（台图）。《四库全书总目》卷一百七十八："是编皆其以尚书召起再入都时所作，故以'春明'为名。凡文编十卷、诗编三卷、续编一卷。"盖文编十卷已佚。

续　表

序号	县籍	著　者	书名卷数	类　　别	现存主要版本
72	嘉定寓贤	归有光	震川文集初本三十二卷	集部三十一别集类存目五	明万历四年书林翁良瑜雨金堂刻本（国图、北大、上图、南图等）
73	松江知府	方岳贡辑	国玮集六十一卷	集部四十六总集类存目三	明刻本①

上述两表所列 92 种著作，只是一个接近实际情况的数字，无疑会有因研究者的文学观念、选录标准等不同而产生的差异。如对于寓贤、仕宦的文学著作，两表仅选录其著作权无异议而可以确定成书于上海地区或其著作中所收诗文多成于上海地区者，因而于屠隆，仅录其《由拳集》，不录《白榆集》《翰墨选注》等，于归有光，仅录其《震川文集》，不录《文章指南》《诸子汇函》等。

三

《四库全书总目》是我国目录学史上的巅峰之作，就其成就而言，可谓前无古人，后启来者。但它毕竟是代表着清代官方意志的一部目录学著作，其缺陷也如同其成就一样突出。它著录的上海

---

①　《四库全书总目》卷一百九十三："是编乃其官松江府知府时所刻，故徐孚远、李雯、陈子龙、宋徵璧共为校雠，而张采为之序，皆松江人也。据其凡例，盖所录自秦汉以迄南宋，即《公羊》《穀梁》二传及陆贾《新语》、贾谊《新书》、桓宽《盐铁论》诸子书，班、范以下诸史赞亦皆摘抄，而此本仅有唐文二十八卷，宋文三十三卷，殆刊刻未全之本，或有所散佚欤？"现存明刻一百七十四卷本（浙图、湖北），显然当时未能征集到全本。

明代文学著作明显地呈现出如下特色：

（一）上海明代名家撰写、编纂、评注的重要文学著述，多数已被著录。

四库馆臣选择上海明代名家撰写、编纂的重要文学著述分别在正目或存目中予以著录，可谓眼光如炬，惠人良多。例如：明初"格力遒健，实虞、杨、范、揭之后劲……明初固屹然一巨手"的寓贤陶宗仪的多部著作，"其文大致淳谨，诗亦尚不失风格"的王彝的别集，"何景明序谓明初诗人以凯为冠，……驰骋于高启诸人之间，亦各有短长，互相胜负"的袁凯的别集，所作"舂容淡雅，多近唐音"的管时敏的别集；明中期其诗文"和平典雅"的陆深的多部著作，"其诗清新婉丽，天趣盎然，文章简炼醇雅，自娴法律。……在茶陵一派之中亦挺然翘楚"的顾清的别集，使"学者知由韩、柳、欧、苏沿洄以溯秦汉者"的寓贤归有光的多部著作，明后期"恪守先正之典型，步步趋趋，词归雅洁，二百余年之中，斯亦晚秀"的李流芳的别集，"和平安雅，能以真朴胜人"的娄坚的别集，"文章和平温厚，矩矱先民，诗亦浑雅天成，绝无懦响"的黄淳耀的别集。①

（二）所著录流寓作家的著述影响较大。

陶宗仪，字九成，号南村，原籍浙江黄岩。工诗文，善书画，学识渊博。元末兵起，避乱松江华亭。洪武间曾任教官，永乐间终老于华亭。一生著述宏富，《四库全书总目》著录其著作 8 部，其中 5 部被收入《四库全书》。四库馆臣称誉其诗文"格力遒健，实虞、杨、范、揭之后劲……明初固屹然一巨手"。其《说郛》是汇集秦汉至宋

---

① 本段引文皆引自《四库全书总目》。

元名家作品，包括诸子百家、各种笔记、诗话、文论的一部影响颇大的丛书。四库馆臣曰："古书之不传于今者，断简残编，往往而在，佚文琐事，时有征焉，固亦考证之渊海也。"杨维桢序曰："学者得是书，开所闻、扩所见者多矣。"胡应麟说："宋元间小说，陶氏《说郛》尚数百种，今全书存者第《桯史》《笔谈》百余家而已，余大半湮没矣。"(《少室山房笔丛》卷十九《二酉缀遗上》)其《辍耕录》也是一部具有很高史料价值和学术价值的笔记小说类著作，记录了宋元时期的典章制度、掌故，以及小说、戏剧、诗词、书画等方面的资料。

归有光，字熙甫，号震川，原籍昆山。屡试不第，嘉靖二十年36岁时卜居嘉定安亭。嘉靖四十四年60岁始成进士，历长兴知县、顺德通判、南京太仆寺丞，入掌内阁制敕房，与修《世宗实录》，66岁卒于京。归有光文名甚著，与唐顺之、王慎中并称为嘉靖三大家。其古文造诣很深，影响巨大，时人有称之为"今之欧阳子"者，后人有誉之为明文第一者。《四库全书总目》著录其著作7种，其中《震川文集》《三吴水利录》收入《四库全书》。

（三）因为政治、文学观念、未征集到等原因，部分文学名家的著述未予著录。

1. 因触犯清廷忌讳而被禁毁不予著录者

陈子龙，字卧子，号大樽，明代松江华亭人。他是晚明重要作家，主盟云间派，有"明诗殿军"之誉。四库馆臣也说："明之末年，中原云扰，而江以南文社乃极盛。其最著者，艾南英倡豫章社，衍归有光等之说而畅其流；陈子龙倡几社，承王世贞等之说而涤其滥。"[①]

---

① 《四库全书总目》卷一百八十九《汉魏六朝一百三家集》提要。

《四库全书总目》中多次引用陈子龙的文学观点,如在《华全集》的提要中说:"陈子龙《明诗选》则曰:尚书才情甚富,能于沉稳处见其流丽,声价在昌谷之下、君采之上。……三人所论,当以子龙为持平矣。"又如《常平事集》提要:"王世贞谓其诗如沙儿驹骄嘶自赏,未谐步骤;陈子龙则谓其气骨高朗,颇能自运。今观是编,合二人之论,乃为定评。"但是陈子龙的几部文学著作却因触犯清廷忌讳而被禁毁,如《皇明诗选》①、《陈大樽稿》②、《皇明经世编》③。

他如陈继儒的《晚香堂集》、《晚香堂小品》④、《陈眉公集》⑤,宋楙澄的《九钥集》、《续集》⑥,唐时升的《三易集》⑦,程嘉燧的《偈庵集》⑧,若非触犯禁忌,似应予以著录。

---

① 乾隆五十一年四月十三日《安徽巡抚臣书麟跪奏为查缴应禁各书仰祈睿鉴事》所附清单:"《皇明诗选》一部,十本,全,明陈子龙选。"(《纂修四库全书档案》,上海:上海古籍出版社,1997年)

② 乾隆四十七年十月初七日《湖北巡抚臣姚成烈跪奏为第十一次查缴应禁各书恭折奏闻事》。所附《湖北省第十一次查缴应禁书籍并书板清单》:"《陈大樽稿》三部,刊本,系陈子龙著,吕留良评。"(《纂修四库全书档案》)

③ 乾隆四十二年五月二十日《浙江巡抚三宝谨奏为续获应毁各书恭折奏闻事》所附《续缴触碍书目清单》:"《皇明经世编》二部,刊本,是书明陈子龙辑,华亭人。共五百八卷。汇载明代奏疏,旁加评骘。内有李化龙、王象干等疏,语多触忌。"(《纂修四库全书档案》)

④ 乾隆四十二年五月二十日《浙江巡抚三宝谨奏为续获应毁各书恭折奏闻事》所附《续缴触碍书目清单》:"《晚香堂集》一部,刊本,是书明陈继儒著,系自作杂文,十卷。内有张司马、冯甄甫等传,语有触碍。《晚香堂小品》十二部,刊本,是书明陈继儒著,系自作诗文,二十四卷。"(《纂修四库全书档案》)

⑤ 集中有《建州策》一文,向明朝廷献计献策。文中多有所谓悖逆忌讳文字,如将清朝的"龙兴"说成"夷患",称清朝先祖和清兵为"贼""夷",言女真人习俗"嚼米为酒,醉则溺而盥面"。

⑥ 乾隆四十四年七月初九日《两江总督臣萨载谨奏为续解违碍书籍、板片仰祈圣鉴事》所附清单:"《九钥集》《续集》共二本,明华亭宋楙澄著。此书内《东征纪略》及《遗事》二篇,语多触犯。"(《纂修四库全书档案》)

⑦ 集中两篇序文谈及对付建州(女真)的策略,直称女真为"东夷""蚩尤"。

⑧ 《续修四库全书》影印清光绪本《清代禁毁书目四种·违碍书目》:"程嘉燧逆书《偈庵集》。"

2. 因文学观念未予著录者

《四库全书总目》未著录一部戏曲作品,清廷编纂《四库全书》的年代,官方文学观念依然是诗文为正统,词曲为附庸。《四库全书总目》卷一百九十八词曲小序说:"词、曲二体,在文章技艺之间,厥品颇卑,作者弗贵,特才华之士以绮语相高耳。然《三百篇》变而古诗,古诗变而近体,近体变而词,词变而曲,层累而降,莫知其然。究厥渊源,实亦乐府之余音,风人之末派,其于文苑,尚属附庸,亦未可全斥为俳优也。今酌取往例,附之篇终。……曲则惟录品题论断之词及《中原音韵》,而曲文则不录焉。王圻《续文献通考》以《西厢记》《琵琶记》俱入经籍类中,全失论撰之体裁,不可训也。"

上海地区在明代产生了一批散曲、戏曲作家,著名者有如下三人。

施绍莘,字子野,自号峰泖浪仙,华亭人。吴梅称他为明代散曲"一代之殿"[1],任中敏推他为"昆腔后一大家,明人散曲中之大成者"[2]。《秋水庵花影集》集中收录了其曲词,是明代曲学名著。

范文若,原名景文,字更生,号香令,又号吴侬、荀鸭,上海人。著有《花筵赚》《梦花酣》《鸳鸯棒》等传奇十六种。祁彪佳《远山堂曲品》将《花筵赚》列为传奇"逸品":"洗脱之极,意局皆凌虚而出,具是'语不惊人死不休'。温之痴,谢之颠,此记之空峭,当配之为三。"郑振铎《插图本中国文学史》称其与吴炳、孟称舜"同为临川派的最伟大的剧作家"。

---

[1] 《顾曲麈谈·中国戏曲概论》,上海:上海古籍出版社,2000年。
[2] 任讷编《散曲丛刊》第十一种《花影集》之《〈花影集〉提要》,中华书局仿宋铅印本,1930年。

徐霖,字子仁,号九峰、髯仙,又称徐山人,生于华亭,后移居金陵。填曲富有才情,与陈铎并有"曲坛祭酒"的称号,并与谢承举一起被称为"江东三才子"。著有《绣襦记》等传奇8种,今仅存《绣襦记》。此剧是一部广为流传的戏曲佳作,至今仍被改编搬演。

这三位名家的作品显然是被当时的文学观念摒弃于《四库全书总目》之外。

3. 因未征集到而未著录者

(1)《张东海先生诗集》四卷《文集》五卷,明华亭张弼著,现存世尚有明正德十三年华亭张弘刻本数部(藏国图、北大、湖北等馆)。《四库全书总目》卷一百七十五仅著录文集五卷,其提要说:"是集前四卷,皆杂文,后一卷皆附录吊挽铭赞之作。考吴钺序,称其子辑录诗文若干卷,则其文原与诗合刻,此本偶佚其半也。"显然,当时未能征集到全集。

(2)《刻莫廷韩遗稿》十六卷,明华亭莫是龙著,现存世有明万历三十七年沈氏梅居刻本(藏北大),收录莫是龙诗文较全,《四库全书总目》未著录,当是当时未征集到。《四库全书总目》卷一百八十《石秀斋集》提要云:"是龙书画皆有名,而为诗不屑深思。《明诗综》载有《莫廷韩遗稿》,不著卷数。此本前有传一篇,于是龙平生事迹不甚详备,又无序跋及目录,其末卷亦有阙佚,然《明史·艺文志》云莫是龙《石秀斋集》十卷,与此本合,岂彝尊所见又别一本欤?"

(3)《环溪集》二十六卷,明华亭沈恺撰,现在尚存有明隆庆五年至万历二年沈绍祖递刻本(藏国图)。《四库全书总目》卷一百七十七仅著录《环溪集》六卷,提要云:"是集皆所著杂文,乃其门人任子龙所编。前有徐阶序,题曰《凤峰杂集序》。又有文徵明序,亦题曰《凤峰子诗稿序》。疑今名为后来所追改,而又佚其诗集欤?考《千顷堂书目》,别载《环溪集》二十六卷,则此非其全也。"

(4)《王侍御类稿》十六卷,明上海王圻著,现在尚存有明万历间上海王氏家刊本(藏台图、台北故宫),《四库全书总目》当是因未征集到此本而仅著录《洪洲类稿》四卷。

(5)《潘恭定公全集(潘笠江先生集十二卷笠江先生近稿十二卷附集一卷)》,明上海潘恩著。现在尚存有明嘉靖三十四年聂叔颐刻本[藏台图(存《潘笠江先生集》十二卷)、台北故宫]及明嘉靖刻万历递修本(藏天津、南图),《四库全书总目》当是因未征集到全集而仅著录《笠江集》十二卷。

(6)《国玮集》一百七十四卷,明松江知府方岳贡辑。现在尚存明刻本(藏浙图、湖北)。《四库全书总目》卷一百九十三:"是编乃其官松江府知府时所刻,故徐孚远、李雯、陈子龙、宋徵璧共为校雠,而张采为之序,皆松江人也。据其凡例盖所录自秦汉以迄南宋,即《公羊》《穀梁》二传及陆贾《新语》、贾谊《新书》、桓宽《盐铁论》诸子书,班、范以下诸史赞亦皆摘抄,而此本仅有唐文二十八卷、宋文三十三卷,殆刊刻未全之本,或有所散佚欤?"显然当时未能征集到全本而仅著录六十一卷。

(原载《嘉定文派与明代诗文研究论集》,
上海古籍出版社,2015年)

上海地方文献研究的新收获

——《上海历代著述总目》概述

一、缘　　起

　　一个多世纪以来，上海作为一个国际大都市矗立于世界的东方。当我们从文献学的视角审视其历史时，会发现它（以现行政区域回溯）不仅仅是一般人心目中的近代新兴的魔都。其文化源头可以追溯至数千年前的马家浜文化、崧泽文化和良渚文化。

　　至西晋时期，一代文学名家的陆机、陆云兄弟开启了上海著述的精彩序幕。

　　元末明初，产生了一些颇有影响的著述。如文学名家袁凯（本籍）著有《海叟集》，王彝（本籍）著有《王常宗集》，文学大家杨维祯（寓贤）著有《铁崖古乐府》《复古诗集》等，著名学者陶宗仪（寓贤）著有《南村辍耕录》《说郛》等。

　　明代中期，随着社会经济的发展，这一地区进入了教育与文化繁荣的时代，产生了一大批名家与名著，如文学家、书法家张弼著有《张东海先生集》，文学家、学者陆深著有《俨山集》《俨山外集》等，文学家、名宦顾清著有《东江家藏集》《松江府志》等，学者王圻著有《续文献通考》《三才图会》等，文学家归有光（寓贤）著有《震川文集》等，何良俊著有《四友斋丛说》等。

晚明时期，名家名著涌现，声名远播。如书法家、名宦董其昌著有《画禅室随笔》《容台集》等；文学家陈子龙著有《安雅堂稿》《陈忠裕公全集》，编有《皇明经世文编》等；文学家、书画家陈继儒著有《陈眉公全集》；文学家"嘉定四先生"程嘉燧（寓贤）、唐时升、李流芳、娄坚著有《嘉定四先生集》（谢三宾合刊）等；农学家、名宦徐光启著有《农政全书》，译有《几何原本》《泰西水法》等。

进入清代，著者激增，大家辈出，巨著叠现。中前期，史学家王鸿绪与张玉书（江苏人）等共纂《明史》，自纂有《明史稿》；陆锡熊任《四库全书》总纂官，与纪昀（河北人）等共纂《四库全书》；史学、汉学大家钱大昕、王鸣盛分别撰有《廿二史考异》《十七史商榷》等考史名著；王昶编撰的《金石萃编》，则是清代金石学史上继往开来的一部巨著。

晚清以降，西风东渐，新学日兴，上海地区的新学著述与传统著述并驾齐驱，并进而成就了上海作为中西文明融汇的重要窗口。

上海古代著者林立，著述丰富多彩，为中华文明建设作出了突出的贡献。但到底产生过多少著者和著述，却一直缺少一本明细账目。现行各种古籍目录，主要为各图书馆的藏书目录，其体例一般不著录著者籍贯，难以窥见上海地区的著者与著述概貌。全面系统地考察著录这些著者与著述，对于研究整理与保护这些珍贵历史文献，对于上海的学术文化乃至全国的学术文化研究，无疑都具有重要意义。

有鉴于此，在初步考察的基础上，笔者与贺圣遂先生于 2009

年9月以"上海古籍总目"之目申报并于2011年4月获批列入"十二五"时期(2011—2015年)国家重点图书、音像、电子出版物出版规划(新出字[2011]93号),此后又获列入复旦大学"985工程"三期人文科学重大项目(2011RWXKZD035)。

项目成果主题部分设计为5卷,即《元代(含)以前著述卷》《明代著述卷》《清代中前期著述卷》《晚清传统著述卷》《晚清新学著述卷》。为方便查检,另附编《著者、书名索引》卷。

二、收　　获

项目自2010年春启动,先后有复旦大学古籍所中国古典文献学专业的6位青年学人加盟。至2017年春,各卷已完稿,陆续交付复旦大学出版社,进入出版程序。《总目》5卷共著录各类著述近13 000(现存约5 500)余种,作者3 200余人。对存世的950余种主要善本、稀见本撰写了书志体式的经眼录。

(一)《元代(含)以前著述卷》,杨婧编著[①]。该卷著录了上海元代以前(含元代)各阶层著者(含本籍、寓贤、仕宦)撰、注、纂、辑的除单篇以外的各类著述。共考得著者约129人、著述约219种。该卷由上下两编构成。

上编择取重要著者现存著述中的主要善本进行细致考察,并为所择取的每种善本撰写了书志体式的经眼录。该录在实际目验察考原书或缩微胶卷、扫描件、影印本的基础上,客观地著录其书

---

① 杨婧,复旦大学古籍所中国古典文献学专业博士,现供职于上海通志馆。

名、卷数、著者(含籍贯)、版本、册数、行款、版式、牌记(含封面)、序跋、印记等,描述其文本构成,节录其与内容或版本有关的序跋中的文字,考辨其版本源流,摘要著录其馆藏现状。

下编由《现存著述简目》《未见著述简目》《存疑著述简目》三部分构成。

《现存著述简目》对现在能够明确考见尚存世的元代以前(含元代)的所有著述以简目体式予以著录。首以"三国两晋""唐宋""元代"三个时段,次以"本籍""流寓""仕宦",再以时代先后为序著录每一位著者及其著述。对于每一位著者,首先概述其生平,然后逐一著录其每一种著述。对于每一种著述,著录其书名、卷数、版本、版式行款、依据及馆藏等情况;不同版本,分别予以著录。寓贤著述,著录从宽。仕宦者著述,一般仅著录其成书于上海地区之著述;其著述虽非成书于上海,而内容与上海地区有较多关联者,则酌予著录。

《未见著述简目》用表格体式著录曾见于传志目录记载而如今未能考见有传本者。此简目以时代先后为序,著录书名、卷数、著者、出处。

对于上海地区的史志曾经记述的著者,无论是否名家,但经考辨,没有可靠史料证明其为本籍或曾流寓过上海地区者,另作《存疑著述简目》予以著录,并逐条略述存疑原因。

(二)《明代著述卷》,孙麒、陈金林、张霞编著[①]。该卷著录上

---

① 孙麒,复旦大学古籍所中国古典文献学专业博士,现任上海师范大学图书馆副研究馆员;陈金林,上海师范大学图书馆馆员;张霞,复旦大学古籍所中国古典文献学专业硕士,现任职于上海历史博物馆。

海地区明代各阶层著者（含本籍、流寓、仕宦）撰、注、篡、辑的除单篇以外的各类著述。《现存著述简目》著录228人，约1 300种著述、2 400个版本；《未见著述简目》著录730人，约1 500种著述；《经眼录》对约300种著述、400个版本撰写了书志体式的经眼录。该卷由上下两编构成。

上编择取重要著者现存著述中的主要善本进行细致考察，并为所择取的每种善本撰写了书志体式的经眼录。该录在实际目验察考原书或缩微胶卷、扫描件、影印本的基础上，客观地著录其书名、卷数、著者（含籍贯）、版本、册数、行款、版式、牌记（含封面）、序跋、印记等，描述其文本构成，节录其与内容或版本有关的序跋中的文字，考辨了部分版本的源流，摘要著录其馆藏现状。该编以四部分类法编次，每一类下先本籍，后寓贤、仕宦，各以著者时代先后为序。

下编由《现存著述简目》《未见著述简目》两部分构成。

《现存著述简目》对现在能够明确考见尚存世的明代的所有著述以简目体式予以著录。首以明代县级行政区编次，同一县籍的著者先本籍，后寓贤、仕宦，同一类著者以时代先后为序，同一著者的著述以四部分类法编排。对于每一位著者，首先概述其生平，然后逐一著录其每一种著述。对于每一种著述，著录其书名、卷数、版本、版式行款、依据及馆藏等情况；不同版本，分别予以著录。寓贤著述，著录从宽。仕宦者著述，一般仅著录其成书于上海地区之著述；其著述虽非成书于上海，而内容与上海地区有较多关联者，则酌予著录。

《未见著述简目》用表格体式著录曾见于传志目录记载而如今

未能考见有传本者。此简目以著者姓氏之音序编次,著录书名、卷数、著者、出处等。

(三)《清代中前期著述卷》,杜怡顺编著①。该卷著录了上海地区清代中前期各阶层著者(含本籍、流寓、仕宦)撰、注、纂、辑的除单篇以外的各类著述。著录著者690人、现存著述1672种、未见著述3800余种,为263种善本或稀见本撰写了书志体式的经眼录。该卷由上下两编构成。

上编择取重要著者现存著述中的主要善本进行细致考察,并为所择取的每种善本撰写了书志体式的经眼录。该录在实际目验察考原书或缩微胶卷、扫描件、影印本的基础上,客观地著录其书名、卷数、著者(含籍贯)、版本、册数、行款、版式、牌记(含封面)、序跋、印记等,描述其文本构成,节录其与内容或版本有关的序跋中的文字,考辨了部分著述的版本源流,摘要著录其馆藏现状。该编以四部分类法编次,每一类下先本籍,后寓贤、仕宦,各以著者时代先后为序。

下编由《现存著述简目》《未见著述简目》两部分构成。

《现存著述简目》对现在能够明确考见尚存世的清代中前期的所有著述以简目体式予以著录。首以该时段县级行政区编次,同一县籍的著者先本籍,后寓贤、仕宦,同一类著者以时代先后为序,同一著者的著述以四部分类法编排。对于每一位著者,首先概述其生平,然后逐一著录其每一种著述。对于每一种著述,著录其书名、卷数、版本、版式行款、依据及馆藏等情况;不同版本,分别予以

---

① 杜怡顺,复旦大学古籍所中国古典文献学专业博士,现任复旦大学出版社编辑。

著录。寓贤著述,著录从宽。仕宦者著述,一般仅著录其成书于上海地区之著述;其著述虽非成书于上海,而内容与上海地区有较多关联者,则酌予著录。

《未见著述简目》用表格体式著录曾见于传志目录记载而如今未能考见有传本者。此简目以著者姓氏之音序编次,著录书名、卷数、著者、出处等。

(四)《晚清传统著述卷》,曹鑫编著①。该卷著录了上海地区晚清时期各阶层著者(含本籍、流寓、仕宦)撰、注、纂、辑的除单篇以外的各类传统著述。著录著者1200余人、现存著述850余种,未见著述近1600种,为210余种善本或稀见本撰写了书志体式的经眼录。该卷由上下两编构成。

上编择取重要著者现存著述中的主要善本和稀见本进行细致考察,并为所择取的每种善本撰写了书志体式的经眼录。该录在实际目验察考原书或缩微胶卷、扫描件、影印本的基础上,客观地著录其书名、卷数、著者(含籍贯)、版本、册数、行款、版式、牌记(含封面)、序跋、印记等,描述其文本构成,节录其与内容或版本有关的序跋中的文字,考辨了部分著述的版本源流,摘要著录其馆藏现状。该编以四部分类法编次,每一类下先本籍,后寓贤、仕宦,各以著者时代先后为序。

下编由《现存著述简目》《未见著述简目》两部分构成。

《现存著述简目》对现在能够明确考见尚存世的晚清时期的所有著述以简目体式予以著录。首以该时段县级行政区编次,同一

---

① 曹鑫,复旦大学古籍所中国古典文献学专业博士,现任复旦大学中华古籍保护研究院馆员。

县籍的著者先本籍,后寓贤、仕宦,同一类著者以时代先后为序,同一著者的著述以四部分类法编排。对于每一位著者,首先概述其生平,然后逐一著录其每一种著述。对于每一种著述,著录其书名、卷数、版本、版式行款、依据及馆藏等情况;不同版本,分别予以著录。该卷经眼录注意收录主要内容撰写成书于晚清而编集出版于民国间传统著述之现存善本和稀见本;新学类著述不收;同一著者既有传统著述又有新学著述者,仅收录其传统著述,其西学著述于传略中予以说明;流寓、仕宦类著者,仅收录其撰著成书于上海期间者。

《未见著述简目》用表格体式著录曾见于传志目录记载而如今未能考见有传本者。此简目以著者姓氏之音序编次,著录书名、卷数、著者、出处等。

(五)《晚清新学著述卷》,栾晓明编著[①]。该卷著录了晚清时期(1840—1911)上海地区各类著者(含本籍、流寓、机构)使用汉语撰、注、编、译的除单篇以外的新学类著作以及单幅或多幅地图,报纸期刊上连载而未单行刊印者暂不著录。共著录著者约224人、著述1 800余种。该卷由《现存著述简目》《未见著述简目》两部分构成。《现存著述简目》以晚清时期县级行政区编次,同一县籍的著者先本籍,后寓贤,再机构。同一县籍著者以生年为先后排序,生年不明者附后;每著者下以其著述之出版时间为序,出版时间不明者附后。流寓著者分国内、国外,嗣以生年为先后排序,生年不明者附后;每著者下以出版时间为序,出版时间不明者附后。机构

---

① 栾晓明,复旦大学古籍所中国古典文献学专业硕士,现任上海市闵行区图书馆馆员。

著述者以创立时间为序,创立时间不明者附后,每机构下以出版时间为序,出版时间不明者附后。真名无考者附后。

对于跨时代的著者,以其著作初版时间为准。上限为1844年墨海书馆出版书刊,下限为1911年;考虑到书籍撰、译与出版的延滞情况,对1912年的著作酌情予以收录。

对于既有新学著述又有传统著述的著者,仅著录其成书于晚清时期的新学著述。

《总目》拟待出版后期编制《著者、书名索引》卷,以方便读者翻检。

三、特　色

(一) 全面著录。首次对上海地区的著者和著述进行了全面而深入的考察。

本目各位作者既注重使用传统的方法,又充分利用现代新技术带来的便利条件,广搜各种史料和已有的研究成果,全面著录了可以考见的全部著述及其版本。本目虽不敢妄言无所遗漏,但无疑可以说,上海地区的历代著述有了一本可以信赖的明细账目。

(二) 三种体式著录。经眼录、简目、表格三种体式著录古籍,各有侧重,各有特长。《总目》取三种体式的特长,便于更全面、系统、深入地揭示上海地区历代的著述情况。

书志体式经眼录。善本书藏书志是成熟于清代中期的一种目录学著录体式,其最突出的特点是注重著录的客观性;经眼录则是学者阅览古籍常用的目录学著录体式,其突出特点是灵活性。限于中国内地各图书馆现行的古籍管理制度,《总目》各卷的作者在查阅善本时,往往只能阅览胶卷或数字扫描版,因而《总目》决定吸收善本藏书志和经眼录之长,为上海历代著述中的主要善本和虽未列入善本的稀见本撰写书志体式的经眼录。各卷作者不辞辛苦,亲赴各大图书馆察考原书,不能看到原书者则依据缩微胶卷、扫描件、影印本,撰写书志体式经眼录,客观著录其书名、卷数、著者(含籍贯)、版本、册数、行款、版式、牌记(含封面)、序跋、印记等,记述其文本构成,节录其与内容或版本有关的序跋中的文字,考辨了部分著述的版本源流,摘要著录其馆藏现状。希望这一部分文字对于研究、保护上海历代著述中的珍品能发挥一定作用。《晚清新学著述卷》所著录的著述大多较易见,因而未撰写经眼录。

简目体式。著录了可以考见现在仍然存世的全部著述及其版本。对于每一种著述,著录其书名、卷数、版本、版式行款、依据及馆藏等情况;不同版本,分别予以著录。

表格体式。大量史料有记载曾经存世而早已亡佚或暂不能确定是否存世的著述,毕竟也是揭示曾经出现过的文化繁荣的宝贵资料,本目以表格体式著录之。简略著录每种著述的书名、卷数、著者、出处等。

(三)为著者撰写传略。各卷皆尽可能地搜集史传、碑铭、方志等资料以及现当代人的研究成果,为著者撰写一传略,略述其姓名、字号、生卒年、科名、仕履、主要成就等,并注明出处。著者籍贯具体到县籍,流寓、仕宦类著者于其传略中略述其流寓信息。凡著者须出现于多处之著者项者,将传略列于所著录其第一部著述的

第一个版本之条目中,《现存简目》将传略列于其著述之前,其余情况采用互见法,说明该著者传略所在条目。

(四)重体例,重学术。各时代的著者及其著述各有特点,各卷著录,不强求完全一致,但主要体例,如著录范围、对象、体式等,则要求一致,注重学术性著录。如对于一些虽有上海地区旧志著录的著述,无论其著者是否名家,但经考辨,没有可靠史料证明其为本籍或曾流寓过上海地区者,如南朝顾野王、唐代陆贽、陆龟蒙、元代赵孟頫、明代高启等,一律不予著录。这里迻录《明代著述卷·凡例》,已概见全目著录体例。

一、本卷著录上海地区明代著者(含本籍、流寓、仕宦)所撰、注、纂、辑的除单篇以外的各类著述。寓贤著述,著录从宽。仕宦者著述,一般仅著录其成书于上海地区之著述;其著述虽非成书于上海,而内容与上海地区有较多关联者,则酌予著录;上海地区的史志曾经记述的著者,无论是否名家,但经考辨,没有可靠史料证明其为本籍或曾流寓过上海地区者,其著述一律不予著录。

二、本卷主要由《经眼录》《现存著述简目》《未见著述简目》三部分构成。《经眼录》以书志体式著录笔者所经眼的善本及稀见本,《现存著述简目》以简目体式著录可以考见现在仍然存世的全部著述及其版本,《未见著述简目》以表格体式著录已经亡佚或暂不能确定是否存世的著述。

三、《经眼录》以四部分类法编次,每一类下先本籍,后寓贤、仕宦,各以著者时代先后为序;《现存著述简目》以明代县级行政区编次,同一县籍的著者先本籍,后寓贤、仕宦,同一类著者以时代先后为序,同一著者的著述四部分类法编排。《未见著述简目》略以著者姓氏之音序编次。

四、《现存著述简目》中各县籍的各类著者首以生年为序,生年相同或不详者以卒年为序,卒年相同或不详者以科名年份为序,复相同或不详者以主要活动时间为序,活动时间无考者列于该类著者之末。

五、凡身历二朝之著者,循陶潜书晋例或学术界惯例,酌予去取。

六、《经眼录》撰写主要以实际目验的古籍刻本及稿抄本(不含《四库全书》抄本)为依据;部分条目依据缩微胶卷、扫描件、影印本撰写,皆予以注明。所据个别抄本可以确切考知其所据底本者,仅于其底本之后附加按语,不另立条目。极个别近代才刊刻或抄录成书者,亦注意收录。同一版本,已目验原书,又有通行影印本者,或影印底本与目验原书分属两家收藏单位,或影印底本即目验之书,皆以按语形式加以说明。

七、《经眼录》著录的内容,主要包含五方面:一为该版本外在特征,二为著者传略,三为该著述主要内容,四为序跋中所涉成书及版本源流之文字节录,五为馆藏地信息。同一版本著述若多馆皆有收藏,并且有两种以上影印本者,则尽可能比较不同馆藏本之差异。

八、《经眼录》中描述的版本外在特征包括书名、卷数、著者(含籍贯)、版本、册数、行款、版式、牌记(含封面)、序跋、目录、印记等项，根据各版本具体情况酌予增损。

九、著者传略概述著者生卒年、字号、科名、仕履、主要成就等，主要依据史传、碑铭、方志等资料综括而成，并注明主要数据源。一般以一手材料为准，部分生平资料较少的著者则适当参考今人研究成果。著者籍贯具体到县籍，流寓、仕宦类著者于其传略中略述其流寓信息。凡著者须出现于多处之著者项者，《经眼录》将传略列于所著录其第一部著述的第一个版本之条目中，《现存简目》将传略列于其著述之前，其余情况采用互见法，说明该著者传略所在条目。

十、《经眼录》中所节录之序跋题记，皆有关于本书之形成原委、版本源流或主要内容等内容。

十一、凡引用文字中的异体字、俗体字，一般转换为规范字。避讳字一律回改。书名、著者姓名、字号及印文等专用名称，则以宋体保留原字。序跋题记、印记、正文等模糊、破损等不可辨识之处，以"□"标记，疑似文字者，在□后用括号注明。原为墨钉或因个人能力不识之处，以"■"标记。题记、印记等多行分栏，以"/"标记。校勘文字，以圆括号"（）"标记删字、误字，以方括号"[ ]"标记增字、正字。

十二、《现存著述简目》著录之内容，除笔者实际目验者外，主要依据近年编纂出版的各种古籍目录以及各藏馆提供的目录。包含以下各项：著者、传略、书名、版本及出处、馆藏地。书名项著录书目的书名、卷数，同一种著述有异名者，于书名后加括号列出异名。版本项著录现存版本的出版时间、出版者、出版地、类型、行款；丛书本只著录丛书名，其版本情况以表格体式列于附录中。出处项以简称列于每条目后于括号内，于附录中列出《出处全简称对照表》。

十三、《现存著述简目》中对于著述方式的著录依各目录著录或原书所题作相应处理：若为"撰"，则不赘录；若为"编"、"纂"、"辑"、"注"等，则于标题后加括号注明。著述若有他人编、辑、注等，则于该书目卷数后空一格著录编、辑、注者之朝代、姓名及加工方式。

十四、《现存著述简目》中，凡某馆藏本有残存情况或有他人手书批校题跋，于该馆名后加括号注明。若同一馆藏地有多部此类情况之本，其注文相互间以分号隔开；若同一版本含多种此类情况，其注文相互间以逗号隔开。

十五、丛书编者为明代上海著者者，其子目一并著录。

十六、《经眼录》《现存著述简目》所涉之《四库全书》本，若无特殊说明，均指文渊阁《四库全书》本。

十七、《经眼录》《现存著述简目》所考察的藏馆以国内各大公共图书馆及高校图书馆为主。对于藏馆较多者，仅列三个主要藏馆。《经眼录》中对于同一版本有多处馆藏者，以笔者经眼而据以著录之本的藏馆列于首位。藏书单位正文中使用简称，于附录中列出《藏馆全简对照表》。

十八、凡是各馆书目著录及各馆检索系统中收录者，《现存著述简目》全部予以著录。但在实地调阅原书过程中，个别版本不能目验，或已经散失，或未在架上，或因历史原因已不在此馆收藏，而原始数据尚存者，亦予以著录，并注明馆方所反馈原因。

考虑各时段的著述多寡不一、类型有别,因而允许各卷根据该时段著述的具体情况,在著录时略作调整。各卷卷前分别列有一大同小异的《凡例》。

(五)重考辨,正误辨伪成果良多。各卷作者在编著过程中,无论是撰写经眼录、编制简目,还是为著者撰写传略,皆注重使用一手资料和吸收已有的研究成果,并注意对所用资料的考辨,力求言必有据,客观准确。在此过程中,发现并纠正了过去一些目录著作、藏书目录,以及史志著作中的记载之误。例如:

在对图书的著录方面,上海图书馆藏本王广心《兰雪堂诗稿》,《中国古籍善本书目》及该馆书目皆著录为康熙刻本,实际则为道光间刊本;施何牧的《明诗去浮》,历来都认为是康熙四年刻本,实际则为雍正间刻本;中国国家图书馆藏《三国志辨疑》抄本三卷,该馆书目、《中国古籍善本书目》及《中国古籍总目》皆误为二卷。

在对著者的著录方面:《松江府志》著录李先芳,字茂实,万历己丑进士,撰有《读诗私记》《谏垣疏草》《李氏山房诗选》。按明代有两位李先芳,均有名声。一为嘉定人,字茂实,万历己丑进士,《江南通志》称其"为给事中,屡有建白"。此李先芳并无著述传世。另一为湖北监利人,其祖迁居濮州,字伯承,号北山,嘉靖二十七年进士。此李先芳以诗名世,撰有《李氏山房诗选》、《江右诗稿》、《十三省歌谣》、《东岱山房稿》三十卷、《来禽馆集》、《读书私记》、《李先芳杂撰》四十卷、《清平歌集》等,又有著述《周易折衷录》《医学须知》《急救方》等。本目已将这些误属嘉定李先芳之书剔除不收。《山晖稿》著者王度即是王鸿绪,《自知集》著者姚廷谦即是姚培谦,《清人别集总目》及《清人诗文集总目提要》皆作为二人著录。确定董俞的生年为天启七年,证明诸家说法皆误。

《总目》虽然收获良多,而遗憾亦不少。如有些重要善本未能撰写经眼录;对有些著述的多种版本撰写了经眼录,而未能理清其版本源流等。

(原载《薪火学刊》第五卷,复旦大学出版社,2018年)

说明:本文成稿时经贺圣遂先生审阅赐正。

《支那文学大纲》编著出版情况的几个考察

公元1897年至1904年(明治三十年至三十七年)出版的藤天丰八等六人合著的《支那文学大纲》十五卷①,是中国文学史初创时期的重要著作之一,学者给予了高度评价。如:"这是在日本中国学领域中以'作家论'的形式来描述中国古代文学历史进程的最初的著作。……自觉地从作家研究着手,整理出每一时代文学的大概,然后联贯成文学历史发展的总体形势,这一研究意识和研究方法,在19世纪末叶日本学界对中国文学的研究方面,显然是具有摆脱'经学'意识的近代性意义的。"②本文试从该书各卷实际情况入手,对编著者的身份与年龄、编著计划与实际出书、著者署名等情况,加以考察,以纠正百余年来有关该书的一些不准确说法。

其一,著者皆为刚从东京帝国大学毕业不久的年轻学者。

《支那文学大纲》的著者先后有六位,即藤田丰八、笹川种郎、

---

① 本文使用的《支那文学大纲》各卷资料,皆出自大日本图书株式会社于1897年至1904年间出版的初版本,不再逐一注明。

② 严绍璗:《日本中国学史》,南昌:江西人民出版社,1991年,第352—353页。

白河鲤洋、田冈岭云、大町桂月、久保天随。其毕业学校、专业、时间和编著出版该书时的年龄等具体情况如下表1：

表1 《支那文学大纲》著者情况表

姓 名	毕业学校、专业	毕业时间	撰著时年龄（以1897年计）	出生年月
藤田丰八（剑峰）	东京帝大汉学科	1895	28	1869.9①
笹川种郎（临风）	东京帝大国史科	1896	27	1870.8②
白河次郎（鲤洋）	东京帝大汉学科	1897	23	1874.3③
田冈佐代治（岭云）	东京帝大汉学科	1894	27	1870.2④
大町芳卫（桂月）	东京帝大国文学科	1896	28	1869⑤
久保得二（天随）	东京帝大汉学科	1899	22	1875.7⑥

从上表可以看出，这六位作者都是先后从东京帝国大学毕业的天之骄子，四人出身汉学专业，一人出身日本文学专业，一人出身日本史专业，年龄都在二十几岁。久保天随大约是因为

---

① 小柳司气太：《藤田丰八博士略传》，见《东方学》第63辑1982年。
② 近藤春雄著：《日本汉文学大事典》，明治书院1985年，第263页。
③ 川合康三编：《中国の文学史观》，创文社2002年2月版，第196页；独澄旻《人名辞典》，PDD图书馆。
④ 西田胜：《爱国者田冈岭云の生涯》，见《エコノミスト》（每日新闻社）43（44）1965年10月。
⑤ 三浦叶：《大町桂月の汉学论》，见《明治の汉学》，汲古书院，1998年，第54页。
⑥ 黄得时：《久保天随小传》，见《中国中世文学研究》2，1962年3月。

在该书开始策划编著时尚未毕业,未参加本书前十四卷的编著工作,只是到1904年第十五卷《韩柳》出版时,才成为本书的著者之一。

此时期的日本在取得对中、俄两场战争胜利后,国势日盛,民众激情澎湃。在此时代,作为本书作者的六位年轻人又是出身日本最高学府的天之骄子,旧学基础深厚,且沐浴着欧风吹来的新学,其远大志向,其敢于开创、不畏困难的精神,可以想见。虽然在今天看来,他们的著作缺陷很多,很不成熟,而其在中国文学史研究史上的开创之功,依然是值得称道的。

其二,编著计划不断调整,却未能完成。

一是计划编纂的内容有所调整,但未能够完成。

著者在冠于该书每卷之首的《支那文学大纲前言》中指出:

> 中国是东洋文化的源泉。其思想郁郁磅礴,其词华灿烂焕发。北方的沉郁朴茂,南方的横逸幽绝,汇合而成雄浑壮阔之中国文学……从《诗三百》,至秦汉之高古、六朝之丰丽,或唐诗、宋文、元以后之戏曲小说,上下四千年,兴亡八十余朝,其富赡之文学,滚滚不绝,诗星众多,无与伦比……今暂且选取其突出者,以庄子、孟子、屈原、韩非子为先秦之代表;以司马相如、司马迁、曹子建、陶渊明为汉魏六朝之代表;唐取李白、杜甫、韩退之、白乐天;宋取苏东坡、陆放翁;元取元遗山;明取宋景濂、高青丘、李梦阳、汤临川;清取李笠翁、王渔洋等。其大小虽非没有差别,但都是关系当时文运者。我们现在撰

著《支那文学大纲》,将诸大家置于十六卷中,每卷限于一人,或二、三人的传记、评论。其余文豪亦相并列,又都相互呼应,以此来概述其时代文学的主要面貌。

从这段文字可以看出,该书原计划选取二十一位文学家,编撰成书十六卷,以之来概述中国文学的主要面貌。但是随着时势与人事的变化,编纂计划不断有所调整。实际出版情况为:该书只出版了十五卷,李白、陆游、宋景濂、李梦阳四位文学家未能撰写出版,于第十五卷增加了柳宗元。

该书第十五卷卷末附有如下一份《总目次》,就如实地反映了这种变化(见下图1):

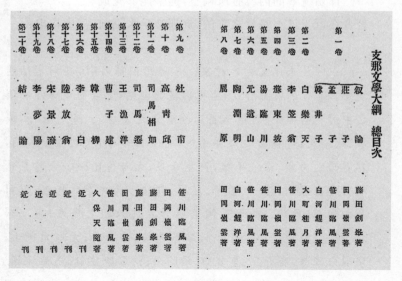

图1 《支那文学大纲》总目次

总目次中的"近刊"是近期将刊行的意思。从这份总目次可以看出,除了已经刊行的十五卷,尚计划继续撰写出版《李白》《陆放翁》《宋景濂》《李梦阳》《结论》五卷,将原计划十六卷扩展为二十卷。可惜的是因六位著者各人的境遇发生了较大变化,以及其他一些原因,①以致我们无法看到该书的最后五卷。

二是著者不断调整。

该书第三、五、六卷卷末分别附有如下三则图书预告:

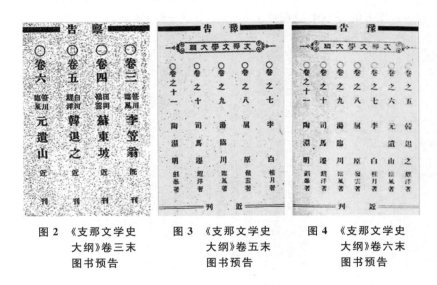

图2 《支那文学史大纲》卷三末图书预告

图3 《支那文学史大纲》卷五末图书预告

图4 《支那文学史大纲》卷六末图书预告

从上述三则图书预告可以看出:第五卷原计划出版《韩退之》,著者为白河鲤洋;第七卷原计划出版《李白》,著者为大町桂

---

① 参见竹村则行《支那文学大纲と田冈岭云》,川合康三编《中国の文学史观》,东京:创文社,2002年,第181页。

月；第十卷原计划出版《司马迁》，著者为白河鲤洋；第十一卷原计划出版《陶渊明》，著者为藤田丰八。而实际出版情况为：韩退之与新增加的柳宗元合为一卷，由久保天随撰写，安排在第十五卷出版；《李白》最后未能面世；《司马迁》改由藤田丰八撰写，安排在第十二卷出版；《陶渊明》改由白河鲤洋撰写，安排在第七卷出版。

至第十五卷，久保天随加入该书著者队伍，成为该书的第一主编和第十五卷的实际著者。

三是出版、发行未能按照计划时日进行。

该书的每卷的版权页上都附有如下一则《概则》（见下图5）：

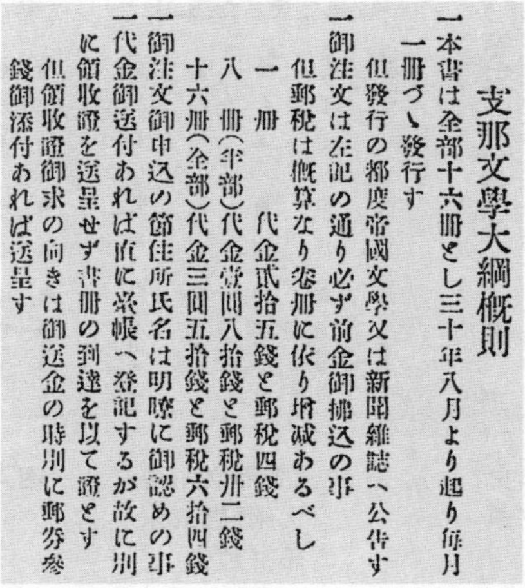
支那文學大綱概則
一本書は全部十六冊とし三十年八月より起り毎月一冊づゝ發行す
但發行の都度帝國文學又は新聞雜誌へ公告す
一御注文は左記の通り必ず前金御拂込の事
但郵稅は概算なり卷冊に依り增減あるべし
一　冊　代金貳拾五錢と郵稅四錢
八　冊(半部)代金壹圓八拾錢と郵稅卅二錢
十六冊(全部)代金三圓五拾錢と郵稅六拾四錢
一御注文御申込の節住所氏名は明暸に御認めの事
一代金御送付あれば直に簿帳へ登記するが故に別に領收證を送呈せず書冊の到達を以て證とす
但領收證御求の向きは御送金の時別に郵券參錢御添付あれば送呈す

图5　《支那文学史大纲概则》

该《概则》的第一条即明确告知：自明治三十年（1897）八月起，每月出版发行一册（每册皆一卷）。而该书各卷的实际出版发行时间如下表2所示：

表 2 《支那文学大纲》各卷出版时间

卷号	分卷名	出版时间	卷号	分卷名	出版时间
1	叙论、孟子、庄子、韩非子	明治30.8	8	屈原	明治32.6
			9	杜甫	明治32.9
2	白乐天	明治30.9	10	高青丘	明治32.11
3	李笠翁	明治30.11	11	司马相如	明治33.8
4	苏东坡	明治30.11	12	司马迁	明治33.9
5	汤临川	明治31.4	13	王渔洋	明治33.10
6	元遗山	明治31.4	14	曹子建	明治33.11
7	陶渊明	明治32.3	15	韩柳	明治37.6

从上表可以看出：只有前四卷基本做到每月一册外，第十五卷迟至明治三十七年六月才出版，与第十四卷间隔了三年半。

百余年来，或许是因为对该书编纂出版期间不断调整变化的情况未作实际考察，一些学者在评介该书时，仅据序言和第一卷著者署名情况，断定该书为十六卷，著者为除久保天随之外的五人。[①]

其三，著者及其署名情况。

该书各卷署名情况如下表3所示：

---

① 如日本明治书院出版的近藤春雄著《日本汉文学大事典》、中国辽宁教育出版社出版的《中日文化交流事典》中关于《支那文学大纲》的条目。

表 3 《支那文学大纲》各卷著者及署名情况

卷次	卷名	封面所署著者	扉页所署著者	版权页所署著者	序文所署著者	分卷实际著者
1	叙论、孟子、庄子、韩非子	藤田剑峰、笹川临风、白河鲤洋、田冈岭云、大町桂月	同左	藤田丰八、大町芳卫、笹川种郎、白河次郎、田冈佐代治	白河鲤洋、藤田剑峰、田冈岭云、笹川临风、大町桂月	叙论（藤田丰八）、庄子（田冈佐代治）、孟子（笹川种郎）、韩非子（白河次郎）
2	白乐天	大町桂月、藤田剑峰、白河鲤洋、田冈岭云	同左	同上	同上	大町桂月
3	李笠翁	笹川临风、白河鲤洋、大町桂月、藤田剑峰、田冈岭云	同左	同上	同上	笹川种郎
4	苏东坡	藤田剑峰、大町桂月、白河鲤洋、田冈岭云、笹川临风	藤田剑峰、笹川临风、白河鲤洋、田冈岭云、大町桂月	同上	同上	田冈佐代治

续表

卷次	卷名	封面所署著者	扉页所署著者	版权页所署著者	序文所署著者	分卷实际著者
5	汤临川	笹川临风、白河鲤洋、大町桂月、藤田剑峰、田冈岭云	同左	同上	同上	笹川种郎
6	元遗山	笹川临风、白河鲤洋、大町桂月、藤田剑峰、田冈岭云	同左	同上	同上	同上
7	陶渊明	白河鲤洋、大町桂月、藤田剑峰、笹川临风、田冈岭云	同左	同上	同上	白河次郎
8	屈原	藤田剑峰、笹川临风、白河岭云、大町桂月	同左	同上	同上	田冈佐代治

续 表

卷次	卷名	封面所署著者	扉页所署著者	版权页所署著者	序文所署著者	分卷实际著者
9	杜甫	笹川临风、白河鲤洋、大町桂月、藤田剑峰、田冈岭云	同左	同上	同上	笹川种郎
10	高青丘	藤田剑峰、笹川临洋、白河岭云、田冈桂月、大町桂月	白河鲤洋、藤田剑峰、笹川岭云、田冈桂月、大町桂月	同上	同上	田冈佐代治
11	司马相如	藤田剑峰、笹川鲤临洋、白河岭云、田冈桂月、大町桂月	同左	同上	同上	藤田丰八
12	司马迁	藤田剑峰、笹川鲤临洋、白河岭云、田冈桂月、大町桂月	同左	同上	同上	藤田丰八

续 表

卷次	卷名	封面所署著者	扉页所署著者	版权页所署著者	序文所署著者	分卷实际著者
13	王渔洋	藤田剑峰、笹川临风、田冈岭云、大町桂月	同左	同上	同上	田冈佐代治
14	曹子建	藤田剑峰、笹川临风、田冈岭云、大町桂月	同左	同上	同上	笹川种郎
15	韩柳	久保天随、白河鲤洋、笹川临风、大町桂月、藤田剑峰、田冈岭云	同左	久保天随	同上	久保天随

从上表可以看出如下几点有趣现象:

第一,封面署名与扉页署名顺序不一样。卷四《苏东坡》,封面署名顺序为:藤田剑峰、大町桂月、白河鲤洋、田岗岭云、笹川临风,扉页则为:藤田剑峰、笹川临风、白河鲤洋、田岗岭云、大町桂月;卷十《高青丘》,封面署名顺序为:藤田剑峰、笹川临风、白河鲤洋、田岗岭云、大町桂月,扉页则为:白河鲤洋、藤田剑峰、笹川临风、田岗岭云、大町桂月。

第二,封面、扉页与版权页署名顺序不一样。除了第十五卷《韩柳》版权页的署名为该卷的实际作者久保天随外,其余各卷署名顺序皆为:藤田丰八、大町芳卫、笹川种郎、白河次郎、田岗佐代治。而全书十五卷的封面、扉页的署名顺序,没有一卷与该卷版权页的署名顺序是相同的。

第三,署名或用著者姓+名,或用姓+号。藤田氏名丰八,号剑峰;大町氏名芳卫,号桂月;笹川氏名种郎,号临风;白河氏名次郎,号鲤洋;田岗氏名佐代治,号岭云;久保氏名得二,号天随。①该书各卷署名有规律的是:每卷的版权页上署名除了大町芳卫外,皆署姓+名;封面、扉页、序文署名皆为姓+号。

第四,各卷版权页署名从署五人合著变为署该卷实际著者。第一至十四卷皆署:"著作者 文学士藤田丰八、文学士大町芳卫、文学士笹川种郎、文学士白河次郎、田岗佐代治",第十五卷署"著作者 久保得二"。

第五,各卷封面与扉页上的署名,除了田岗佐代治撰写的各卷

---

① 各著者字号出处同注③至⑧。

和笹川种郎撰写的第十四卷外，都是将该卷的实际作者署为第一人。笹川种郎撰写的第十四卷封面以藤田丰八为第一人、扉页署名以白河鲤洋为第一人。田岗佐代治独自撰写了第四卷《苏东坡》、第八卷《屈原》、第十卷《高青丘》、第十三卷《王渔洋》，并撰写了第一卷中的《庄子》，在六位著者中，承担的篇幅仅次于笹川种郎，所撰写各卷封面与扉页上的署名都是以藤田丰八为第一人。

这种署名方法的安排，当是出版社与各位著者商量的结果，理由有三：

第一，图书的封面、扉页是一种艺术品，如何设计，结构美观当是主要因素之一。在多位著者的情况下，如何署名，当然一要征求著者意见，二要考虑结构美观。本书封面、扉页的设计对五位著者采用上排三人，下排二人，并在上排三人姓名前分别冠以"文学士"字样的结构（见左图6），当是结合两种因素而形成的一种较佳选择。

第二，田岗佐代治因为是汉学预科毕业，未能获得文学士学位，其余几位则都获得了文学士学位。因而在设计封面、扉页，对著者采用上三下二两排，并在上排著者前分别冠以"文学士"字样的情况下，只能将田岗佐代治排在下面一排，并从其他几为著者中选择一位同排在下面一排。至于每一卷选择哪一位与田岗佐代

图6 《支那文学大纲》卷一封面

治同排在下面一排,当是著者们根据具体情况共同商量的结果。有学者仅据第三卷封面的署名情况(即把田岗岭云、藤田剑峰两位著者排在下排),便认为是藤田剑峰为了袒护盟友田岗岭云而放弃了在自己姓名前冠以"文学士"①,不知别有根据否?

第三,文学士学位在当时社会很受重视,出版社出版图书,为了增加图书的销量,当然要打这一招牌来包装著者,增加图书的含金量时。《支那文学大纲》各卷封面除了颜色和卷次、卷名、著者署名次序的变化外,其样式如图 6 所示。

从图中可以看出,将著者设计成上下两排:上排排三位著者,并且每位著者前都冠以"文学士"字样。下排排两位著者(第十五卷因有六位著者,下排也排了三位),都未冠以"文学士"字样。如此安排的效果:著者都是文学士。显然出版商想告诉读者:《支那文学大纲》的各卷都是由有尊贵的文学士学位的作者撰著的。如果了解内情者职责,出版商又很容易辩解。

从下面所示三图(图 7—图 9),可以进一步看出出版商的这种良苦用心。

图 7　《国文学大纲》广告

---

①　见《中国の文学史観》,东京:创文社,2002 年,第 220 页。

《支那文学大纲》编著出版情况的几个考察 223

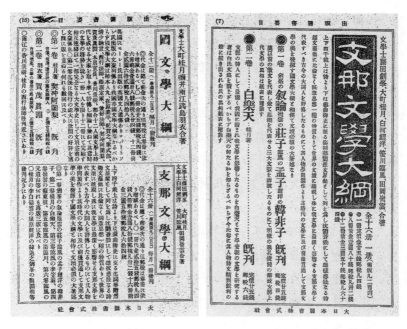

图 8 《国文学大纲》《支那文学大纲》广告

图 9 《支那文学大纲》广告

以上三张图片都是由同一出版社即大日本图书株式会社于同一时期出版的《支那文学大纲》、《国文学大纲》两书的卷末所做的广告。图 4 取自《支那文学大纲》，图 5、图 6 取自明治三十一年出版的《国文学大纲》卷三。

从图 4 和图 5 的上半页可以看出：《国文学大纲》的三位著者大町桂月、涩井雨江、武岛羽衣都是文学士，而署名有两种排法：一是将三位著者的姓名并列，每位著者都冠以"文学士"字样；二是将三位著姓名者的依次竖排，而在最前面冠以"文学士"字样。很显然，第二种排法告诉读者的信息是：三位著者都是文学士。

同理，图 5 的下半页和图 6《支那文学大纲》的两种著者署名方式，给读者的信息也是：藤田剑峰等五位著者都是文学士。

通过以上考察，似可以明确得出如下几点结论：

一、《支那文学大纲》的著者是刚从东京帝国大学毕业不久而富有开创精神的二十几岁的一群年轻人。先后参与撰著者共 6 人，即藤田丰八、大町芳卫、笹川种郎、白河次郎、田岗佐代治、久保天随。

二、《支那文学大纲》一书开始计划编纂为 16 卷，后调整计划为 20 卷，而实际只编纂出版了 15 卷。

三、著者署名的复杂变化，反映了现代版权观念、现代图书出版文化在其产生和发展初期的面貌。

(原载《中国文学研究》第 38 辑，韩国中文学会，2009 年 6 月)

儿岛献吉郎的中国古代
文学研究文献

  日本学者对于中国文学的研究历史源远流长,在江户时代,便出现过一个空前的中国文学研究热潮,序跋、诗话、文话等各种传统的文学研究样式纷纷问世。此时期的研究对象重在诗文,其文学思想亦局限于正统的劝善惩恶,讽刺敦化。明治维新以后,新一代汉学者吸收了欧洲近代文化思想,以崭新的理念和视角来审视对他们的文学产生过重大影响的中国文学。他们除了研究中国诗歌、散文外,在中国古典小说、戏曲以及中国文学综合研究等方面,更作出了重要贡献。儿岛献吉郎是日本明治、大正时期(1868—1926)研究中国文学的杰出学者之一,在中、日两国学界产生过重要影响。他是日本最早的中国文学史编著者之一,1891年在《支那文学》上连载发表的《支那文学史》(仅《上古史》三章),被视为《中国文学史》编著之滥觞①。他的《支那文学史纲》于1912年(明治四十五年)出版后,连年重版,至1929年(昭和四年)已印行14

---

  ① 三浦叶《明治の漢學》第292頁:"次いで漢學復興の機に際し、(明治)二十四年八月から『支那文學』と題する講義録風の雜誌が發行された、その中に兒島献吉郎の「支那文學史」と題した論文が收められてある。これが「支那文學史」の濫觴であろうか。"东京:汲古书院,1998年。

次。鲁迅撰写《汉文学史纲要》,亦将其作为参考书①。二十世纪三十年代,儿岛献吉郎关于中国古代文学研究的多种著作被翻译介绍到我国,《支那文学概论》一书竟有三种译本,多次印刷。可能是那个时代著作被译为汉文最多的研究中国古代文学的日本学者。

儿岛献吉郎(1866.6—1931.12),字子文,号星江、一枝巢。1866年(庆应二年)6月出生于日本冈山县备前市的一个儒学世家。自幼好学,八岁能读汉书。十八岁游学东京,入二松学舍,师事三岛毅②。寻入东京帝国大学古典科汉书课,1888年(明治二十一年)7月毕业。先后就职于帝国博物馆、熊本第五高等学校、东京高等师范学校、二松学舍等处。三岛毅嘉其才学,以内侄女妻之。1921年(大正十年),以《支那文学考——韵文编》一书获文学博士学位。1924年(大正十三年)任二松学舍校长。后任东京帝国大学文学部教授。1926年(昭和元年),任日本占领下的朝鲜京城大学教授、汉文科主任。1931年(昭和六年)12月去世。③ 儿岛献吉郎一生著述宏富,其治学涉猎日外史学、中国古代文学、汉语言文字等领域,而主要成就在中国古代文学研究方面。本文仅从文献学角度,较全面地考察其关于中国古代文学的研究著述。

---

① 鲁迅《汉文学史纲要》第二篇末。作家书屋1938年6月版《鲁迅全集》第10卷,第532页。

② 三岛毅,号中洲,日本近代新汉学的代表人物之一,"明治三大文宗"之一,二松学舍创始人。参考三浦叶《明治の汉学》、李庆《日本汉学史》第1卷(上海:上海外语教育出版社,2002年)有关章节。

③ 参考三浦叶《明治の汉學》、李庆《日本汉学史》第1卷、杜轶文《兒島獻吉郎の支那文學研究について》(二松2006年)等有关章节。

一、专　　著

1. 支那文学史,在1891年(明治二十四年)8月东京同文社发行的学术期刊《支那文学》上连载发表①,具体见该期刊1—9号、11号,共50页。这是作者拟在该期刊上连载的《支那文学史》的第一部分:《上古史》。该部分原拟五章,即:第一章,文学发达之状况;第二章,文章发达之状况;第三章,诗歌的起源及其发达;第四章,文字之沿革;第五章,典籍之真伪。因考虑读者易对第四、五两章厌倦,故只刊出前三章。

作者在第一章的第一节总论里,简要概述了中国文学的发生和发展史,将中国文学大别为四期,即:太古至秦,为第一期;秦汉至唐,为第二期;宋至明,为第三期;清为第四期。

从其基本框架观之,该著作已略具现代意义上文学史之雏形,较之刊行于明治十五年(1882)的末松谦澄《支那古文学略史》,已大大前进了一步。惜只发表三章,而"第一部较系统的中国文学史"的地位只好让位于六年后刊行的古城贞吉的《支那文学史》了。

2. 文学小史,在1894年(明治二十七年)4月京都汉文书院发行的学术杂志《支那学》上连载发表,共16页。该小史只刊行了两

---

① 《支那文学》,1891年8月创刊,东京同文社出版发行,共发行23期,至1892年停刊。该刊可能是中外第一种以发表中国文学研究文章为主的专业期刊。其创刊要旨云"本誌ハ海内無雙古今獨步漢文學唯一ノ冊子タル既ニ公評ノ許ス所ナリ",当非虚言。

章,第一章,总论;第二章,上古文学。在第一章总论里,进一步明确地把中国文学分为如下四期:黄帝至秦焚书坑儒,上古文学;秦汉至唐初,中古文学;唐初至明末,近古文学;清代,今世文学。

3. 支那大文学史——古代篇,一册,22×15厘米,1154页,东京富山房1909年(明治四十二年)3月出版。卷首有三岛毅、山田準所撰二序。

该书是著者的代表作,也是继古城贞吉《支那文学史》后出版的代表着20世纪初日本汉学界中国文学史研究水平的著作。著者在序论部分用五章篇幅论述了中国文学的特质,中国文学者的通性,文章诗歌的体制,学术的兴废、思想的变迁,文字制作、书体变迁。并从文学内容与形式推移变迁的角度,把中国古代文学分为9个时期:

第一期　胚胎时代——羲黄时代的文学
第二期　发达时代——唐虞三代的文学
第三期　全盛时代——春秋战国文学
第四期　破坏时代——秦文学
第五期　弥缝时代——两汉文学
第六期　浮华时代——六朝文学
第七期　中兴时代——唐宋文学
第八期　模仿时代——元明文学
第九期　集成时代——清代文学

作者只完成了第一至第六期,即从上古至六朝,是为该书的主体部分。该书主要有如下特点:

第一,从中国文学自身发展的角度,论述了各时代文学的特色、内容及各时代文学之间的关系。

第二,内容丰富翔实。该书关注到每一时期的主要代表性诗文作家,对其生平、主要作品都进行了介绍和评述。涉及作家之众多,论述之详细,是其同时代的同类著作无法比肩的。其对汉魏六朝文学史的研究,是当时最为完备的。

第三,对文学的理解,在很大程度上尚局限于传统的文学概念,注重诗文,而忽视其他文学样式。如六朝文学部分,未述及《世说新语》《搜神记》等小说。①

4. 支那文学史纲,一册,22×15厘米,382页,东京富山房1912年(明治四十五年)7月出版,卷首有市村瓒次郎所撰序。

该书是一部通论之作,概述了上古至清代的文学。其篇章结构如下:第一编,序论;第二编,上古(唐虞至秦)文学;第二编,中古(汉至隋)文学;第三编,近古(唐至明)文学;第四编,近世(清)文学。

该书于1912年(明治四十五年)7月出版后,大受欢迎,一再重印,至1929年(昭和四年)10月,已印行14次。

5. 支那文学考——散文考,一册,22×15厘米,399页,东京目黑书店1920年(大正九年)2月出版。卷首有作者自序。

该书从散文的体质、流别、风格、修辞、文法、篇法、章法、句法、字法等方面论述了中国历代散文。其篇章结构如下:第一章,序论(一);第二章,序论(二);第三章,体制;第四章,流别;第五章,达意与修辞;第六章,学古与拟古;第七章,文之品致;第八章,文之法

---

① 本文所考述诸作,其出处已在行文中说明,不再于注文中赘列,下同。

度;第九章,文之病癖;第十章,篇法(上);第十一章,篇法(下);第十二章,章法(上);第十三章,章法(下);第十四章,句法(一);第十五章,句法(二);第十六章,句法(三);第十七章,句法(四);第十八章 字法(上),第十九章,字法(中);第二十章,字法(下);第二十一章,虚字与实字;第二十二章,品词的分类(上);第二十三章,品词的分类(下);第二十四章,我与汝;第二十五章,无不未非;第二十六章,于与乎;第二十七章,前置词;第二十八章,后置词;第二十九章,也与矣;第三十章,乎与邪;第三十一章,歇尾词;第三十二章,结论(上);第三十三章,结论(下)。

该书有孙俍工译本,作为《中国文学通论》上卷,上海商务印书馆1935年6月出版,297页。

6. 支那文学考——韵文考,一册,22×15厘米,393页,东京目黑书店1921年(大正十年)9月出版。卷首有作者自序。

该书论述了谣谚、箴铭、颂赞、哀吊、祝祭、乐府、骚赋、诗词等中国各体韵文。其篇章结构如下:第一章至第三章,概说(上、中、下);第四、五两章,谣谚(一、二);第六章,箴铭;第七章,颂赞;第八章,哀吊;第九章,祝祭;第十章,诗歌;第十一章,诗的体制;第十二章,诗的法度;第十三章,古体;第十四、十五两章,乐府(上、下);第十六章,四声五音;第十七章,八病;第十八章,双声叠韵;第十九、二十两章,近体(上、下);第二十一章,对偶法;第二十二章,连句集句;第二十三章,赋骚;第二十四章,骚的体式;第二十五章,赋的体式;第二十六章,连珠;第二十七至三十章,诗余(一至四);第三十一、三十二两章,结论(一、二);第三十三章,余论。作者以此书获文学博士学位。

该书有孙俍工译本,作为《中国文学通论》中卷,上海商务印书馆 1935 年 12 月出版,265 页。

7. 支那文学史,一册,22×15 厘米,376 页,早稻田大学出版部出版。

该书是用作大学教材的一部中国文学简史,其篇章设置与《支那文学大纲》很不一样。如第一编概论的十章篇目为:从文学上看经史子集的价值、文集的聚散存亡、群经文学(1—3)、诸子文学(1、2)、诸史文学(1—3)。《支那文学史纲》序论编为七章,其篇目为:文学的时代特色与地方特色、贵族文学与平民文学、文学与文字、文学与学校、文学与科举、文学与儒教、佛教及道教、文学史上的时代区划。

该书有与青柳笃恒《支那现代文》合订为一册及与桂五十郎《唐诗选释》、青柳笃恒《支那现代文》等合订一册两种装帧本。两种装帧本均无版权页。在《支那文学史》的首页上标有"文学博士儿岛献吉郎述"。如上文所述,儿岛献吉郎于 1921 年(大正十年)才获得博士学位,因知该书的出版时间不早于 1921 年。

8. 庄子考,一册,20×14 厘米,47 页,东京高等师范学校国语汉文学会 1924 年(大正十三年)印行,收入东京高等师范学校国语汉文学会编印的小册子第 1 辑。

该成果后又收入《支那诸子百家考》一书,参见下文。

9. 支那文学概论,一册,22×15 厘米,300 页,东京京文社 1928 年(昭和三年)3 月出版。卷首有吴兴沈子墨题绝句 8 首,茂亭郑万朝、汉阳尹喜求所撰两序。

该书是一部文学理论著作。全书分为四编,即:第一编,序论;第二编,内容论;第三编,形式论;第四编,结论及其余论。例如第一篇序论,分八章论述了文学的本质实体、文学的价值功用、文学与时代、文学与政治、文学与道德、文学与宗教、文学与气候风土。胡行之说:"儿岛博士此书有两大优点,即是:首先,编制很特别。每章都是以问题为中心,而加以横断面的解剖,并集中同样的材料,很易于检阅及发生趣味。其次,搜集中国文学材料很丰富,见地亦颇精确,著者虽系日人,实比中国人所说尤为亲切。"①

笔者所见该书有三种汉语译本。其一为胡行之译本,名《中国文学概论》,上海北新书局 1930 年 5 月初版,340 页。后于 1931 年、1933 年再版。其二为张铭慈译本,亦名《中国文学概论》,上海商务印书馆 1930 年 11 月出版,240 页。其三为隋树森译本,初名《中国文学》,上海世界书局 1931 年 2 月初版,274 页。次年再版。1943 年出新 1 版,改名为《中国文学概论》,204 页。

10. 支那诸子百家考,一册,22×15 厘米,382 页,东京目黑书店 1931 年(昭和六年)2 月出版。

该书共有九编,即:第一编,孔子考;第二编,老子考;第三编,孔老二派的思想冲突;第四编,墨子考;第五编,庄子考;第六编,荀子考;第七编,汉初六家之思想及系统;第八编,七书考(七书即孙子、吴子、司马法、尉缭子、六韬、三略、李卫公问对);第九编,鬼谷子及新语考。每一篇又分若干章,对所论对象加以系统地论述考辨。如第五编庄子考,下设八章,较全面地论辨了庄子其人、其学说、其文章及其影响等。八章章目为:第一章,庄子的经历;第二

---

① 见胡行之译本《中国文学概论》卷首《译述者言》,上海:北新书局 1930 年 5 月版。

章,庄子的时代;第三章,庄子的性格;第四章,庄子的学统;第五章,庄子的目的;第六章,庄子的学说;第七章,庄子的文章;第八章,对后世的影响。

20世纪30年代,陈清泉将该书译为汉语,名《诸子百家考》,上海商务印书馆收入《国学小丛书》,于1933年出版。台湾商务印书馆又将此译本收入《人人文库》,于1971年再版。

11. 支那文学杂考,一册,22×15厘米,465页,儿岛献吉郎去世后,由其弟子内野台岭编次,东京关书院1933年(昭和八年)10月出版。

该书收录十篇考辩之作,即:第一篇,毛诗考;第二篇,楚辞考;第三篇,诗仙李白考;第四篇,诗圣杜甫考;第五篇,诗佛王维考;第六篇,唐宋文学史考;第七篇,从乐府里所见到的中国诗人的军事思想;第八篇,从乐府里所见到的中国诗人的恋爱思想;第九篇,我的伦理观;第十篇,我的文章观。另有附录:论诗经的成书年代。

20世纪30年代,孙俍工选译第1至8篇,作为其编译的儿岛献吉郎选集《中国文学通论》下卷,上海商务印书馆于1936年出版。胡行之选译第1、2、3、4、5、7、8七篇,名《中国文学研究》,北新书局1936年10月出版。隋树森选译第1、2两篇,名《毛诗楚辞考》,商务印书馆收入《国学小丛书》丛书于1936年2月出版。

12. 国译春秋左氏传三十卷,二册。这是一部翻译注释之作,收入国民文库刊行会《国译汉文大成经子史部》第五、六两卷1920年(大正九年)出版,后多次重印。

13. 国译陆贾新语,与《国译七书》《国译鬼谷子》合为一册。这也是一部翻译注释之作,收入国民文库刊行会《国译汉文大成经子史部》第十卷,1921年(大正十年)出版,后多次重印。

二、部分论文

1. 唐宋八家文解题,富山房《汉文大系·唐宋八家文》卷首,1910年(明治四十三年)。

2. 春秋左氏传解题,国民文库刊行会《国译汉文大成经子史部·国译春秋左氏传》卷首,1920年(大正九年)。

3. 新语解题,国民文库刊行会《国译汉文大成经子史部·国译新语》卷首,1921年(大正十年)。

4. 诗人的感情美,斯文2:3,1920年(大正九年)6月。

5. 支那文学的感情内容,斯文7:5,1925年(大正14年)。

6. 孔子与文学,二松学报,1923年(大正十二年)。

7. 感情文学与理智文学(上、中、下),随鸥集,1925年(大正十四年)12月、1926年(大正十五年)2月、3月。

8. 四句诗与八句诗(上、下),随鸥集,1926(大正十五年)5月、6月。

近藤元粹的中国古代
文学研究文献

近藤元粹(1850—1922),字纯叔,号南州、萤雪轩、犹学等,日本伊豫(今爱媛)松山人。21岁以藩命选赴江户,师事著名汉学家芳野金陵,修汉学。25岁卜居大阪。27岁创办犹兴书院,下帷授徒,教授儒学、汉学。明治、大正时期著名的汉学家。一生著述宏富,达150余种(《萤雪轩丛书》即收其选评的诗话类著作59种,《萤雪轩论画丛书》收其选评的画论类著作25种)。除了本文下面所述及的关于中国古代文学方面的著述之外,还有不少关于中国历史、日本历史、文学方面的著述,以及教科书、辞典等。如《笺注十八史略校本》《增注春秋左氏传校本》《左传讲义》《萤雪轩论画丛书》《中国书画名家详传》《日本外史讲义》《日本政记训纂》《明治新撰今世名家文钞》《故事大辞典》。其诗文作品收于《南州先生诗文钞》《萤雪存稿》二书中。①

日本明治时期是其脱亚入欧、剧烈变革的时代,尽管当时的日本事实上尚不能够完全离开汉文化传统,而汉学日渐式微的趋势已定。生活于此时期的近藤氏因其家教、师承、深厚的汉学修养、

---

① 参考近藤元粹《南州先生诗文钞》、《大阪人物辞典》、《朝日日本历史人物事典》(网络版)、李庆《日本汉学史》等著述。

执着、勤奋等因素,成为此时期日本学界坚守儒学、汉学最后的代表人物之一,与藤泽南岳一起被誉为大阪儒学、汉学之双璧。近藤氏运用传统的文学研究、批评方式——选编、评点,并用汉文撰写了大量著作。据笔者所知,在日本传统汉学日渐衰微的那个时代,他是用汉文撰写中国古代文学研究著述最多的最后一位汉学家。其关于中国文化各方面的著述及诗文作品,除了字典、辞典外,全部用汉文撰写而成。

近藤氏关于中国古代文学方面的研究成果,逐渐引起现当代学者的关注,如叶嘉莹《王国维及其文学批评》[1]、罗根泽《中国文学批评史》[2]、孙立《中国文学批评文献学》[3]等等,都注意到近藤氏的研究成果。南洋理工大学王兵于去年撰写了《论近藤元粹的中国诗学批评》论文。[4]

近藤氏关于中国古代文学的研究文献,主要是对中国历代诗歌作品的选编评点,其次是对历代散文作品的选编评点,第三是对历代诗话著作的选编评点。本文初步从文献学角度对其进行梳理。因数量较多,分为上下两篇。上篇概述其对于中国历代诗歌作品选编评点方面的著述,下篇概述其对于中国历代散文作品、诗话著作选编评点方面的著述。

---

[1] 广东人民出版社 1982 年 9 月版。
[2] 上海古籍出版社 1984 年 3 月版。
[3] 广东人民出版社 2000 年 12 月版。
[4] 《日本研究》2010 年第 1 期。

上　篇

一、对历代诗作的选编评订

近藤氏关于中国历代诗歌作品的研究著作大体为两类，一是对原诗集进行选编，然后进行校订评点，如下文（一）所述各著作；一是未对原诗集进行重新编选，仅对原文本有所校订，并加以评点，如下文（二）所述各著作。下面分别简要述之。

（一）对历代名家诗歌作品的编选评订

1. 王孟诗集六卷（王右丞集四卷、孟襄阳集二卷），五册，〔唐〕王维、孟浩然撰，〔日〕近藤元粹编订评点。明治三十三年（1900）二月，青木嵩山堂出版。（见图 1）聚珍版，线装袖珍本（15×10 厘米）。上下两栏，上栏评订文字，小字 8 字，下栏正文①，10 行 20 字，小字双行。白口，四周双边，单黑鱼尾。王集外封页题"王右丞诗集"，卷端题"王右丞集"，卷首有总书名《王孟诗集》、近藤氏所撰《绪言》，次为《进王右丞集表》、《旧唐书》本传等，卷末

图 1　《王孟诗集》总书名页

---

①　"下栏正文"是就其主体概言之，本文所述诸著作实际上还间有旁注、旁评、总评等文字。下同。

附有诗话;孟集外封页题"孟襄阳诗集",卷端题"孟襄阳集",卷首有《孟浩然集序》、《新唐书》本传,卷末附有诗话。

近藤氏因好陶诗而选编评订与之风格相近的王、孟、韦、柳之诗,成《王孟诗集》六卷、《韦柳诗集》十四卷,并各附诗话。他在《王孟诗集·绪言》中叙述了选评因由及其体例:"诗之以冲淡清真脍炙人口者,在六朝独有一陶靖节耳。后至李唐,作者辈出,而得靖节意趣者,先屈指于王、孟、韦、柳四家矣。清胡月樵云:王则以清奇胜,孟则以清远胜,韦则以清拔胜,柳则以清俊胜。可谓确评也。余生平好陶诗,因又好四家之诗。……王集之翻刻于吾邦者仅有明顾可久注本,余编中所引顾本是也。其他宋刘须溪,明顾元纬、凌初成诸家,各有评注本,而清赵松谷笺注本最为详备。余则以胡月樵《唐四家诗集》为根据,傍参考诸书。胡本则据《全唐诗》,有小异同。其无外编,亦与《全唐诗》同。赵本与顾元纬本同,有外编,余亦据此编为附录,而有小异同。胡本附诗话,与赵本同,余据此更增补焉。赵本别有论画附录,而不关于诗,故省略焉。孟集则未闻有翻刻本,其类亦甚少,余据胡月樵本。其他则仅参考刘须溪本及《全唐诗》耳。刘本合刻明李空同评,其书系近日所舶载,故余并录二家评语。其他如高廷礼《唐诗品汇》《唐诗正声》,元遗山《唐诗鼓吹》,王尧衢《古唐诗合解》,胡夑亭《唐诗贯珠》,金圣叹《唐才子诗》,王渔洋《唐贤三昧集》等则合选全唐诸家之诗者,以时参考引用焉。"

2. 李太白诗醇五卷,三册,〔唐〕李白撰,[日]近藤元粹编选评订。明治三十四年(1901)七月,青木嵩山堂出版。聚珍版,线装袖珍本(15×10厘米)。上下两栏,上栏评订文字,小字8字,下栏正文,10行20字,小字双行。白口,四周双边,单黑鱼尾。书名页题"李太白诗集",卷端题"李太白诗醇"。(见图2)卷首有近藤氏所撰《绪言》,次为新旧《唐书》本传。

近藤氏甚喜李、杜之诗,因有李、杜两部诗醇之作。他在此集《绪言》中叙述了选评因由及其体例:"诗之有李、杜,犹车之有两轮、鸟之有双翼也……顷日阅《全唐诗·太白集》,又得杨、萧分类补注、王氏辑注、严氏评点本,及清人缪武子重刊宋本等数种。讲暇熟读玩味,选其所自喜之诗四百七十余首,傍参考

图2 《李太白诗醇》卷端

《唐诗合选》《唐诗品汇》《唐诗正声》《唐诗鼓吹》《唐诗贯珠》《唐诗合解》《唐宋诗醇》《唐诗选平》《唐才子诗》《唐诗纪事》《渔隐丛话》《诗林广记》《诗人玉屑》诸书,付诸家评注,及自家妄评,分为五卷,曰《李太白诗醇》。"

3. 杜工部诗醇六卷,六册,〔唐〕杜甫撰,〔日〕近藤元粹编选评订。明治三十年(1897)十一月,青木嵩山堂出版。聚珍版,线装袖珍本(15×10厘米)。上下两栏,上栏评订文字,小字8字,下栏正文,10行20字,小字双行。白口,四周双边,单黑鱼尾。卷首有近藤氏所撰《绪言》,次为新旧《唐书》杜甫本传、元稹撰墓志铭。书名页题"精选杜工部诗集"(见图3),卷端题"杜工部诗醇"。

近藤氏在此集《绪言》中叙述了选评杜诗的甘苦及其体例:"余顷日取诸家之编,偷闲通览,随读随抄,且摘出诸家评注稍有平易

者,附录于各诗后或栏外,以便于诵读。其编次之序,亦诸家各是其所见,前后错杂,大有异同。今一一对比参考,烦劳实为不少也。而余之编则以康熙帝《全唐诗》、乾隆帝《唐宋诗醇》,及王世贞、王慎中、王士正、宋荦、邵长蘅五家评本为根据,其选则一出己意,而与乾隆之选及沈德潜之偶评等大同而小异。盖同其目者无不爱子都之姣,同其口者无不嗜易牙之味,故以同其选,不得贬之为雷同也。"

图3 《杜工部诗醇》书名页

图4 《韩昌黎诗集》书名页

4. 韩昌黎诗集十一卷,十一册,〔唐〕韩愈撰,[日]近藤元粹编订评点。明治四十三年(1910)五月,青木嵩山堂出版。(见图4)聚珍版,线装袖珍本(15×10厘米)。上下两栏,上栏评订文字,小字8字,下栏正文,10行20字,小字双行。白口,四周双边,单黑鱼尾。卷首有近藤氏所撰《绪言》,次为新旧《唐书》本传。卷末附近藤氏所辑《诗话》一卷。

近藤氏很看重韩愈之诗,认为可与李、杜鼎立。此集《绪言》详述了其观点,以及不同于其他诗选的编例:"今试取韩诗读之,其壮浪纵恣,摆去拘束,诚不减于李;其浑涵汪茫,千汇万状,诚不减于杜。而风骨峻嶒,腕力矫变,得李、杜之神而不袭其貌,则又拔奇于二子之外,而自成一家。夫诗至与李、杜鼎立而论定,独有待于千载之后。甚矣,诗道之难言也。……余往日既选李、杜以下五家之诗,上板以问于世。今又及韩诗焉。退之毕生之业在文,而以诗为余事,故其数亦不甚多也。是以全载其集十卷,附录一卷,与前所编五家诗选,异其例。……斯编例取诸家注释与评语,错综录之于栏外。然仅仅小册子,无余白以详载焉。于是或汇辑而录之本诗总评之后,与五家之诗选,亦异其例。编韩诗实不得不然也。"

5. 韦柳诗集十四卷(韦苏州集十卷、柳柳州集四卷),六册,〔唐〕韦应物、柳宗元撰,〔日〕近藤元粹编订评点。明治三十三年(1900)七月,大阪青木嵩山堂出版。(见图5)聚珍版,线装袖珍本(15×10厘米)。上下两栏,上栏评订文字,小字8字,下栏正文,10行20字,小字双行。白口,四周双边,单黑鱼尾。韦集外封页题"韦苏州诗集",卷端题"韦苏州集",卷首有总书名《韦柳诗集》,次为序、传记、诗话;柳集外封页题"柳柳州诗集",卷端题"柳柳州集",卷首有近藤氏所撰《绪言》,次为诗话、传记。

图5 《韦柳诗集》书名页

如前所述,韦、柳之诗是近藤氏所好,此诗集是其将韦应物、柳宗元两位诗人的诗作及评点文字编订为一部合集。其中《韦苏州诗集》十卷,《柳柳州诗集》四卷。近藤氏在此集《绪言》中叙述了编订评点过程及其体例:"王孟集开板已成,韦柳集亦随告成。韦集之行于世者至希,余以胡月樵《唐四家诗集》为据,参考之《全唐诗》。评订已终,适得宽永中所翻刻之刘须溪校本,更再校订。此柳集之行于世亦不为多,今据《唐四家诗集》《全唐诗》,与韦集同,而别参考蒋注柳文翻刻本焉。其并参于《唐诗品汇》《唐诗正声》《唐诗鼓吹》《古唐诗合解》《唐诗贯珠》《唐才子诗》《唐贤三昧集》等。摘录前人评语,与自家评注相参错,总与王孟集同。卷末附诗话,亦同焉。"

图6 《白乐天诗集》书名页

6. 白乐天诗集五卷,二册,〔唐〕白居易撰,〔日〕近藤元粹编选评订。明治二十九年(1896)四月,大阪青木嵩山堂出版。(见图6)聚珍版,线装袖珍本(15×10厘米)。上下两栏,上栏评订文字,小字8字,下栏正文,10行20字,小字双行。白口,四周双边,单黑鱼尾。卷首有近藤氏所撰《绪言》,次为诗评、《新唐书》本传等。

近藤氏于白诗亦颇欣赏,称白集与苏轼之集为"隔世双美",眉批中时见赞美之辞。他在此集《绪言》中叙述了选评此集的因由与具体做法:"我邦抄本,仅有源世昭所选《白诗选》一本耳。虽然其选未足以为精,且篇数亦甚鲜少,学者常以为遗憾焉。余于是就其全集三十九卷中拔其萃,分为五卷。卷中体例,一据全集次第,不复分门类。且一一附细评,以清读者之眉目。其例录于本文诗后者,总系前人之评注;揭于栏外者,盖出于自家臆见。学者就而细看,亦足以推知其全豹也。"

7. 欧阳文忠公诗集二十一卷,卷首一卷,七册,〔宋〕欧阳修撰,〔日〕近藤元粹选评。明治四十三年(1910)八月,东京青木嵩山堂出版。(见图7)聚珍版,线装袖珍本(15×10厘米)。上下两栏,上栏评订文字,小字8字,下栏正文,10行20字。白口,四周双边,单黑鱼尾。书名页题"欧阳文忠公诗集",卷端与版心题"六一居士诗集"。卷首有近藤氏所撰《绪言》,次为《宋史》本传。

近藤氏对欧阳修之诗亦欣赏有加,他在此集《绪言》中叙述了编选评订过程,高度总评了欧阳之诗:"余于是前日取韩诗评订之,出版以表于江湖。后又取欧集,且读且订,或加妄批焉。拮据数月,渐终其业。欧阳衡所校刊《欧阳文忠公全集》一百五十八卷,内有《居士集》五十卷、《外集》二十五卷,又在其内除文,《居士集》古诗九卷、律诗五卷、外集古诗四卷、律诗三卷,合为诗二十一卷。余擢出

图7 《欧阳文忠公诗集》书名页

之于全集中,名曰《六一居士诗集》。夫欧子之诗,虽固不足敌其文,然格调温雅清新可喜。至其长篇大作,则雄健磊落,音韵天成,有足使世间所谓专门诗人瞠若于数步外者。在赵宋三百年间,除苏子瞻外,岂其多让乎?"

8. 苏东坡诗醇六卷,六册,〔宋〕苏轼撰,[日]近藤元粹选评。明治三十九年(1906),青木嵩山堂出版。聚珍版,线装袖珍本(15×10厘米)。上下两栏,上栏评订文字,小字8字,下栏正文,10行20字,小字双行。白口,四周双边,单黑鱼尾。书名页题"苏东坡诗集",卷端及版心题"苏东坡诗醇"。(见图8)卷首有近藤氏所撰《绪言》,次为《弘简录文翰传》。

图8 《苏东坡诗醇》卷端

从上文《欧阳文忠公诗集·绪言》中便可以看出,近藤氏将苏轼推为赵宋三百年间第一大家。在此集的《绪言》中,他更是一面叙述选评的具体做法,一面赞美苏诗:"余尝选李、杜等诗,付之聚珍版,以问于世。今复就东坡全集,选其尤者。余谓读坡翁全集,譬之登昆山,入桂林,所见皆珠,所触皆花,只觉光彩炫目,芬芳熏衣焉耳。而采取于其中,为仅仅六卷,固不过为片珍点芳也。然参考诸本已载之注解,又录前贤及自家批评,更取古人所著诗话随笔中论说关其诗者付载之,制为袖珍本。"

9.陆放翁诗醇六卷,六册,〔宋〕陆游撰,〔日〕近藤元粹选评。明治四十二年(1909)二月,青木嵩山堂出版。聚珍版,线装袖珍本(15×10厘米)。上下两栏,上栏评订文字,小字8字,下栏正文,10行20字,小字双行。白口,四周双边,单黑鱼尾。书名页题"陆放翁诗集"(见图9),卷端及版心题"陆放翁诗醇"。卷首有近藤氏所撰《绪言》,次为《宋史》本传、赵翼撰《陆放翁年谱》节略,以及诗话五则。

近藤氏对陆诗的评价也颇高。他在《绪言》一面叙述选评细节及体例,一面借乾隆之语赞美陆诗:"古来选陆诗而行于世,余之所寓目者,有《名公诗选》《剑南诗钞》《放翁先生诗抄》等数种。其与数家诗合选者,亦有《石仓诗选》《唐宋诗醇》《宋五十家诗选》《宋四名家诗抄》《宋诗抄》等数种。其书或为编年,或为分类例,种

图9 《陆放翁诗醇》书名页

种不一,要之,以剑南全集编年例为正矣。顷日,余取全集反复玩味,傍参考诸家之选,拔其醇者为六卷。卷中录诸家评注于诗后,栏外亦录一二家评及鄙评焉,而其诗格之月旦,则清儒纪昀辈颇有贬议,独乾隆帝《唐宋诗醇》题言,为千古铁案。其言曰:'……宋自南渡以后,必以陆游为冠……若捐疵类,存英华,略纤巧可喜之词,而发其闳深微妙之指,何尝不与李、杜、韩、白诸家异曲同工,可以配而无愧者哉!'呜呼!放翁殁后数百年,得帝王公明正大之言,而

其论大定矣,不复俟后生喋喋辩论也。往年余已选白诗,上版问于世,今陆诗之选,以同其体例。"

10. 王阳明诗集四卷,四册,〔明〕王守仁撰,〔日〕近藤元粹选评。明治四十二年(1909)五月,青木嵩山堂出版。(见图10)聚珍版,线装袖珍本(15×10厘米)。上下两栏,上栏评订文字,小字8字,下栏正文,10行20字,小字双行。白口,四周双边,单黑鱼尾。卷首有近藤氏所撰《绪言》,次为《明史》本传。

近藤氏看不上王阳明之人品学术,而独赏其文与诗,因有是编。他在《绪言》说:"伯安之学术实无足观者,而其文则议论宏赡,辞藻温丽,卓然自成一家之言。诗亦往往出新意奇句,而格调清淡闲肆可喜者不为少矣。……余往年编《明清八家文》,选取伯安之文,上木以问于世。后常有欲选其诗之志,而坊间所传《王阳明全集》,辑录不完,故未果志

图10 《王阳明诗集》书名页

也。顷日又得其全书而阅之,则其诗完备焉。然比之文,其数不啻什一。于是全载其诗,分为四卷,更录鄙评于栏外,以付之聚珍版。"

(二) 对历代诗歌别集总集的评订

1. 陶渊明集八卷,四册,〔晋〕陶潜撰,〔日〕近藤元粹评订。明

治二十七年(1894)五月,青木嵩山堂出版。(见图11)聚珍版,线装袖珍本(15×10厘米)。上下两栏,上栏评订文字,小字8字,下栏正文,10行20字。白口,四周双边,单黑鱼尾。卷首有近藤氏所撰《绪言》,次为《四库全书总目》提要、《题刻靖节集》《陶渊明集序》《陶渊明传》《陶渊明集总论》等。

近藤氏"生平好陶诗","诗之以冲淡清真脍炙人口者,在六朝,独有一陶靖节耳。"(《绪言》)他据日本宽文四年翻刻明天启二年杨氏刻本,加

图11 《陶渊明集》书名页

以校订评点,并增补了前人评语。此集卷一至卷四为诗,卷五至卷八为文,均有评语。

他在《绪言》中叙述了其编评体例:"余所据之本,则系于宽文四年翻刻明天启二年杨氏刻本者。第五卷以下编次,多与诸本异。因谓读陶集者,要在领其诗文之妙而已,如编次前后,则不问而可也。至于字句之异同,则其意义之所关甚大,故参考诸本,一一录之。栏外批评,则多系于鄙见;其有前人之批评者,错综记之,以便于检阅。僭越之罪,固所甘受也。原本所插入前人评论,亦往往增补之。而其卷数,则亦从全书八卷之例云。"

2. 林和靖诗集四卷拾遗一卷,二册,〔宋〕林逋撰,〔日〕近藤元粹评订。明治三十年(1897)五月,东京青木嵩山堂出版。(见图12)

图 12 《林和靖诗集》书名页

聚珍版,线装袖珍本(15×10 厘米)。上下两栏,上栏评订文字,小字 8 字,下栏正文,10 行 20 字,小字双行。白口,四周双边,单黑鱼尾。卷首有近藤氏所撰《绪言》,次为《四库全书总目》提要、《宋史》本传、墓堂记。卷末附录近藤氏增补评订《酬唱题咏》《诸家诗话》

此集是近藤氏欣赏林诗之"平淡邃美",遂据清人吴调元校刊本评订而成此集,其《绪言》曰:"宋《林和靖诗集》之翻刻于我邦者,世仅有一本,而其书亦为稀有,读者以为憾焉。近日清国舶载一本,盖清人吴调元所校刊,《四库总目》所载者是也。全部四卷,分古今体编纂之,与我旧刻本诸体杂录者体例全别。且搜集遗诗、逸句、诗余及诸家诗话,载之卷末。较于旧刻本,则为完本矣。夫和靖之诗平淡邃美,实为宋代升平之雅音。……前日余已评订宋处士真山民之诗,以问于世,今又得和靖之诗,参考于旧刻本,更敢付妄批,聚珍版行以与《山民集》并传焉。卷末所载诸家诗话,亦颇增补之。"

3. 真山民诗集,一册,〔宋〕真山民撰,〔日〕近藤元粹评订。明治二十八年(1895)九月,青木嵩山堂出版。(见图 13)聚珍版,线装袖珍本(15×10 厘米)。上下两栏,上栏评订文字,小字 8 字,下栏正文,10 行 20 字,小字双行。白口,四周双边,单黑鱼尾。卷首有近藤氏所编《序说》，录《徐氏笔精》、《四库全书总目》提要、《宋诗抄》、村濑栲亭序，朝川善庵序等有关文字，次为目录以及元人董师谦《真山民诗集序》。

此集不分卷，收五言古诗十首、长短句二首、五言律诗六十六首、七言律诗五十七首、五言绝句十二首、七言绝句二十一首。

近藤氏选评此遗民之诗，一方面当因真山民之诗风似陶，投其所好；一方面当是真山民的一些诗触动了其境遇之叹。如《独坐》一诗有"时事

图13 《真山民诗集》书名页

三缄口，年光一转头。有书遮老眼，无药疗闲愁"二联，他于每字下批点，并加眉批曰："二联皆如为我设者。"再如《春感》一诗有"一身浮似寄，百岁去如流。赖有芳尊在，花前日醉游"二联，他于每字下亦批点，并加眉批曰："亦我辈语。"

此集是以日本文化年间的两刻本为依据，加以校订评点而成，其《序说》曰："《真山民集》所传于我者有二，其一村濑栲亭所校，其一泉泽履斋所校，俱系文化年间之刻。今以二本为根据，更参考于《宋诗抄》，订其异同，且加批评，付之聚珍版。彼我诸贤所论之言，大同小异，列载于卷首，效朱子《论孟集注》本之例，名曰《序说》，以资参考云。"

4.笺注唐贤诗集三卷，三册，〔清〕王士禛选编，吴煊、胡棠辑

图 14 《笺注唐贤诗集》书名页

注,黄培芳批评,〔日〕近藤元粹增评。明治三十一年(1898)十二月,青木嵩山堂出版。(见图 14)聚珍版,线装袖珍本(15×10 厘米)。上下两栏,上栏评订文字,小字 8 字,下栏正文、注文,10 行 20 字,小字双行。白口,四周双边,单黑鱼尾。卷首有近藤氏所撰《绪言》,次为清人黄培芳、胡棠、吴煊、王鸣盛、姜宸英等原序。

该集是据清王士禛选,吴煊、胡棠辑注,黄培芳批评本《唐贤三昧集》加以订正,并增补评点文字而成。其《绪言》曰:"清王阮亭所选《唐贤三昧集》,……我邦往时已有翻刻单行本,而其书俱为希有。近日舶载有清人吴退庵、胡甘亭笺注,黄香石批评单行本。吴、胡二氏之于是集,爱读数年,互相参订,加笺引,其苦辛可想也。黄氏之评则疏密相半,间亦有可观者矣。……今若欲观盛唐人之诗,竟不得不推是选也。而舶载新本,亦不甚多。余于是取笺注批评本,订正其误谬,更增补批评,付之浪华书估嵩山堂主人,使为袖珍本以问于世。而主人嫌'三昧'之名之过高,请别选佳名,乃改曰《唐贤诗集》。"

5. 宋元明诗选三百首四卷,二册,〔清〕朱梓、冷昌选编,〔清〕华黼臣笺注,〔日〕近藤元粹评订。明治三十二年(1899)二月,大阪青木嵩山堂出版。聚珍版,线装袖珍本(15×10 厘米)。上下两栏,上栏评订文字,小字8字,下栏正文、注文,10行21字,小字双行。白口,四周双边,单黑鱼尾。书名页题"笺注宋元明诗选"(见图15),卷端题《宋元明诗选三百首》。卷首有近藤氏所撰《绪言》,次为华黼臣所撰原序、小传、凡例等。

图15 《宋元明诗选》书名页

此集由近藤氏依据华黼臣笺注本评订而成,其《绪言》曰:"《唐贤诗集》刻已成,继及宋元明诗选,势当然也。而古人选宋元明诗者至少,余以为憾焉。顷日适得清人朱梅溪、冷谏庵所合选《宋元明诗约抄》二卷,华绲斋称扬,以为篇简体该,课蒙善本,加之笺注订其鲁鱼亥豕,刻以问世。今阅读之,音韵铿锵,首首皆金玉,其选甚精,绲斋之言洵不诬也。近日诗风一变,世争学清人险怪艰涩之体,以为有得,而不复问唐、宋、元、明诗之为何物,颇与往时世徒模仿李、王而仇敌视宋人者相似,盖未知知其善解诗中之妙乎否? 亦不免为痂癖矣。余于是依华氏之笺注本,漫加批评,校订一遍,分为四卷,改命曰'宋元明诗选',付之浪华书估嵩山堂主人,使刻以与《唐贤诗集》并行。"

6. 中州集十卷中州乐府一卷,十一册,〔金〕元好问编,〔日〕近藤元粹评订。明治四十一年(1908)五月,大阪青木嵩山堂出版。(见图16)聚珍版,线装袖珍本(15×10厘米)。上下两栏,上栏评订文字,小字8字,下栏正文,10行20字。白口,四周双

图16 《中州集》书名页

边,单黑鱼尾。卷首有近藤氏所撰《绪言》,次为《四库全书总目》提要,明严永浚、陈孟浩两篇序文,元好问《中州集引》。

近藤氏虽对金元诗总体评价不高,而却欣赏元好问之诗,推为金国第一。此集为近藤氏据毛晋汲古阁本等三种版本彼此校订评点而成,其《绪言》曰:"余夙欲得《中州集》付之聚珍版,以益于世读诗者。……而书估某适至自清国,持毛晋所刻汲古阁本来售,余喜购之。……细检之,板行已久,故不能无一二缺画落纸,余亦以为遗憾。后又得清光绪癸未读书山房刻本……校阅亦颇精善,足补毛本之缺。既而又得延宝翻刻本……亦有前二本俱讹,而是本独不讹者。……至是彼此校雠评订,始得达宿志矣。文化中,馆枢卿校清人顾奎光《金诗选》,翻刻以问于世。……其书取《中州集》选择之,更合元遗山及房祺《河汾遗老诗》,辑为四卷,栏外有陶玉禾之评语。……余更参考其书,节取其评,与鄙评相参错焉。集中作者小传,则一一检之于《金史》,辨其异同,又录之于栏外。如编首总目,则所益无几许,故从清刻本之例削去之。于是全部十一卷始成。"

7. 青丘高季迪先生诗集十八卷卷首一卷补遗一卷扣舷集一卷,二十一册,〔明〕高启撰,〔清〕金檀辑注,[日]近藤元粹评订。

明治二十八年（1895）八月至三十年（1897）十月，青木嵩山堂出版。聚珍版，线装中本（20×13厘米）。上下两栏，上栏评订文字，小字7字，下栏正文、注文，12行24字，小字双行。白口，四周双边，单黑鱼尾。书名页题"辑注增补高青丘全集"（见图17），卷端题"青丘高季迪先生诗集"。卷首有日人小野愿所撰序、近藤氏所撰《例言》，次为清金檀《辑注青丘高季迪先生诗集》卷首原载诸序、例言、诗评、画像、传记、年谱等。卷末有附录一卷。

图17 《青丘高季迪先生诗集》书名页

　　近藤氏誉高启之诗为近世之冠，因而依据金檀辑注本，将高启的全部诗作加以评订（含无名氏之评语），分爱于天下。其《例言》曰："高青丘之诗，冠绝于近世，人皆喜诵读焉。……近日余得金注本于书估嵩山堂，晨夕诵读，颇慰生平之渴望，自以为快焉。虽然又自谓稀世之宝，既归掌中，不如分爱于天下也。乃怂恿嵩山堂付之聚珍版，以问于世。……前年余得《大全集》，书中自首至尾有批圈焉，有评语焉。而评语精详深切，其书体亦遒丽不凡，余断以为海西人所作也。近日小野湖山翁来观，亦以余说为是。而卷中不录其姓名，故不知成于何人之手也。余之评此书，固出于鄙意，然间或有据旧评，或檃括，或节录，或全取者，而不复标明之，盖不得已也，读者其谅之。"

8. 评注国朝六家诗钞八卷，四册，〔清〕刘执玉选编，〔日〕近藤元粹评订。明治四十年（1907）五月，青木嵩山堂出版。（见图 18）聚珍版，线装袖珍本（15×10 厘米）。上下两栏，上栏评订文字，小字 8 字，下栏正文，10 行 20 字，小字双行。白口，四周双边，单黑鱼尾。书名页题"清六家诗钞"，卷端题"评注国朝六家诗钞"。卷首有近藤氏所撰序，次为选本原载清沈德潜、邹一桂、诸洛等人序，刘执玉《凡例》。

近藤氏总体上看不上清诗，对于清人诗文集，他未曾主动选评。此集与《浙西六家诗抄》皆是应书商青木嵩山堂主人之请而加以评订。他对当时日本诗坛盛行嗜好清诗之风甚为不满，因而借评订此二集之机，对清诗弊习驳击痛论，不遗余

图 18 《评注国朝六家诗钞》版权页

力，意图以矫时弊。此集《绪言》曰："往年余因书估嵩山堂主人之嘱，批《浙西六家诗钞》，以问于世。顷日又乞批《清六家诗钞》。余校阅再三，随阅随批，数月而终焉。清六家之诗，比之浙西六家，实在数等之上。就中前人皆推王阮亭、查初白为巨擘，今平心熟读之，洵然。……方今天下好清人之诗，奉以为金科玉条而沾沾自喜焉。余则驳击痛论自以为快焉，是亦各言其志也尔。"

9. 评订浙西六家诗钞六卷，六册，〔清〕吴应和、马洵选编，

［日］近藤元粹评订。明治三十六年(1903)八月,青木嵩山堂出版。(见图19)聚珍版,线装袖珍本(15×10厘米)。上下两栏,上栏评订文字,小字8字,下栏正文,10行20字。白口,四周双边,单黑鱼尾。卷首有近藤氏所撰序,次为选本原载清吴应和序,以及凡例、参订人姓氏等。

此集成因,已大体如上所述。可参上文,再详此集《绪言》之有关文字:"顷日浪华书估嵩山堂主人将翻刻《浙西六家诗钞》,来乞余批评而校订焉。余曰:《浙西六家诗钞》中有弊习殊甚者,则何必刻之乎?方今吾邦诗学大行,而世多嗜好清诗,称为新调以相夸。往时明诗弊习之行天下也,人皆争尸祝江南四家、嘉隆七子等之什。如唐宋诸大

图19 《评订浙西六家诗钞》书名页

家之集,则束之高阁,甚焉则至于极口唾骂如仇雠。今之尸祝国朝六家、浙西六家等之什者,无乃与此相类乎?虽然清人之什气骨崚嶒,激壮挺拔,亦非无一二可观者。博览该通,取长舍短,是学者所当为焉。则今日读浙西六家诗,亦不必为不可也。……近世菅、赖诸贤辈出,主张唐、宋,一洗明诗弊习,而当时已刻斯书,山阳翁亦尝有所批评焉。余于是仿鞷,且杂引翁评,更布演之。其鄙意不喜者,则驳击痛论,不遗余力,意盖在矫时弊也。"

下　篇

二、对历代散文作品的编选评注

近藤氏对中国历代散文作品的编选评注成果，主要在对于《文章轨范》与明清八家散文作品的选编评点方面。

1. 精选文章轨范评林七卷，六册，[日]近藤元粹编选评订。明治十四年（1881）五月，大阪森本太助同盟书房出版。（见图 20）聚珍版，线装。上下两栏，上栏评订文字，小字 7 字，下栏正文，9 行 20 字，小字双行。白口，四周双边，单黑鱼尾。卷首仅有凡例、目次。书名页标"近藤元粹纂辑"，卷端署"近藤元粹纯叔批选"。

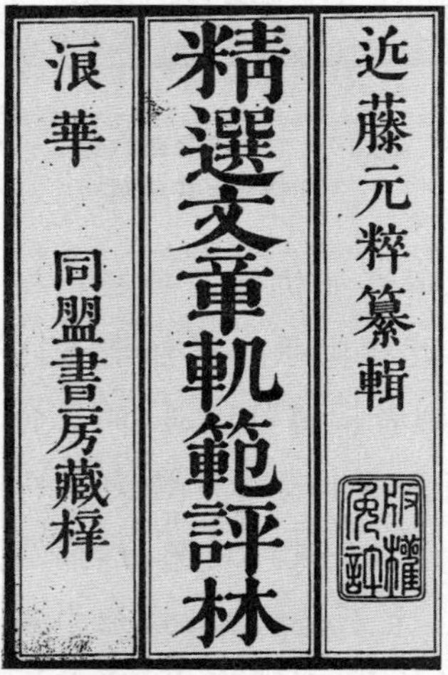

该书仿谢枋得《文章轨范》、邹守义《续文章轨范》两部古文选评本以及日人东龟年所校谢、邹二选评林本之体例，主要选取两部文选之外的唐宋诸名家散文、中日诸名家评点文字，以及近藤氏本人的评点文字，编为"天、生、我、材、必、有、用"七卷。其他朝代，六朝仅选了王羲之一篇、陶潜两篇，明清两代仅选了侯朝宗、魏禧各一篇。其体例细则见卷首《凡例》，仅摘其要如下：

图 20　《精选文章轨范评林》书名页

余斯选虽云系鄙意所喜,然窃谓是皆古文之杰出者。置诸谢、邹二选之后,更无逊色。……斯编鄙意盖在续谢、邹二选,故二选所载之文,虽极妙者,断不载之。诸名家评,所谓文林鼓吹者,一随前辈东龟年所校谢、邹二选评林本之例,而置诸篇末……诸名家所评,取其与鄙意会者而揭诸上层。其系鄙评者,记贱名或"案"字以别之,不记贱名或"案"字而直书其说者,亦间或有焉,不得一定论也。傍评傍注,亦多系古人之撰,以其无余地,不获一一揭其名,读者谅之。文章佳境妙境,则批圈以清人眉目。而其前人所为与系鄙记者,不复别之。如其大小段落亦然。无他,厌其烦也。分卷分文体之例,一随谢选。

2. 新撰文章轨范评林七卷,六册,[日]近藤元粹选编评注。明治二十五年(1892)九月,赤志忠雅堂出版。该书是前面所述《精选文章轨范评林七卷》一书的改题再版之本,其内容、版式与之毫无二致。其版权页明确注明:"明治十五年(1882)一月廿九日板板权免许,同廿五年九月十日再板印刷。"其不同之处:书名页文字改为"伊豫近藤元粹先生选/评注新撰文章轨范/大阪赤志忠雅堂梓"(见图21),每卷首页首行书名

图21 《新撰文章轨范评林》书名页

改为"新撰文章轨范评林",另外其开本和卷册的分合也小有不同。

3. 明清八大家文读本二十五卷,十二册。近藤元粹选评。明治十九年(1886)四月大阪冈田群玉堂出版。(见图22)聚珍版,线装(22.5×15.5厘米)。上下两栏,上栏评订文字,小字7字,下栏正文,11行20字。白口,四周双边,单黑鱼尾。卷前有古梅岩谷修所撰序、船山草场廉所撰序,次凡例。

该书仿清沈德潜选《唐宋八家文读本》之例,选录明代宋濂、方孝孺、王守仁、归有光与清代侯方域、魏禧、廖燕、袁枚等八家之文、诸名家评语,以及近藤氏自己所作的评点文字,分类编订成书。对所选之文进行逐篇断句、难点注释,对佳言妙语进行圈点评析。评论文字有上栏眉评、行间旁评、文后总评。校订注释等文字则随文置于相应位置。其《凡例》细则摘要如下:

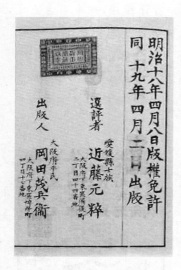

图22 《明清八大家文读本》版权页

近日乃仿沈选唐宋八家文读本之例,选次是书。明则收宋濂景濂、方孝孺希直、王守仁伯安、归有光熙甫,清则收侯方域朝宗、魏禧冰叔、廖燕柴舟、袁枚子才,因命曰"明清八家文读本"。夫明清诸家,其多如林,而余特收八家者,亦系我性所嗜好焉耳。……是编仿沈选，故右诸例，皆沿之。但栏外批评，则沈选所无，余特加繁焉。文有前人评论者，无总评旁批之别，大抵录之，虽然间或取舍焉。沈例又云：文中事有关系者，每考诸史传，旁及诸文籍记载，或录为总评，或列于旁批。俾读者两相证印，亦尚友古人之一助焉。是编系近人著作，则文中所出名贤伟人事迹，绝少书可考证，故不得仿沈例记入也。沈以赋为韵语舍旃，虽然祭文亦系韵语，而载之是编画赞类，不以韵语舍旃，盖亦沈收祭文之意也。征引典故语，属艰深者，时时释之，亦如沈例。

该书另有一本，明治十九年（1886）东京青木嵩山堂印行。日本一桥大学收藏有此本。

近藤氏另著有《音释训点文选正文》十二卷一书，明治十五年（1882）七书房出版。该书重在"音释训点"，本文从略。

三、对历代诗话著作的编选评点

近藤氏对中国历代诗话著作的编选评注成果，主要集中在《萤雪轩丛书》中。

萤雪轩丛书十卷，十册，[日]近藤元粹编辑评订。明治二十五年（1892）至三十年（1897），东京青木嵩山堂出版。（见图23）聚珍版，线装（13.5×20厘米）。上下双栏，上栏评订文字，小字7字，下栏正文，12行24字，小字双行。白口，四周双边，单黑鱼尾。版心下部镌"嵩山堂藏板"。卷首有《自序》《例言五则》，卷末有跋。

近藤氏所评点诗话各卷细目如下。①

第一卷七种：

二十四诗品　〔唐〕司空图

诗式　〔唐〕释皎然著

六一居士诗话　〔宋〕欧阳修著

六一居士诗话附录　〔宋〕欧阳修著　[日]近藤元粹辑

司马温公诗话　〔宋〕司马光著

沧浪诗话　〔宋〕严羽著

对床夜语五卷　〔宋〕范晞文著

图23　《萤雪轩丛书》书名页

第二卷六种：

诗品　〔梁〕钟嵘著

中山诗话　〔宋〕刘攽著

后山诗话　〔宋〕陈师道著

藏海诗话　〔宋〕吴可著

唐子西文录　〔宋〕唐庚著

归田诗话　〔明〕瞿佑著

第三卷八种：

碧溪诗话十卷　〔宋〕黄彻著

临汉隐居诗话　〔宋〕魏泰著

秋星阁诗话　〔明〕李沂著

二老堂诗话　〔宋〕周必大著

艺苑雌黄　〔宋〕严有翼著

谭苑醍醐　〔明〕杨慎（原

---

① 学界谈及此丛书细目及其著者、编者，互有出入。今考之原书，一一列之。

署"阙名")著

竹林诗评 〔□〕阙名著

谢氏诗源 〔□〕阙名著

第四卷七种：

许彦周诗话 〔宋〕许顗著

竹坡老人诗话 〔宋〕周紫芝著

白石道人诗说 〔宋〕姜夔著

履斋诗说 〔宋〕孙奕著 [日]近藤元粹辑

滹南诗话 〔金〕王若虚著

沧浪诗话纠谬 〔明〕冯班著 [日]西常道辑

沧浪诗话纠谬附录 〔明〕冯班著 [日]西常道辑

第五卷四种：

老学庵诗话 〔宋〕陆游撰 [日]黑崎璞斋 饭村岳麓辑 [日]近藤元粹补订

石林诗话 〔宋〕叶梦得著

珊瑚钩诗话 〔宋〕张表臣著

南濠诗话 〔明〕都穆著

第六卷七种：

紫薇诗话 〔宋〕吕本中著

庚溪诗话 〔宋〕陈岩肖著

山房随笔 〔元〕蒋正子著

麓堂诗话 〔明〕李东阳著

漫叟诗话 〔宋〕阙名著

金玉诗话 〔宋〕蔡絛（原署"阙名"）著

徐而庵诗话 〔清〕徐增著

第七卷四种：

东坡诗话一卷 〔宋〕苏轼著

东坡诗话补遗一卷 〔宋〕苏轼撰 [日]近藤元粹辑

苏诗纪事 [日]近藤元粹辑

吴礼部诗话 〔元〕吴师道著

第八卷七种：

诗病五事 〔宋〕苏辙著

杜诗笺 〔宋〕黄庭坚著

诚斋诗话 〔宋〕杨万里著

弁阳诗话 〔宋〕周密著 [日]梁川星岩 菅老山辑

谈艺录 〔明〕徐祯卿著

艺圃撷余　〔明〕王世懋著　　西清诗话　〔宋〕蔡絛著
榕城诗话　〔清〕杭世骏著

第十卷五种：

第九卷四种：　　　　　　　　存余堂诗话　〔明〕朱承爵著
侯鲭诗话　〔宋〕赵令畤著　　夷白斋诗话　〔明〕顾元庆著
〔日〕近藤元粹辑　　　　　　挥麈诗话　〔明〕王兆云著
冷斋夜话　〔宋〕释惠洪著　　寄园诗话　〔清〕赵吉士辑
岁寒堂诗话　〔宋〕张戒著　　说诗晬语　〔清〕沈德潜著

共收入诗话五十九种，编次"不拘于时代先后，盖家藏本系余贫生计中所得，故随其得而编录之，不复暇次序时代先后也"(《例言》)。

除收录诗话成书者外，编者还辑录数种。"《六一诗话附录》系编者从欧阳修《试笔》《归田录》录出别辑而成；《沧浪诗话话纠谬附录》系日人西常道从冯班《钝吟杂录》录出涉诗语别辑而成……《东坡诗话补遗》系编者从《东坡志林》录出别辑而成；《东坡纪事》系编者'就群书中搜录东坡遗事系于诗者'别辑而成；《老学庵诗活》系日人黑崎璞斋、饭村岳麓从陆游《老学庵笔记》录出涉诗者别辑而成，原称《放翁诗话》，由编者补订后改称现名；《弁阳诗话》系日人梁川星岩、菅老山从周密《浩然斋雅谈》录出别辑而成，原称《浩然斋诗话》，由编者改称现名。"[①]

近藤氏评点、校订或说明性文字以眉评形式置于上栏，与被评点、校订或说明的正文文字上下相应。下栏置被评点的文字，或批

---

① 钱钢、周锋、张寅彭著：《中国诗学（三）》，上海：东方出版中心，1999 年 4 月。

点,或批圈。自言其评点文字是"随读随批,或疏或密,或称扬,或骂詈,其例不一,盖以录我意之所思,本非有意于公世也"。

卷首自序曰:"平生浏览之际,其适我好者,往往净写抄录编纂之,以便于披阅。而其系诗话者殆一百种,命曰'萤雪轩丛书'。"而终了是在六年间编刊了五十九种,未能完成其初始之计划。其中缘由以及近藤氏的新设想,均可在第十卷卷末自识文中找到答案:

《萤雪轩丛书》逐次板行,渐及十卷矣。而余生平所癖好爱读之书,不能悉载之。且每卷纸数略有定限,故其书多卷数者亦不能载之。今姑以十卷为大尾,盖恐读者之厌倦也。他日或编以为丛书第二编,或别为一部单行之书,以问于世,亦未可知也。今录其书目于左方,预告爱读与余同癖者。

诗谱	诗谈	诗论	风骚旨格
潜溪诗眼	韵语阳秋	本事诗	续本事诗
增续诗本事	环溪诗话	西清诗话	艇斋诗话
梅涧诗话	后村诗话	桐江诗话	兰庄诗话
迂斋诗话	汉皋诗话	陈辅之诗话	敖器之诗话
潘子真诗话	青琐诗话	玄散诗话	乌台诗案
岁寒堂诗话	娱书堂诗话	苕溪渔隐丛话	比红儿诗话
林下诗谈	诗话隽永	诗词余话	词品
词旨	月泉吟社	茗香诗论	江西诗社宗派图录
江西诗派	瓯北诗话	随园诗话	诗薮

小序

艺园名言	诗人玉屑	诗法纂要	诗法纂论
诗法源流	冰川诗式	杜律诗话	历朝名家诗话
渔洋诗话	云溪友议	枕山楼拾玉诗话	王应麟诗话
莲坡诗话	徐氏笔精	杨升庵诗话	艺林伐山
古夫于亭诗问答	诗法家数	乐府指迷	乐府古体要解
木天禁语	诗学禁脔	历代诗话考索	全唐诗话
辽诗话	五代诗话	小草堂诗话	四溟诗话
石洲诗话	北江诗话	全明诗话	诗学纂闻
容斋诗话	佩文斋词话	诗原	诗学纂闻①
闺秀诗话	漫堂说诗	西河诗话	消寒诗话
一瓢诗话	西河词话	带经堂诗话	

其他就《鹤林玉露》《琅琊代醉编》《辍耕录》《野客丛书》《梁溪漫志》《猗觉寮杂记》《书隐丛说》等书中摘录其诗话者，亦数十种，今不一一记之。应时时插入之于诸诗话中，读者其领之……明治二十九年三月，南州外史识。

近藤氏志向可嘉，而事与愿违，新设想终未能实现，学界亦因此而多一憾事。

近藤氏另有于明治二十七年（1896）选录宋胡仔《苕溪渔隐丛

---

① 此目重出，或文字有讹误。

话前集》三卷,加以训点,名《渔隐丛话》一书,大阪鹿田松云堂、山田圣华房联合出版。该书上栏有少量训点文字,无序跋,本文从略。

近藤氏于明治十年(1877)著有《文章轨范字解》,于明治二十六年(1893)著有《增订诗韵含英异同编:诗林类典》,于明治三十一年(1898)著有《增补以吕波韵大成:诗语类纂》,于明治三十三(1900)年著有评点著作《菜根谭》。

日本明治大正时期的中国
近代文学研究文献

  日本明治、大正时期(1868—1926)在时间上与我国的近代文学大体是平行的,它是日本中国文学研究史上的一个重要时期。在这半个多世纪里,日本学界对于中国文学的研究如同其巨大的社会转折一样,也发生了非常重大的转折性的变化。一批从江户进入明治的学者继续传统的研究方法,对中国古典诗文进行翻译、注释、评点,产生了一大批研究成果;而在明治新教育制度下培养出来的新一代中国文学研究者吸收了欧洲近代文艺思想和研究方法,以崭新的理念和视角来审视作为外国文学之一的中国文学,他们除了翻译、注释中国诗文外,更在中国古典小说、戏曲,特别是中国文学史的研究方面,作出了杰出贡献。这一时期的日本学界虽然较少关注同样发生着巨大变化的中国近代时期的文学,但狩野直喜、铃木虎雄、宫原民平等学者的研究成果依然值得重视。本文试从文献学角度较全面地梳理这一时期日本学界研究中国近代文学的成果。

一

  日本明治、大正时代,虽然传统汉学屡遭西学冲击,几起几伏,而由于社会的需求，其汉学界依然产生了大量翻译、注释、评点方面的研究成果。属于中国文学方面的研究成果同样可观。老一代学者如近藤元粹，在明治三十年前后，仅其一人编选、评点，由青木嵩山堂刊印的中国历代著名文学家的诗文集就达数十种之多；新一代学者如森槐南、幸田露伴、儿岛献吉郎、笹川临风、久保天随、狩野直喜、铃木虎雄、盐谷温、宫原民平、岸春风楼、柴田天马等等，都曾投身于中国诗文、戏曲、小说的翻译、注释工作，成就斐然。此时期出版的产生较大影响的大型译注丛书就有如下数种：富山堂1909年起刊行的《汉文大系》；早稻田大学出版部1910年起刊行的《汉籍国字解全书》；国民国文库刊行会1919年起刊行的《国译汉文大成》（正集）。中国古典文学名著是这些丛书的重要组成部分。

此时期关于中国近代文学的此类成果大致如下：

上海繁昌记三卷，〔清〕葛元煦撰，〔日〕藤堂良骏训点，东京稻田佐吉明治十一年（1878）刊；

沪游杂记二卷，〔清〕葛元煦撰，〔日〕堀直太郎点，东京大塚禹吉、山中市兵卫明治十一年（1879）刊；

扶桑游记三卷，〔清〕王韬撰，〔日〕栗本鲲（锄云）训点，东京报知社支店明治十二年（1879）排印；又二十五年（1892）序印；

海东倡酬集一卷，〔清〕李长荣辑，〔日〕铃木鲁补，青木咸一再补，青木咸一明治十二年（1879）跋；

曾文正公文钞二卷，附金陵幕府拟李中堂奏疏一卷、曾相六十寿序一卷，〔清〕曾国藩撰，〔清〕李鸿章撰奏疏、寿序，〔日〕塚达选，东京横碧居塚达明治十二年（1879）刊；

日本杂事诗二卷,〔清〕黄遵宪撰,[日]饭岛有年训点,栃木县早乙女要作明治十三年(1880)铅印;

味梅华馆诗抄二卷,〔清〕陈鸿诰撰,[日]原田隆编,明治十三年(1880)刊;

使东杂咏,〔清〕何如璋撰,[日]兼阪光贞点,山中市兵卫明治十三年(1880)刊;

蘅华馆诗录五卷首一卷,〔清〕王韬撰,[日]石川英训点,东京甘泉堂山中市兵卫等明治十四年(1881)刊;

梦鸥呓语一卷,〔清〕叶炜撰,[日]藤泽恒土屋弘评,大阪相原政治郎明治十四年(1881)刊;

鸣原堂论文二卷,〔清〕曾国藩编,曾国荃订,[日]岸田吟香校点,乐善堂明治十五年(1882)刊;

舟江杂诗,〔清〕王治本撰,[日]坂口仁一郎编,佐藤庄八等明治十六年(1883)刊;

弢园尺牍抄,〔清〕王韬撰,[日]大谷孝藏点,明治十六年(1883)刊;

清国光绪名臣文粹二卷,〔清〕饶玉成编,[日]石川英(鸿斋)校补,嶋田谦次郎明治十九年(1886)刊,和乐堂藏版;

普法战记十四卷,〔清〕张宗良口译,王韬辑,[日]山田荣造校,大阪修道馆明治二十年(1887)排印;

曲园自述诗一卷,〔清〕俞樾撰,[日]井上陈政编,博文馆明治二十三年(1890)刊;

嘉道六家绝句六卷,[日]菊池惺堂(晋二)、内野皎亭(五郎三)同编,东京内野皎亭等二肆明治三十五年(1902)排印;

曾公全集钞录上卷（原阙卷下），〔清〕曾国藩撰，［日］白岩龙平编，今田主税校，东京今田主税明治三十六年（1903）刊，看剑读左楼藏版。

明治三十年代至大正时期出现了一批编选注释评点"支那时文"的著作，主要如下：

清国时文类纂译筌，伊藤松雄编，明治书院明治三十四年（1901）二月刊；

清国时文辑要总释，足立忠八郎著，石丸铁三郎明治三十五年（1902）七月刊；

支那时文读本，大野德孝编，大日本图书明治三十七年（1904）二月刊；

支那时文评释，青柳笃恒述，早稻田大学出版部（早稻田大学三十六年度文学教育科第二学年讲义录）明治三十七年（1904）刊；

新撰清国时文辑要，足立忠八郎编，金刺芳流堂明治三十八年（1905）三月刊；

支那时文轨范，青柳笃恒著，博文馆明治四十年（1907）一月刊；

支那时文教科书译筌，青柳笃恒等，文求堂明治四十一年（1908）九月刊；

支那时文讲义全集，山田胜治，东京山田胜治君遗稿出版所大正五年（1916）刊；

支那时文一斑，宫原民平编，文求堂书店大正十年（1921）刊；

支那时文教本，井上翠编，文求堂书店大正十年（1921）刊。

这些著作看似与中国近代文学有关，实则相去甚远。这里的

"时文"实际是指当时的各种实用文。请看一看下面所选青柳笃恒编著的《支那时文轨范》的目次,便知何谓"时文":

第一章　总说	第五节　照会文
第一节　支那时文的性质	第六节　告示文
第二节　支那时文的现在	第七节　飞檄
第三节　支那时文研究	第八节　尺牍
的基础	第九节　公牍
第二章　支那时文研究的	第十节　日记
必要知识	第十一节　家训
第一节　支那本部十八	第十二节　章程
省的异名及其省城	第十三节　合同
第二节　中央官制的主干	第十四节　履历书
第三节　地方官制的大要	第十五节　请帖
第三章　支那各类时文的讲说	第十六节　护照
第一节　上谕	第十七节　汇票
第二节　国书	第十八节　收条
第三节　奏折	第十九节　名片
第四节　条约	第四章　余说

宫原民平在其所编《支那时文一斑》的序言中也说得明白:旧时称用于科举的八股文为时文,现在在中国通常把现代实用汉文称为时文……本书是专为初学者而编成的。

此时期还产生了一些关于中国近代人物的传记著作,如:
李鸿章传,神村忠起编,东京梶田那雄吉明治十三年(1880)

四月;

李鸿章,伊笠硕哉著,东京嵩山房明治二十八年(1895)七月;

康有为氏,坂本喜久吉著,开成舍出版局明治三十二年(1899)十二月,日本丛书第3册;

曾国藩,木崎爱吉著,吉冈书店明治三十三年(1900)九月;

李鸿章,吉田宇之助著,民友社明治三十四年(1901)十二月;

李鸿章,早田玄洞编著,大学馆明治三十五年(1902)一月。

这些著作大都是关于传主人生传奇、奇闻轶事之作,与文学相去甚远。下图1为早田玄洞编著《李鸿章》一书的目次,一看便知分晓。

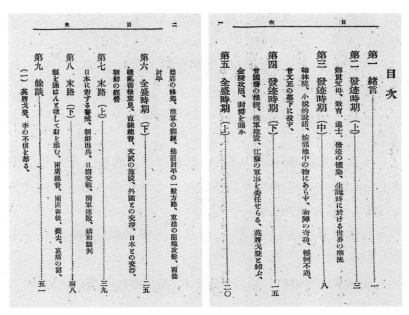

图1　早田玄洞编著《李鸿章》之目次

二

如前所述,在明治新教育制度下培养出来的日本新一代中国文学研究者吸收了欧洲近代文艺思想和研究方法,他们除了翻译、注释中国古典诗文名著外,更在中国古典小说、戏曲,特别是中国文学史的研究方面,作出了杰出贡献。下面所列,即是此时期问世的中国文学史类研究著作:

支那古文学略史,末松谦澄著,末松谦澄明治十五年(1882)九月刊;

支那文学史,儿岛献吉郎著,支那文学第 1—9、11 号,同文社明治二十四年(1891)八月至二十五年(1892)二月刊;

文学小史,儿岛献吉郎著,支那学第 1、2、6 号,汉文书院明治二十七年(1894)刊,16 页;

支那文学史,古城贞吉著,经济杂志社明治三十年(1897)五月刊;

支那文学史,藤田丰八著,东京专门学校明治二十八至三十年(1895—1897)刊,东京专门学校邦语文学科第 1 回 2 年级讲义录、第 2 回 3 年级讲义录。①

支那文学史稿 先秦文学,藤田丰八著,东华堂明治三十年(1897)刊;

支那文学大纲(1—15),藤田丰八、笹川临风等著,大日本图书

---

① 据钱鸥考订,见《中國の文學史觀》,东京:创文社,2002 年,第 37 页。

明治三十至三十七年(1897—1904)刊；

　　支那小说戏曲小史，笹川临风（种郎）著，东华堂明治三十年(1897)六月刊；

　　支那文学史，笹川临风著，博文馆明治三十一年(1898)八月刊，帝国百科全书第9编；

　　支那文学史要，中根淑著，金港堂明治三十三年(1900)九月刊；

　　支那文学史（自太古至隋），高濑武次郎著，哲学馆明治三十四年(1901)刊，哲学馆汉学专修科汉学讲义；

　　支那文学史，久保天随著，人文社明治三十六年(1903)十一月刊；

　　支那文学史，久保天随著，早稻田大学出版部明治三十七年(1904)刊，早稻田大学卅六年度文学教育科第二学年讲义录；

　　支那近世文学史，宫崎繁吉著，早稻田大学出版部明治三十八年(1905)刊，早稻田大学三十七年度文学教育科第一学年讲义录；

　　支那文学史，久保天随著，平民书房明治四十年(1907)刊；

　　支那大文学史　古代编，儿岛献吉郎著，富山房明治四十二年(1909)三月刊；

　　支那文学史纲，儿岛献吉郎著，富山房明治四十五年(1912)七月刊；

　　支那文学史，儿岛献吉郎著，早稻田大学出版部藏版，明治？年刊；

　　支那文学史谈（自上古至宋代），松平康国著，早稻田大学出版部藏版，明治？年刊；

　　支那文学史——自上古至六朝，狩野直喜著，みすず书房1970

年 6 月刊，其孙狩野直祯根据著者于明治末年在京都帝国大学的讲义及学生听课笔记整理而成；

清朝文学，狩野直喜著，收入《清朝的制度与文学》一书，みすず书房 1984 年 5 月刊；

支那小说戏曲史，狩野直喜著，みすず书房 1992 年 3 月刊，其孙狩野直祯根据著者于大正五、六年(1916、1917)两年在京都帝国大学的讲义整理而成；

支那文学概论讲话，盐谷温著，大日本雄辩会大正八年(1919)五月刊；

支那文学研究，铃木虎雄著，弘文堂书房大正十四年(1925)十一月刊；

支那小说戏曲史概说，宫原民平著，共立社大正十四年(1925)十二月刊。

这些著作中，论及中国近代文学的有如下几种：中根淑《支那文学史要》，久保天随各版本《支那文学史》，儿岛献吉郎《支那文学史纲》《支那文学史》，但都篇幅短小，文字简略，仅述及曾国藩、王韬、俞樾、吴汝纶、张之洞等人诗文。值得关注的此类中国近代文学的重要文献只有狩野直喜《清朝文学》中的有关章节，铃木虎雄《支那文学研究》中的两篇论文，宫原民平《支那小说戏曲史概说》中的有关章节。

狩野直喜(1868—1947)是日本近现代汉学界影响最大、成就最高的学派京都学派的重要创始人之一，在史学、哲学、文学诸领域皆有开创性的成果。"今日的日本中国文学研究者，考其师承源流，多受到他的恩泽。"①但是狩野先生生前很少为出版而写书，他主张：教师与其努力著述，不如倾全力于讲义。结果，大部分的亲笔讲义稿在家留传（吉川幸次郎语）②。所以我们今天看到的狩野氏的多种著作，都是其孙狩野直祯根据家藏讲义整理而成，于20世纪的下半叶陆续出版的。

《清朝文学》是狩野氏于大正年间在京都帝国大学上课的讲义。作为《清朝的制度与文学》一书的前半部分，由みすず书房于1986年5月出版。

宫崎市定为该书所作的《解说》中说：本书收入狩野博士两部译著，即《清朝文学》《清朝的制度与文学》。狩野直喜之孙狩野直祯是这两部书稿的整理者，他在该书之《跋》中作了较详细说明：《清朝文学》是著者于大正七年（1918）九月至大正十二年（1923）二月在京都帝国大学文科大学上课的讲义，根据家藏讲义原稿整理而成；《清朝的制度与文学》是著者大正十二年（1923）四月至十三年（1924）六月在京都帝国大学文科大学上课的讲义，根据家藏原稿和当时受业学生宫崎市定、吉川幸次郎的课堂笔记整理而成。但是为何将两部遗著合为一书，而书名仅采用后者？为何该书的前半部分标题为《清朝文学》，后半部分标题为《清朝制度》，与狩野直祯所述不合？两部遗著之间究竟存在何种关系？《解说》与《跋》都未说明白。近日，日本关西大学的博士生西川芳树君通过横大

---

① 参见李庆先生《日本汉学史》第1册第八章，上海：上海外语教育出版社，2002年7月版。
② 狩野直喜著《支那文学史》所附吉川幸次郎《解说》，东京：みすず书房，1970年6月出版。

路绫子君经其父横大路俊久先生与みすず书房已退休的该书责编加藤敬事先生联系,加藤先生热心赐教,详细说明了原委。

我们决定把这两种讲义稿编为一本书……将①的标题(指:《清朝の文学》)改为《清朝文学》,将②的标题《清朝の制度と文学》改为《清朝制度》。为什么将②改名呢?因为狩野先生在讲义开头写有:"我虽然提名《清朝制度与文学》,但其重点是清朝制度。"该书的主要内容为清朝制度。在本书卷首的照片上看得见《清朝制度与文学》讲义题目和文章片断,请作为参考。然后,作为这本书的题目,因为包括"制度"和"文学",我们采用了②的标题。章节安排按照讲义的年代先后,先"文学"后"制度"。①

《清朝文学》系统地论述了清朝的诗文流派与主要作家,其第三编论述了道光以后的诗文流派及其主要作家。其章节细目如次:

第三编　道光宣统时代

　第一章　古文　　　　　　　第二节　曾国藩
　　第一节　桐城派　　　　　 第三节　吴汝纶

---

① 加藤敬事先生复信主要部分的日文原文:
私は元みすず書房の編集者で、狩野直喜著「清朝の制度と文学」を担当した者です。横大路俊久さんより、貴方の上記の書に関するご質問のメールが転送されてまいりましたので、お答えのメール差し上げる次第です。確かに　ご指摘の通り、タイトルと章立ての関係が分かりにくくなっておりますが、以下順序だててご説明申し上げます。

第四节　张裕钊	第四节　谭廷献
第五节　黎庶昌	第五节　王闿运
第六节　薛福成	第六节　王先谦
第七节　一般的古文派	第三章　诗
（一）龚自珍	第一节　王闿运
（二）鲁一同	第二节　张之洞
第二章　骈体文	第三节　陈沆
第一节　阮元	第四节　魏源
第二节　曾燠	第五节　郑孝胥
第三节　刘开	第六节　郑珍

众所周知,铃木虎雄(1878—1963)是日本近现代研究中国文学的大家,20世纪二三十年代起就对我学界产生重要影响,如鲁迅撰写《汉文学史纲要》,即采用其收在《支那文学研究》中的部分成果①。铃木氏对中国近代文学的研究主要在光绪时期诗歌方面,《光绪年间诗界的一种倾向》是其重要成果②。该论文为大正二年(1913)八月京都大学夏期科外讲演稿,大正十四年(1925)收入其论文集《支那文学研究》中,由弘文堂书房出版。民国时汪馥泉将此书翻译为中文,神州国光社1930年5月出版。可惜只选译了部分论文,本篇论文就未选译。

该篇文章的论述梗概如次:

支那的国变

---

① 参见《汉文学史纲要》第四、十篇篇末所列参考书,上海:鲁迅全集出版社,1938年6月版。
② 铃木虎雄:《支那文学研究》,东京:弘文堂书房,1925年,第267—303页。

光绪时代的一种倾向——追求新异——新派

新派的起源

  明代的复古派——其主张之弊害——明末清初的异派——王渔洋袁随园的诗说——苏黄派

  嘉庆以后的诗风

  道光、咸丰的时代——苏黄流行的原因——姚曾等的影响

  现时的江西派——其弊害

  江西派与新派的共同点——关系

从思想方面看新派

  儒佛道三教——西洋哲学思想的影响

  爱国统一尚武的思想——国情与其关系

  梁启超的爱国歌

  非种、保种的思想——悔晦子的诗

  蜇庵的诗——表达对外思想

  女子题壁之诗

  人种统一、人种混合的思想——黄遵宪的诗

  关于尚武的作品——黄遵宪的军歌

  康有为的诗——讴歌海军必要的作品,讴歌殖民建国的作品,推荐成为其他人种中首魁的作品

  杨度的少年歌

从形式艺术方面看新派

  新派的立意命题——意境新——翻译语、佛典语、科学用语,所谓"新名词"的采用

  黄遵宪的《今别离》四首,拜曾祖母李太夫人墓诗,与留学生

有关的作品，日本杂事诗，都踊歌，与琉球、台湾、暹罗、朝鲜有关的作品

　　新派的诗格——清新而悲凉

　　新派的诗调——总体和平

　　新派诗的措辞——喜新名词——名词家

　　新派的诗与气力——存有元气——实力薄弱

我对新派诗的观察

　　新派诗自由表达近代思想——发展途中——尚未产生可以与旧派的杰作相抗衡的作品

　　新诗派不能令人满意的方面

　　支那的三种诗人——新派不能脱离利害关系，不解自然兴趣，不能达到描写人事之美

　　到达自觉文学者的天职——将来的预想

附　言

　　袁世凯的诗

　　铃木虎雄研究中国近代文学的另一重要文献为《陈石遗的诗说》①，该论文是其于大正十年（1921）在支那学会的讲演稿，后收入大正十四年（1925）出版的论文集《支那文学研究》。其论述梗概如下：

一、略历

　　四朝诗史纪事——其兄陈书——其学问师受——壬午举人——戊戌武昌——庚子归乡——丁未与张之洞入

---

① 铃木虎雄：《支那文学研究》，第304—320页。

都——己酉创立诗社——社友多清朝遗老——壬子归乡——甲寅后全家乡居——诗话成编——著述

二、诗说

诗是自家的意思自家的言说——诗要有真实的怀抱、道理、本领，实际的理想、景物

古体要结想高妙，近体要意蕴充足——看重宋诗的前提——炼字说的前提

历朝诗中其看重的诗派诗人

驳斥严羽、王渔洋——攻击明人的拟古——抨击胡元瑞——讥讽学唐诗的作品——欣赏钟谭之诗——排击学钟谭之弊

其理解钟谭的作品

石遗与张之洞——张之洞与江西派——张的诗眼在石遗以上

石遗诗观的要领

三、道光以来的诗流

程恩泽门下诸名士——王闿运的别调——江浙其它地方与江西派的流行

道光以来的二派——主清苍幽峭的作品与主生涩奥衍的作品——所属诸名士

同光体

四、交游

此时期日本学者在中国近代小说戏曲方面的研究成果，当首推宫原民平。

宫原民平，佐贺县多久市人，明治十七年(1887)九月出生于下级武士家庭，卒年不详。明治三十五年入台湾协会专门学校，三十九年毕业。后留学北京一年半，打下研究元杂剧基础。宫原氏精通中国语、中国文学，特别是小说戏曲。先后担任东京大学、早稻田大学、立教大学、驹泽大学讲师，拓殖大学教授。著有《西厢记歌剧》《国译西厢记》《国译牡丹亭还魂记》《支那戏曲小说史概说》等。①

《支那小说戏曲史概说》为其代表作，共立社大正十四年(1925)十二月出版，三百三十四页。全书二十五章，从上古神话传说探源，一直论述到清末戏曲小说，当是日本学者撰写的第一部完整的中国小说戏曲史。

第二十一章简述了昆曲与近代戏曲的发展史。

第二十二章为《清代の戏曲》，其中评述了如下近代戏曲：

陈烺《玉种(狮)堂五种》：《仙缘记》《海虬记》《蜀锦袍》《燕子楼》《梅喜缘》。

黄燮清（宪清）《倚晴楼七种》：《茂陵弦》《帝女花》《脊令原》《鸳鸯镜》《凌波影》《桃溪雪》《居官鉴》。

周乐清（温泉）《补天石传奇》：《宴金台》《定中原》《河梁归》《琵琶语》《纫兰佩》《碎金牌》《绋如鼓》《波弋香》。

第二十三章为《清代の奇谈集》，列举了与《聊斋志异》一类的如下近代笔记小说：

---

① 参见近藤春雄著：《日本汉文学大事典》，东京：明治书院，1985年4月初版二刷，第640页；篠原英敏：《雄浑野こころ——宫原民平先生小傳》，载1983年11月号《海外事情》。

许秋垞《闻见异辞》二卷，
　　俞洪渐《印雪轩随笔》四卷，
　　汤用中《翼駉稗编》八卷，
　　梁恭辰《池上草堂笔记》二十四卷，
　　许恩奉《里乘》十卷，
　　金捧閶《客窗偶笔》四卷，
　　管世灏《影谈》四卷，
　　冯起凤《昔柳摭谈》八卷，
　　黍余裔孙（屠绅）《六合内外琐言》二十卷，
　　王韬《遁窟谰言》、《淞隐漫录》十二卷、《淞滨琐话》十二卷，
　　邹弢《浇愁集》八卷，
　　宣鼎《夜雨秋灯录》十六卷，
　　俞樾《右台仙馆笔记》十六卷、《耳邮》四卷。
第二十五章为《道光以后の创作》，评述了如下近代小说：
　　李汝珍《镜花缘》一百回，
　　无名氏《施公案》八卷九十七回、《后施公案》一百回，
　　贪梦道人《彭公案》二十四卷一百回，
　　雁北散人（文康）《儿女英雄传》四十回，
　　屠绅《蟫史》二十卷，
　　陈球（蕴斋）《燕山外史》八卷，
　　陈森（少逸）《品花宝鉴》六十回，
　　慕真山人《青楼梦》六十四回，
　　石玉崑等的《三侠五义》一百二十回、《小五义》一百二十回、《续小五义》一百二十回，

花也怜侬《海上花列传》六十回，

洪都百炼生（刘鹗）《老残游记》二十章，

李宝嘉《官场现形记》六十回，

吴沃尧《二十年目睹之怪现状》一百八回，

东亚病夫（曾朴）《孽海花》十卷二十回，

松龄（友梅）《小额》。

三

通过以上梳理，可以看出日本明治大正时期关于中国近代文学的研究文献有如下特点：

（一）在中国近代文学的发生、发展进程中，日本已经有学者开始有关文献的编译注解等研究工作，虽然还是零星的片断的。

（二）此时期的中国近代文学研究文献远少于中国古代文学研究文献，系统全面地研究专著尚未问世。限于当时的世情，日本学者尚难以系统而深入地研究中国近代文学。铃木虎雄就曾感叹：在现在的中国国情下，我们不容易了解同时代的中国文学。原因是材料难得。有什么作家？有什么学者？他们写了什么作品和著作？为了了解这些信息而设的机构很少，限于通过当地往来之人的谈话、书籍目录、报纸杂志的广告中偶然看到。①

（三）狩野直喜、铃木虎雄、宫原民平等人的有关研究文献值得关注。

---

① 见铃木虎雄：《光緒年間の詩界の一傾向》，《支那文學研究》，第267—268页。

说明：本论文撰写于多年前，从资料搜集到解读，当时的复旦大学高级进修生、日本关西大学文学部博士生、现任日本关西大学文学部讲师西川芳树君多有帮助，而不愿共同署名，谨此致以深切谢忱。加藤敬事先生、横大路俊久先生、横大路绫子君也热心相助，亦谨此致谢。

《20世纪中国古代文学研究文献总目》前言

中国古代文学始于先秦,终于晚清,历史悠久,作家众多,作品丰富,体类完备。20世纪的中外中国古代文学研究,上半个世纪,大家辈出,开启现代学术,筚路蓝缕,硕果累累;下半个世纪,尤其是七八十年代以后,群星灿烂,局面繁盛,成果丰硕。全面而系统地著录这一百年间积累下的大量宝贵的中国古代文学研究文献资料,对于中外中国文学研究的后来者全面了解、借鉴20世纪的研究成果和研究方法,提高研究效率,从而推进中国文学研究工作,当有其不可替代的意义。

目前已经出版、发表了数以百计的著录20世纪中国古代文学研究文献资料方面的目录索引类论文或著作(含数据库)。专题性或地域性的此类著述,多著录得较为完善,如林玫仪主编《词学论著总目》(1901—1992),樽本照雄编《日本清末小说研究文献目录》,邝健行、吴淑钿编《香港中国古典文学研究论文目录》。综合性的此类著述往往受限于时地等客观因素,或仅著录论文,或仅著录图书,或仅著录某一时段、某一群体的研究成果,或仅摘要著录,或滥收鉴赏类图书中的条目,或缺少论文集以及以书代刊类刊物中的数据,或未著录六七十年代以前的数据等等。

《20世纪中国古代文学研究文献总目》(以下简称《总目》)广泛深入地收罗发表在中外各种报纸杂志、学报纪要、论文集等出版物中的各种学术层次的论文、译文、评介等,以及已经出版的各种学术层次的图书,同时注意吸收前贤时彦的目录索引类文章、图书、资料卡片、数据库等成果(复旦大学中文学科的中国古代文学研究资料是本《总目》中文部分的基础),取长补短,尽可能地为学界提供一种全面著录20世纪中外学者研究中国古代文学之文献的专业的、集成的目录著作。

在著录体例方面,本《总目》正文采用中国传统目录学的简目体式著录各资料条目,其长处在于"部次甲乙","辩章学术",方便使用者翻览各类目下的研究成果;而其短处在于面对数量巨大的资料条目时,容易令编者、使用者都陷入藤缠树绕的琐细类目而费时费力的窘境之中。源于西学的索引体式虽无简目体式之长处,但面对数量巨大的资料条目时,可以在一定程度上弥补其短处,让使用者可以通过篇名或著者名检索,提高快速找到所需资料的概率。因而《总目》各卷后皆编制有"篇名笔画索引""著者笔画索引"。《总目》的具体做法,祥见"凡例"。

恩师章培恒先生一直很重视文献目录的建设工作,他在2002年写给复旦大学校领导的报告中指出:"人文学科的目录、索引工作,在我国长期遭到忽视,这是我国人文学科研究的重大缺陷之一。"在此之前,他早已亲自组织与指导了本《总目》资料的搜集整理工作,此后也尽可能地给予关心与支持。2011年陈广宏、郑利华两位先生主持古籍所工作后,一如既往地给予支持、帮助。2012年,以"20世纪中国古代文学研究文献总目"之目获在教育部全国高等院校古籍整理研究工作委员会立项。在英文卷资料搜集期间，曾获得教育部国际合作与交流司的经费支持。2017年，所领导又给予上海高峰高原重点学科建设经费的有力支持。

2014年起，邀请杜怡顺、杨婧、曹鑫三位博士，参加中英文各卷的编纂成稿工作。

在中文各卷资料搜集整理及编制数据库初期，郑利华、黄毅、朱邦薇、查屏球等先生曾先后或长或短地参加过有关工作。孙麒、吴冠文、张桂丽、雍琦、葛春蕃、梁春胜、杜怡顺、杨婧、曹鑫、杨月英、黄尽穗、贺诗菁等君曾先后以助教或助管身份参加过资料搜集、文字校对等工作。

2001年笔者赴日本庆应义塾大学访学，2005年笔者又赴日本关西大学访学，此间基本完成了日文卷资料的搜集整理工作。在此期间，庆应义塾大学的冈晴夫、高桥智，关西大学的井上泰山等先生，对笔者多有支持与帮助。

在日文卷的资料搜集整理、篇名翻译期间，洪伟民先生、赵善嘉先生及其夫人分别承担了大部分论文篇名的翻译工作，西川芳树、林辰达、黄尽穗等君参加了部分资料的补充、校对等工作。

罗开云教授于2007年8月至2008年7月应邀来古籍所参加了英文卷审订工作，颜庆余君在读博期间也曾以助教身份参加过该卷资料的搜集工作。

在《总目》成稿出版期间，华东师范大学图书馆研究官员吴平先生热心相助，给予了宝贵支持。

如此大部头工具性图书的出版是一大难题。国家图书馆出版社领导和编审宋志英、廖生训两位主任以其为中国文化建设而勇于担当的使命感和专业眼光，慷慨接受了《总目》的出版，并在审稿定稿期间给予了许多具体而宝贵的意见。责编张柯卿、潘竹、张慧霞等君也为《总目》的编辑出版付出了艰辛劳动，助益良多。

借《总目》出版之际，谨向上述方方面面给予支持帮助的师友致以诚挚谢忱！谨向本《总目》采录了其成果的前贤时彦致以诚挚谢忱！

《总目》经多年努力，其间甘苦不足为外人道，而挂一漏万，势必难免。限于学力、人力，法、德、俄、意等语种中研究中国古代文学文献的资料条目，亦不敢轻易阑入。有机会为学界贡献绵薄，幸矣！诚祈方家不吝赐教。

本《总目》参考图书资料摘要如下[①]：

复旦大学中文系资料室的中国古代文学研究资料（中文系前辈所做资料卡片）。

中国古典文学研究论文索引（1949—1966.6）（增订本），河北师范学院中文系资料室、中国社会科学文学研究所图书资料室编，中华书局，1979年。

中国古典文学研究论文索引（1905—1979），北京师范学院中文系，北京师范学院中文系，1981年。

中国古典文学研究论文索引（1966.7—1979.12），中国社会科学文学研究所图书资料室编，中华书局，1982年。

[①] 本《总目》参考文献资料甚多，如中外各种报纸杂志、学报纪要、纸本图书、数据库等。此处仅摘要列出部分综合性或专题性目录索引类出版物、网站或数据库，其余请见正文中的条目出处项。

中国古典文学研究论文索引,中山大学中文系资料室,广西人民出版社,1984年。

中国古典文学研究论文索引(1980.1—1981.12),中国社会科学文学研究所图书资料室编,中华书局,1985年。

中国古典文学研究论文索引(1982.1—1983.12),中国社会科学文学研究所图书资料室编,中华书局,1985年。

中国文学史书目提要,陈玉堂编著,黄山书社,1986年。

中国古典戏曲小说研究索引(上下),于曼玲编,广东高等教育出版社,1992年。

中国文学史著版本概览,吉平平、黄晓静编,辽宁大学出版社,1992年。

词学论著总目(1901—1992),林玫仪主编,"中央研究院"中国文哲研究所筹备处,1995年。

中国古典文学研究论文索引(1984.1—1985.12),中国社会科学文学研究所图书资料室编,中华书局,1995年。

中国文学论著集目,台湾编译馆主编,五南图书出版有限公司,1996年。

台湾出版文学史书目提要,黄文吉主编,万卷楼图书有限公司,1996年。

中国比较文学论文索引,王向远主编,江西教育出版社,2002年。

中国文学史书目提要(上下),陈飞主编,大象出版社,2004年。

香港中国古典文学研究论文目录,邝健行、吴淑钿编,上海古籍出版社,2005年。

中日学者中国神话研究论著目录总汇,贺学君、蔡大成、[日]

樱井龙彦编,中国社会科学出版社,2012年。

中国国家图书馆、上海图书馆、台湾图书馆、北京大学图书馆、复旦大学图书馆、中国知网、万方数据、读秀、孔夫子旧书网等网站。

东洋学文献类目(1934年度以后),其中1934—1960年度名为《东洋史研究文献类目》(东方文化学院京都研究所编纂),1961年度、1962年度更名为《东洋学研究文献类目》,京都大学人文科学研究所附属东洋学文献中心(1998年度改"汉字情报研究中心")编纂。

日本中国学会报·学界展望,日本中国学会编。

文学、哲学、史学文献目录—3—东洋文学、语学篇,京都大学文学部吉川幸次郎、仓石武四郎等编著,日本学术会议,1954年。

中国思想、宗教、文化关系论文目录,东京教育大学文学部东洋史研究室中国思想宗教史研究会编,1957年。

全国短期大学纪要论文索引(1950年以后各卷),图书馆科学会编集,日本图书中心,1982—1996年。

中国文学研究文献要览(战后编 1945—1977),[日]石川梅次郎监修,アソシエーツ,1978年。

中国文学专门家事典,日外アソシエーツ编集部编,日外アソシエーツ株式会社,1980年。

文选研究论著目录(网络版),[日]牧角悦子主编,九州岛大学文学部中国文学研究室文选学史研究会,1986年。

诗经研究文献目录,[日]村山吉广、江口尚纯编著,1992

年10月汲古书院出版。

西游记研究专著论文目录,[日]矶部彰编,发表于1990年2月《富山大学人文学部纪要》第16号。

中国文学论丛第1卷～第19卷总目次,樱美林大学文学部中文科编,1995年。

中国文学报既刊总目(1～50),中国文学会编,1995年。

新编东洋学论集内容总览,[日]川越泰博、荷见守义编著,风响社1997年出版。

日本清末小说研究文献目录,[日]樽本照雄编,2002年。

日本国内词学文献目录(1868年以后),[日]松尾肇子编,宋词研究会(小樽商科大学言语中心萩原正树研究室)补编,2005年。

中国文学研究文献要览·古典文学(1978—2007),[日]川合康三监修,アソシエーツ,2008年。

杂志记事索引(1985年以后为网络版),日本国立国会图书馆。

CiNii(NII学術情報ナビゲータ 网络版),日本国立情报学研究所。

日本の古本屋(https://www.kosho.or.jp),日本全国旧书籍商业协会。

(原载《20世纪中国古代文学研究文献总目》卷首,国家图书馆出版社,2021年)

《20世纪中国古代文学研究文献总目》著录体例

一、著录范围和构成

（一）本书主要著录20世纪（1901—2000）一百年间中外学者发表的关于中国古代文学方面的研究文献，与古代作家作品密切相关的史哲类文献酌予摘要著录。一是发表在各种杂志报纸、学报纪要、论文集等刊物中的各种学术层次的论文、译文、评介等，鉴赏类图书中的条目、会议简讯，以及学术图书的章节一般不予著录；二是各种学术层次的图书。

（二）对于研究跨时代作家作品的研究文献，一般遵照学术界的通常做法予以著录；对于研究近代作家作品（如南社）的研究文献，酌予从宽著录。

（三）全书由十四卷构成，即《通代论文卷》《先秦论文卷》《秦汉论文卷》《魏晋南北朝论文卷》《隋唐五代论文卷》《宋代论文卷》《辽金元论文卷》《明代论文卷》《清代论文卷》《通代图书卷》《唐以前图书卷》《宋元明清图书卷》《日文卷》《英文卷》。

（四）每卷后编制"篇名笔画索引""著者笔画索引"。

二、类 目 设 置

（一）全书有中文、外文两大板块。中文依据条目数量和时代先后，论文设置"通代""先秦""秦汉""魏晋南北朝""隋唐五代""宋代""辽金元""明代""清代"九卷，图书设置"通代""唐以前""宋元明清"三卷；外文设置"日文""英文"两卷。

（二）"通代论文"下设置"总论""文学史""文论""诗词曲""文赋""小说戏曲""民间文学""少数民族文学""文学与宗教""比较文学""教学与赏析""文献""专家学者""评介""工具书"等下一级类目。凡条目内容属于总体上论述、或涉及三个时段以上而不宜列置于某一时段者，皆分别归置于上述各类目中。各类目所收条目较多而分置下一级细目可让使用者易于查到所需资料者，酌予分出下一级细目，如"诗词曲"类目下再分置"综论""诗""词""曲"等细目；否则，仅以文章、图书发表出版时间先后予以著录。

（三）其他各时段类目下设置"总论""作家作品"两个类目。"总论"依据各时代文体的具体情况，参照"通代"酌予分类。"作家作品"中的具体作家、作品，以其时代先后为序；作家、作品时代不详者，置于卷末，以汉语拼音为序。每一作家或作品的条目不是很多者，一般不再设置下一级类目，仅以研究文章发表先后为序编次；条目多至数百条者，依据具体情况酌予设置"综论""传记""作品"等细目。"作家"下条目很多者，酌予设置"生平""思想"等细目；"作品"下条目很多者，酌予设置"总论""思想内容""艺术""比较文学""文献""研究史与评介"等细目。

（四）外文各卷类目的设置参照中文编各卷。

三、著录内容

（一）论文

篇名项：一律按照原题著录，外文条目已经译为中文者，仅著录中文篇名。

著者项：含撰著、注译、评介等各类作者。

出处项：含刊物名、论文集名、期（卷、辑）号、出版日期等。

（二）图书

书名项：一律按照原题著录，外文条目已经译为中文者，仅著录中文书名。

著者项：含撰著、编选、注译等各类作者。

版本项：含出版者名称、出版日期等。

（三）各著录项中的缺字，以"□"表示。

四、著录格式

（一）版式

1. 一面双栏。
2. 书眉处标注总书名、编名、卷名。

(二)论文条目格式

序号:占1行。中文各卷序号由1个汉字加论文各卷总号、各卷卷号、每编条目序次号组成唯一代码。例:中10100001。中:中文;1:论文;01:通论卷;00001:论文条目序次号。

篇名:占1行,超出1行以上者,缩1字回行。

著者:占1行,超出1行以上者,缩1字回行。

出处:占1行,超出1行以上者,缩1字回行。

例:

中 10101227[①]

中国文学深刻地嵌入中国历史——法国汉
　学家侯思孟教授答编辑部问

文学遗产编辑部

文学遗产　1989:4　1989

(三)图书条目格式

序号,占1行。序号由每编第1个汉字加分编号、卷号、每编条目序次号组成唯一代码。例:中102110001。中:中文;02:图书;11:唐以前图书卷;0001:图书条目序次号。

书名,占1行,超出1行以上者,缩1字回行。

著者,占1行,超出1行以上者,缩1字回行。

出版项,占1行,超出1行以上者,缩1字回行。

例:

中 20100050[②]

[①]　该条目的准确序号请见正文。
[②]　同上。

世纪之交的对话：古典文学研究的
回顾与展望
文学遗产编辑部
上海古籍出版社　2000.10

（四）外文各卷条目格式

"外文编"各卷因条目较少，每卷先论文后图书，统编序号。序号由1个汉字加总卷号、每卷条目序次号组成唯一代码。例：日1300001。日：日文；13：日文卷；00001：日文卷条目序次号。

五、各著录项细则

（一）篇名、书名项

该著录项包括论文篇名、书名。

1. 中文各卷的篇名、书名一般依照原文或资料来源著录。书名中有附带文字者，也一同著录。

2. 日文卷、韩文卷的篇名、书名译为中文。

3. 篇名相同，著者名不同（本名、笔名等），而能够查得实为同一人者，合并为一条，并在著者项中对著者名号进行完整标注，参见"著者项2"。

4. 篇名相同的系列论文，作者为同一人，发表于同一刊物且时间相近者，尽可能合为一处；否则，尊重原貌，不作合并统一。

5. 篇名、书名中的书名号、引号，尊重原文或来源资料著录，不作增减。但篇名、书名中有书名号、引号者，分别统一作"《》""' '"。

（二）著者项

该著录项包括著者姓名、撰著方式。

1. 姓名按照原署名著录。所依据资料中有著者国别者，统一用简称加方括号方式置于姓名之前，如"［日］吉川幸次郎"。

2. 著者使用本名或笔名、字号发表不同论文者，能够确定为同一人者，使用括注的方式，对著者名号进行完整标注，括号前为本名或常用笔名，括号内为其他名号。

3. 国内发表出版的报刊图书中国外著者的译名不一致者，在能够确定为同一人的前提下，对其进行完整著录。括号前为常用译名或外文名，括号内为其他译名或其他外文名。

4. 著者两个以上者，每姓名之间空一格。

5. 撰著方式，除少数须著录其撰著方式才能明了其性质者外，一般予以省略。翻译类论文、图书，分别著录著译者的撰著方式；古代著述因其著者众所周知，其著者与撰著方式一并省略，一般仅依据资料来源著录其现当代选、编、译、注者及其撰著方式。撰著方式不明而不易查得者，暂付阙如。

（三）出处项

1. 出处为期刊者，著录包含刊名、卷期号、出版时间、页次等项，每项之间空一格。同一期刊的名称有变化者，尊重原貌，不进行合并统一。卷期号著录采用阿拉伯数字加标点符号的方法，刊号项省去"第""卷""期"等字；时间项省去"年""月""日"等字。

（1）既有卷号又有期号者，在卷号与期号之间加"："号，如"18：3"，表示第18卷第3期；仅有卷号或期号者，则只著录卷号或期号；某年某期者，在年次与期号之间加一冒号，如"1995：3"，表示 1995 年第 3 期。

（2）创刊号的刊号用"1"标示，试刊号仍用"试刊号"。

（3）两期合刊者，一般在期号之间加"/"号，如"15：3/4"，表示第 15 卷第 3、4 期合刊。

（4）数连刊者，在起始期号与结束期号之间加"—"号，如"1—4"，表示第 1 期至第 4 期。

（5）数期不连刊者，在各期号之间加"、"号，如"3、5、7"，表示第 3 期、第 5 期、第 7 期。

（6）既有该卷卷期号又有总卷期号者，根据资料来源，择其一著录之。

（7）时间项一般著录到年月，有到日者酌予保留。

（8）同一期刊排序，一般以刊期（号）为序，特殊情况除外。

（9）辑刊、增刊保留"辑刊""增刊"字样。出版时间不明确者，一般列之于该年末。

2. 出处为论文集者，著录包含论文集名、出版者、出版时间（年月）等项。

3. 出处为报纸者，著录包括报纸名、出版年月日等项。

（1）同一报纸的名称有变化者，以该报纸当时的实际名称为准，不进行追溯式统一。

（2）出版地名一般不著录，但对于同一报纸多地出版者，条目所据资料有者予以保留，能够查得者补之。格式为在该报纸名后以圆括注形式予以著录，如，"大公报（香港）"。

（3）年月日之间加"."号，如"光明日报 1983.9.20"，表示1983年 9 月 20 日出版的《光明日报》。

（4）数日连载者，在起始日与结束日之间加"—"号，如"光明日报 1983.9.20—22"。

（5）数日不连载者，在各日之间加"、"号，如"光明日报 1983.9.20、23、25"；在不同年份或不同月份不连载者，于不同年份或不同月份之间加"；"号，如"光明日报 1983.9.28；10.1"，"光明日报 1983.12.25、28；1984.1.2、5"。

（6）报纸副刊一般不加"副刊""艺圃"等副刊栏目名称，特殊情况者酌予著录。

4. 期刊名、图书名，尊重原文或资料来源著录，不作增减。期刊名、图书名中有书名号者，统一作"《》"。

5. 页次明确者，标明起讫页次，起讫页次之间加"—"号，如"页 12—20"，表示第 12 页至第 20 页；页次不明者暂不补充。

6. 同一篇论文有多种出处者，一般合并为同一条目，在其出处项依据时间先后为序分别列出各出处，每一出处另行编排。

7. 少数论文初次发表之刊物不易查得，而见于 2000 年后出版之文献者，酌予收录。

（四）图书的出版项

该著录项包括出版者、出版时间、册数、页次等。

1. 出版者，著录各级各类出版机构，以及私人写印者；属于某出版社出版的某丛书者，在出版者后著录该丛书名以及卷次，外加圆括号。

2. 出版时间，著录至月份；月份不明而又不易查得者，只著录年份。

3. 册数、页数，单册者著录页数，多册者著录册数；册数、页数不明者暂不补充。

4. 同一种图书由不同出版社先后出版者,依据出版时间先后,在同一出版项中分别列出出版者及其出版时间,不同出版者之间加";"号。

六、外 文 各 卷

外文各卷大体依照上述体例著录,而因各自语言文字特点、学界习惯等原因而形成的差异,以实用性为原则,酌予调整著录细则。

(原载《20世纪中国古代文学研究文献总目》卷首,国家图书馆出版社,2021年)

日本 20 世纪中国古代文学
研究文献目录概述

　　中国文学传到日本已经有一千五百年以上的历史,在这期间的大部分时间里,她作为发达的中国文明的诸多形态之一而成为日本各阶层的一种重要文化食粮,日本文学吮吸着其有益养分而成长为富于自己民族特色的文学,而日本历代的中国文学研究者通过自己的辛勤劳作,有力地推进了这种符合本民族需求的吸收和消化。在江户时代,曾出现过一个空前的中国文学研究热潮,序跋、论说、诗话、文话等各种传统的文学研究样式纷纷问世,相互争鸣。此时期的研究对象重在诗文,其文学思想亦局限于正统的劝善惩恶,讽刺敦化。明治维新以后,新一代中国文学研究者吸收了欧洲近代文化思想,以崭新的理念和视角来审视作为外国文学之一的中国文学,他们除了研究中国诗文外,在中国古典小说、戏曲以及中国文学综合研究等方面,也都作出了杰出贡献。可惜的是这种研究势头被日本军国主义对外扩张的硝烟炮火所扼杀。1945年以后,随着日本民族的反省思潮与民主思潮的高涨,随着其经济的发展与繁荣,中国文学研究在日本也获得飞跃发展。日本学者在其前辈开拓的基础上,不断把中国文学的研究向广度和深度推进。无论是译作还是论文专著,其成果都是此前的任何一个历史时期无法比拟的。20世纪80年代以后,日本各大学先后设置中国文学专业,招收学生,开设课程,出版研究刊物,又一代新人渐次崭露头角。

日本20世纪的中国文学研究领域,一代大家如狩野直喜、铃木虎雄、盐谷温、青木正儿、吉川幸次郎、奥野信太郎等傲然群立于中国古代文学研究的殿堂之上。而更有一大批著名学者,如斯波六郎、仓石武四郎、神田喜一郎、长泽规矩也、松下忠、入矢义高、小川环树、泽田瑞穗、小尾郊一、近藤春雄、驹田信二、船津富彦、太田辰夫、前野直彬、冈村繁、铃木修次、伊藤漱平、石川忠久、清水茂、田仲一成、林田慎之助、中野美代子、松浦友久、兴膳宏、冈晴夫、德田武、矶部彰等等,与之共同铸造了日本20世纪中国古代文学研究的辉煌。众多的学者又先后结为活跃的团体——学会。除了日本中国学会、东方学会等大型综合学会外,诸如中国文学研究会、中国诗文研究会、中国文艺研究会、中国俗文学研究会、早稻田大学中国文学会、九州岛中国学会、日本大学中国文学会、关西大学中国文学会、广岛大学中国中世文学研究会、大东文化大学汉文学会、国学院大学汉文学会、大冢汉文学会、东京教育大学汉文学会、清末小说研究会、和汉比较文学会等等;刊物则有《日本中国学会报》、《东方学》、《中国文学报》(京都大学)、《中国文学研究》(早稻田大学)、《中国诗文论丛》(中国诗文研究会)、《九州岛中国学会报》(九州岛中国学会)、《中国文学论集》(九州岛大学)、《中国中世文学研究》(中国中世文学研究会)、《清末小说》、《诗经研究》、《中国古典研究》(中国古典研究会)、《中国少数民族文学》(岛根大学)等等,不胜枚举。各大学的"纪要",也常发表有关中国文学的研究论文。

　　如此多的著名学者,如此多的学会、如此多的刊物,自然积累下了大量宝贵的中国古代文学研究文献。而日本学者向来重视文献资料的建设工作,编纂有大量的文献目录、索引、辞典等工具书。本文仅就20世纪以来中国古代文学或与之相关的研究文献目录著作作以概述。

　　20世纪以来,日本学者编着的中国古代文学方面的或者与之相关的研究文献目录大体情况如下:

　　就内容而言,可分为两大类:一是专题性文献目录,此类目录专门收集著录中国古代文学方面或者以中国古代文学为主的研究文献,如《中国文学研究文献要览(战后编)》、《中晚唐文学研究文献目录》、《日本国内词学文献目录》、《日本清末小说研究文献目录》、《陶渊明关系研究文献目录(稿)·邦文编》、《故青木正儿教授著作目录》、《铃木虎雄博士著作目录》、《小川环树教授著作编年目录》、《前野教授主要编著述目录》、《中国文学报既刊总目》(1~50)、《中国文学论丛第1卷~第19卷总目次》等。二是相关的综合性目录,即此类文献目录收集著录了人文、社会科学的各学科的研究文献,甚或涵盖了自然科学各学科的研究文献,中国古代文学方面的研究文献只是其中的一部分,如《中国思想、宗教、文化关系论文目录》《日本中国学会报·学界展望》《文学、哲学、史学文献目录—3—东洋文学、语学篇》《杂志记事索引》《中国关系论说数据索引》《全国短期大学纪要论文索引》《文学、哲学、史学文献目录》等。

就形式而言,亦有两大类:一是传统的纸质文本。前文所列举的诸多文献目录,大都是这种文本。二是电子文本。随着计算机技术和网络技术的发展,各类书刊的电子文本迅猛发展,文献目录也搭上了此快车。近年,网络上不断可以看到中国古代文学方面的和与之相关的文献目录,如《日本国内词学文献目录》《陶渊明关系研究文献目录(稿)·邦文编》《韩愈关系研究文献目录·和书和杂志篇》《封神演义论文目录》《魏晋南北朝史关系文献目录》等等。连续刊行的文献目录或纸质文本与电子文本并行,或干脆只发布电子文本,不再刊行纸质文本。前者如《东洋学文献类目》,自1987年开始,一面像过去一样,每年出版一卷纸质文本;一面又公开了电子文本CHINA3。后者如《杂志记事索引》,近年便只发行电子文本了。

为避免重复,兼而述之如下:

一、专题文献目录

此类目录数量较多,而大体不外乎五类情形,兹分述如下:

(一)涵盖全貌的

1.《中国文学研究文献要览(战后编)》(1945—1977),石川梅次郎监修,吉田诚夫、高野由纪夫、樱田芳树编集,《20世纪文献要览大系》丛书第9种,1978年10月出版。该要览由三部分组成,即:研究文献的利用指导、文献目录、索引(含事项、人名、作品名、书名、著者名等项索引),后附收录志名一览。文献目录为全书主体部分,摘要收集著录了1945年8月至1977年12月间日本发表的关于中国古今文学的研究文献(含著作、论文、书评、书志、记事等)。该书是到目前为止,收录20世纪日本学者关于中国文学研究文献最多的专题目录。其资料来源主要是本文下面所述的那些"相关的综合性文献目录",如《东洋学文献类目》《杂志记事索引》等。①

2.《中晚唐文学研究文献目录》,玉城要编,1996年3月发表于《筑波中国文化论丛》第15号。收集著录了1978至1994年间日本发表的关于中晚唐文学的研究文献,近700条目。该目录由"中唐篇晚唐篇""总记""小说"三部分构成。其资料主要来源于《东洋学文献类目》《日本中国学会报》。

(二) 著录单一体裁的

1.《日本国内词学文献目录》(1868年以降),松尾肇子编,宋词研究会(小樽商科大学言语中心萩原正树研究室)补编。该目录收集著录了1868年以后的一百多年间日本国内发表的关于词学的研究文献,也收录了在中国刊行的日本人论著。该目录由著作、论文两大部分组成。每部分分为"总记""各论"两大类。著作的总记分为"总论""词韵、词乐""词话、词论""词籍""译注、总集""索引""其它"7类,论文的总记分为"总论""词源""词体、词谱""词韵、词乐""词话、词论""词籍""书评""其它"7类。著作、论文的各论均分为"唐五代""北宋""南宋""元明""清""近人""日本人"7部分,每一部分按词人或作品时代为序,近人收至毛泽东。

2.《日本清末小说研究文献目录》,樽本照雄编,2002年11月

---

① 本文所参考文献较多,其出处已在行文中一一说明,此处不再赘列。

刊行,为樽本照雄编《清末小说研究资料丛书》的第 1 种。该书收集著录了 1901 年至 2001 年间日本发表的 1 400 余篇关于清末小说的研究论文。

（三）著录单一作家或作品的

1.《诗经研究文献目录》,村山吉广、江口尚纯编著,1992 年 10 月汲古书院出版。该目录分为两编：日文编、中文编。日文编收集著录了 1868 年至 1900 年间的日文研究文献,中文编收录了 1900 年至 1990 年间的中文研究文献。

2.《陶渊明关系研究文献目录（稿）·邦文编》(1978—1997,网络版),三枝秀子编。本文献目录收集著录了 1978 年至 1997 年二十年间日本发表的关于陶渊明的研究论文和著作。以发表年份为序,每一年下分著作、杂志论文两部分,每部分以论著者姓氏的五十音顺为序。资料主要来源：《日本中国学会报·学界展望》《东洋学文献类目》。

3.《文选研究论著目录》(网络版),牧角悦子主编,九州岛大学文学部中国文学研究室文选学史研究会 1986 年 3 月出版。收集著录了 20 世纪 20 年代至 80 年代日本、中国、韩国研究《文选》的论文和著作。研究萧统的文献目录附后。主要来源：《东洋学文献类目》《日本中国学会报》《中国文学研究文献要览》。

4.《韩愈关系研究文献目录·和书和杂志篇》(网络版),沼尻俊裕编,1999 年 3 月发表。该目录收集著录了 20 世纪初至 1998 年间研究韩愈的日文研究文献,以发表时代为序。1995 年后仅 7 条。

5.《西游记研究专著论文目录》,矶部彰编,发表于 1990 年 2

月《富山大学人文学部纪要》第 16 号。收集著录了 1989 年以前日本、中国、韩国、欧美学者研究《西游记》的论文和著作(含译著、改编等)。韩文仅一条(韩国徐敬浩所编目录有 10 条)。

（四）著录研究者个人论著的

此类文献目录较多，或著录一位学者在职期间的著述，或著录一位学者一生的著述。较著名的学者退休或去世后，其弟子或友人大都为之编有此类目录。这里仅举两例。

1.《铃木虎雄博士著作目录》，东方学会编，发表于《东方学》第 52 辑(1976 年 7 月)。该目录分单行本、杂志等发表的论文两部分分别著录了铃木虎雄博士一生发表的以研究中国古代文学为主的著作、论文和讲演稿。

2.《小川环树教授著作编年目录》，京都大学文学部中国语学中国文学研究室入矢教授小川教授退休纪念会编，发表于 1974 年该纪念会编刊的《入矢教授、小川教授退休纪念中国文学语学论集》。该目录以编年体例著录了小川环树教授于 1933 年 5 月至 1974 年 4 月间发表出版的以研究中国古代文学为主的各类著作和论文。

（五）著录专题性刊物所发表论文的

此类目录是指中国文学专题性研究刊物所编本刊各卷已发表论文的回顾性目录。这里举两例。

1.《中国文学报既刊总目》(1～50)，中国文学会编，1995 年 4 月发表。《中国文学报》是设在京都大学文学部中国文学科的中国文学会编刊的专题学术杂志，大体上每年 4 月、10 月各编刊一册。该总目著录了自 1954 年 10 月第 1 册至 1995 年 4 月第 50 册《中国文学报》上发表的文章。其著录体例：将50册中发表的文献分为13类，即：总记、先秦文学、汉代文学、魏晋南北朝文学、隋唐文学、宋代文学、金元文学、明代文学、清代文学、现代文学、比较文学、日本汉文学史、学界展望；每一类中，先著录论文，后著录书评；著录论文大体以文学家时代先后为序。

2.《中国文学论丛第1卷～第19卷总目次》，樱美林大学文学部中文科编，1995年3月发表。《中国文学论丛》是樱美林大学文学部中文科编刊的以发表研究中国文学、中国语学文献的专业园地，1968年3月创刊，大体每一至三年编刊一卷。该目录著录了自1968年3月该刊创刊号至1994年3月第19号上发表的文章。其著录体例是照搬每一号的目次，略去原目次中的页次。

二、相关的综合性文献目录

此类目录规模较大而又较有影响者有如下数种：

1.《中国思想、宗教、文化关系论文目录》，(东京教育大学文学部东洋史研究室)中国思想宗教史研究会编，1957年5月出版。本书收集著录了明治初至1957年间日本研究中国思想、宗教、文化方面的论文，其中"经典"部分的"诗类"、"诸思想"部分的"文学思想"等为研究中国文学(古今)方面的论文目录。

2.《东洋学文献类目》(1934年度以降)，其中1934—1960年度名为《东洋史研究文献类目》(东方文化学院京都研究所编纂)，1961年度、1962年度更名为《东洋学研究文献类目》，京都大学人文科学研究所附属东洋学文献中心(1998年度改"汉字情报研究中心")编纂。该类目收集著录了各国学者研究"东洋学"的主要文献,大体每年度编辑一卷出版。每卷分日、汉、朝鲜文,西文(含俄文),著者索引三大部分;前两部分的每一部分又分论文、著作两部分。其类目大体分为历史、地理、社会、经济、政治、宗教、法制、学术思想(附教育)、科学、文学、艺术、考古学、金石·古文书学、民族学、言语文字学、书志学、杂纂(附革命文物)、学会消息等 18 类左右,每一类目下再酌分细目。其"文学"类收录了关于中国古今文学的研究论著目录,细目如下:通论、骚赋、诗文、词、曲、小说、现代文艺(通论、作家、小说、诗词、戏剧、映画、杂技、散文、儿童文学)。大约限于人力、财力,该类目主要根据该所每年入藏的图书杂志编制。这样,势必要有所选择。以 1995 年度卷为例,类目的"日文、中文、朝鲜文"这一部分,收录日文杂志 389 种、中文杂志 219 种、朝鲜文杂志 14 种、论集 14 种,而实际上该年出版的与"东洋学"内容相关的三种文字的杂志至少应该有数千种,论文集也远不止 14 种。虽然如此,该类目仍不失为一种很有特色的文献目录。

3.《日本中国学会报·学界展望》,日本中国学会编。日本中国学会是以中国相关学术研究为目的,以从事中国哲学、中国文学、中国语学研究的学者为主的日本全国性综合学会,1949 年 10 月成立,会刊即《日本中国学会报》。自 1949 年起,每年出版 1 集。主要发表该会会员的研究论文(含传统的日、朝汉学)。每一集后面安排一个栏目,即"学界展望"。该栏目分为"思想、经学"(或"经学、思想",1980 年第 33 集起改为"哲学")、"文学"、"语学"三个板块,综述世界各国研究中国人文社会科学方面的现状与成果。

第1集至第8集的"学界展望",每板块分别由该板块的学术权威或著名大学的中文学科撰写一篇综述性文章。自1956年第9集的"学界展望"起,除了综述性文章外,开始著录各国相应的研究文献。"文学"板块的体例大体由日文、中文、朝鲜文、欧文四部分组成。其日文部分分为"单行本""论文"两部分,分别著录了日本国内出版发表的著作和论文。"单行本""论文"下又大体分为"总记""先秦""汉魏晋南北朝""隋唐五代""宋""金元明""清""现代""民间文学""日本汉文""比较文学""书志"等部分。每一板块文献目录的搜集整理和综述工作主要由一所大学的中文学科担任,如第35集(1982年度)"学界展望"的"文学"这一板块的文献目录,由庆应义塾大学中国文学研究室负责,又请台湾大学中文系林文月教授、韩国大学校中国语中国文学科李炳汉教授、京都大学人文科学研究所东洋学文献中心等学者和单位分别帮助提供中国台湾、韩国、欧美学界相关的文献资料的。约由于资料搜集等方面的困难,其各集"学界展望"(这里仅就"文学"板块而言)著录的论著目录,或缺欧文部分,或缺朝鲜文部分,后来干脆只著录日本国内发表出版的著作和论文了。

4.《文学、哲学、史学文献目录—3—东洋文学、语学篇》,京都大学文学部吉川幸次郎、仓石武四郎等编着,1954年日本学术会议刊行。本书收集著录了1945年8月15日至1953年10月31日间日本发表的以中国文学、语言学为主的东洋学研究文献。其"中国文学"部分有13个类目,即:总说、先秦文学、汉代文学、三国六朝文学、唐代文学、宋代文学、金元文学、明代文学、清代文学、现代文学、比较文学、日本汉文学、学界展望。每一类目下再分若干细目,如"总说"下11细目:文学史、通论、诗论、散文论、小说论、童话、民谣、谚、方言文学、杂戏、文学教育。

5.《杂志记事索引》(1948年以降,1985年以后有电子网络版),日本国立国会图书馆编纂。该索引收集著录了日本国内外刊行的日文学术杂志和日本国内刊行的欧文杂志上发表的论文,内容涵盖人文社会科学、自然科学等诸多方面,其"人文社会编"细目如下:政治、行政、法律、司法、经济、经营、产业、社会、劳动、教育、运动、历史、地理、哲学、心理学、宗教、艺术、艺能、文学、语学、学术、文化。该索引自创刊以来,采录杂志范围不断扩大。1996年以后,采录杂志数量大幅度扩大。至2000年,采录杂志达9 000余种。至2004年,采录杂志约10 000种。先后采录杂志总数达15 598种(其中正在采录的为9 673种,停刊及采录中止的为5 925种)。该索引是日本国内最大的杂志数据库。就收录研究中国古代文学方面的论文文献来说,也是目前日本国内最为齐全的。

6.《新编东洋学论集内容总览》,川越泰博、荷见守义编著,风响社1997年出版。本书收集著录了明治初年(1879)至1996年间日本出版的关于研究"东洋"文史哲方面的702种论文集中所收的论文。论文集以五十音顺为序,每一论文集下首先注明编者、出版发行者、出版时间,然后以原论文集所收论文的顺序排列论文目录,并注明该论文在论文集中所在的页次。关于中国文学研究方面的论文集有《吉川博士退休纪念中国文学论集》《小尾博士退休纪念中国文学论集》《目加田诚博士古稀纪念中国文学论集》《中国文学论集》(吉川幸次郎编)等。惜个人论文集未收录。

7. 全国短期大学纪要论文索引(1950年以降),图书馆科学会编集。日本全国的国立、公立、私立短期大学数量众多,且大都编刊有自己的研究纪要(含研究年报、论丛、论文集等),作为发表其各学科(人文社会科学、自然科学等)研究成果的载体。该索引便是这些成果的结集,1950—1979年为一集(另编有别册),1980—1984年为一集,自1985年以后,大体上每年编集出版一集。每一集中都著录有数量不等的中国古代文学方面的研究论文,不容忽视。

从以上的讨论不难看出:

第一,日本学者出于不同的目的,或限于一定的条件,编著了许多不同形式不同含量的关于中国古代文学研究方面的文献目录。或专题,或包含于综合性目录之中;或专著录论文,或兼著录著作;或全面著录,或仅著录某一体裁、作家、作品;或通代著录,或仅著录某一时代;或著录某一团体的成果,或仅著录某一学者的成果;或纸质文本,或电子文本:各呈特色,各具价值。

第二,日本学者为总结自20世纪以来日本研究中国古代文学的文献做了大量工作,无论是专题性文献目录,还是相关的综合性文献目录,都在不同程度上为各国的中国古代文学研究者提供了方便,为中国古代文学研究作出了重要贡献。

第三,作为研究中国古代文学重镇之一的日本,自20世纪以来,研究成果众多,研究特色鲜明,而至今尚无一部全面系统地总结一百多年来日本学者研究中国古代文学成果的专题性文献目录著作。

(原载《中国文学研究》第9期,2007年)

图书在版编目(CIP)数据

逸海近稿/钱振民著. —上海：复旦大学出版社,2024.6
(复旦大学古籍所成立四十周年纪念学术丛书)
ISBN 978-7-309-17154-9

Ⅰ.①逸… Ⅱ.①钱… Ⅲ.①中国文学-古典文学研究-文集 Ⅳ.①I206.2-53

中国国家版本馆 CIP 数据核字(2023)第 251922 号

逸海近稿
钱振民　著
责任编辑/杜怡顺

复旦大学出版社有限公司出版发行
上海市国权路 579 号　邮编：200433
网址：fupnet@fudanpress.com　http://www.fudanpress.com
门市零售：86-21-65102580　　团体订购：86-21-65104505
出版部电话：86-21-65642845
江阴市机关印刷服务有限公司

开本 890 毫米×1240 毫米　1/32　印张 10.25　字数 220 千字
2024 年 6 月第 1 版
2024 年 6 月第 1 版第 1 次印刷

ISBN 978-7-309-17154-9/I·1387
定价：78.00 元

如有印装质量问题,请向复旦大学出版社有限公司出版部调换。
版权所有　　侵权必究